»Die am weitesten verbreitete Krankheit der Welt ist die Liebe.« Der Mann, der das sagt, muss es wissen: Francesco, alleinerziehender Vater von drei Töchtern, ist Paartherapeut. Und Fallbeispiele hat er in der Familie genug. Tochter Sara fühlt sich in ihren lesbischen Beziehungen gescheitert und sieht nur eine Lösung: hetero werden. Schwester Marta, Buchhändlerin mit romantischen Idealen, verliebt sich in einen Gehörlosen, der ihr Opernlibretti aus dem Laden stiehlt. Nur Emma scheint solide – wäre sie nicht noch Schülerin und ihre große Liebe Alessandro ein 50-jähriger verheirateter Architekt. Aber da hat Francesco den perfekten Plan: Er will Alessandros Ehe mit einer Therapie wieder kitten. Bis sich herausstellt, dass Alessandros Frau Claudia die unbekannte Schöne ist, die Francesco selbst heimlich verehrt …

Paolo Genovese, 1966 in Rom geboren, Drehbuchautor und Regisseur, hat Wirtschaft studiert und lange Zeit in der Werbebranche gearbeitet. Der Film *Incantesimo napoletano* (Neapoletanischer Zauber) wurde mit dem David-di-Donatello-Preis und zwei Golden Globes ausgezeichnet. »Freud ist an allem schuld« ist Genoveses erster Roman, er wurde vom Autor für das italienische Kino verfilmt.

PAOLO GENOVESE

Freud ist an allem schuld

Roman

Aus dem Italienischen
von Franziska Kristen

btb

Die Originalausgabe erschien 2014 unter dem Titel
»Tutta colpa di Freud« bei Arnoldo Mondadori Editore,
Mailand.

MIX
Papier aus verantwortungsvollen Quellen
FSC® C014496

Verlagsgruppe Random House FSC® N001967

1. Auflage
Deutsche Erstveröffentlichung April 2017
btb Verlag in der Verlagsgruppe Random House GmbH,
Neumarkter Str. 28, 81673 München

Umschlaggestaltung: semper smile, München
Umschlagmotiv: © Shutterstock/AVA Bitter
Satz: Uhl + Massopust, Aalen
Druck und Einband: GGP Media GmbH, Pößneck
cb · Herstellung: sc
Printed in Germany
ISBN 978-3-442-71470-4

www.btb-verlag.de
www.facebook.com/btbverlag
Besuchen Sie unseren LiteraturBlog www.transatlantik.de

Sara

New York, Knotenpunkt der Welt, der Ort, an dem man unmöglich zweimal dieselbe Person trifft, dafür aber möglicherweise die richtige.

Sara radelte den East River entlang, an begeisterten Joggern, betagten Spaziergängern und jungen Pärchen vorbei, die ihren Hund ausführten. Das Wassertaxi, mit dem sie nach Manhattan übersetzen wollte, war startbereit: Sie stieg vom Rad, ging an Bord, und das Boot legte ab.

Sara fand einen freien Platz am Bug, das Klappfahrrad neben sich und gegenüber ein selig lächelndes japanisches Pärchen. Einen Augenblick verdunkelte der Schatten der Brooklyn-Bridge die warme Morgensonne. Kleine Boote pflügten durch das glatte Wasser des Flusses; ein Stück weiter erhob sich reglos die Freiheitsstatue, die sich mit ihrem stets wachsamen Blick daran zu erinnern schien, weshalb sie an diesen Ort gezogen war.

Sie schaltete ihren iPod an, und Elisa Toffoli wurde zum Soundtrack der kurzen Fahrt. Sara trug große Kopfhörer, diese modischen bunten Dinger, die inzwischen die Mini-Kopfhörer verdrängt hatten und die den Eindruck vermittelten: »Hey, siehst du nicht, dass ich Musik höre? Stör mich gefälligst nicht.« Hinter ihrer Ray Ban in Tropfenform verbargen sich zwei leuchtend grüne Augen, sie trug weite Cargohosen mit großen Taschen, ein schwarzes Top und Sneakers mit übertrieben breiter Sohle. Sara war hübsch, sehr hübsch, und auch wenn sie nicht gerne auffiel, hatte ihr Bedürfnis, unbeachtet zu bleiben, genau die gegenteilige Wirkung: Egal wo, sie zog die meisten Blicke und die Aufmerksamkeit auf sich.

Seit fast einem Jahr war sie in New York, Zeit genug, sich zu entscheiden, ob man die Stadt mochte oder nicht. Sara liebte sie und erkannte sich teilweise darin wieder: in diesem Chaos, das von tausend Dämonen bevölkert, aber auch romantisch, vertraut und zerbrechlich war. Die Stadt glich einem tropischen Aquarium, in dem sich Dutzende von Fischen in den schrillsten Farben begegnen, ohne voneinander Notiz zu nehmen.

Heute hatte sie sich freigenommen. Sie arbeitete für eine Werbeagentur, wobei ihre Hauptaufgabe im Fotokopieren und Kaffeekochen bestand. Aber der American Dream wird bekanntermaßen von unten verwirklicht, und genau von dort kam sie und war momentan ganz zufrieden damit. Jedenfalls verdiente sie mehr als in irgendeinem Callcenter in Rom und konnte sich sogar eine Mietwohnung in Brooklyn leisten. Wenn auch nicht allein.

Die Skyline zeichnete sich vor ihr ab, als das Wassertaxi am Pier 11, in Höhe der Wall Street, anlegte. Sara stieg aus, klappte ihr Fahrrad auf und tauchte endlich ein in den Verkehr dieser großen, fantastischen Stadt. Denn obwohl New York aus fünf Bezirken besteht, ist der eigentliche, der wahre Big Apple, zweifellos Manhattan.

Als Elisa von Randy Crawford abgelöst wurde, bog Sara gerade von der Lexington Avenue in die 23. Straße Richtung Madison Square Park ein. Sie liebte diese Version von *Knockin' on Heaven's Door;* überhaupt mochte sie Coverversionen, es war eine Art, die großen Klassiker lebendig zu halten, ohne dass man sie irgendwann überhatte.

Eine rote Ampel an der Kreuzung Fifth Avenue zwang sie zum Anhalten. Sie schaute nach oben, Wolkenkratzer ragten über ihr auf. Die großen Kopfhörer hielten den Verkehrslärm ab, nur Randy war zu hören, die ihr riet, an die Tür zum Paradies zu klopfen, und an diesem Abend, der ein ganz besonderer zu werden versprach, würde sie diesem Rat folgen. Sie verspürte ein Glücksgefühl, und am liebsten hätte sie gerufen: »Ich bin verliebt!«, aber zwischen den Reihen der, wie sie sich vorstellte, ungeduldig hupenden Taxis würde sie vermutlich niemand hören. Dann wurde es grün, und weiter ging es in dem großen, unaufhaltsamen Fluss dieser gigantischen Stadt. Gucci, Armani auf der einen Seite, Abercrombie und American Eagle auf der anderen, dann endlich ihr Ziel: Tiffany. Genauer gesagt Tiffany & Co, wie auf dem großen Schild stand. Unzählige Frauen mochten wohl schon seufzend vor diesen Schaufenstern gestanden und sich ausgemalt haben, wie ein elegant gekleideter junger Mann mit zitternden Händen und schweißbedeckter Stirn auf mehr oder weniger originelle Weise ihnen einen Heiratsantrag machte.

Sara stand ihnen in nichts nach. Auch sie glaubte an die Liebe, aber die Liebe schien nicht an sie zu glauben. Sie hatte schon so manche Affäre gehabt, die aber fast immer eine Hundertachtzig-Grad-Wendung genommen hatte. Einverständnis hatte sich in Abkehr, Leidenschaft in Langeweile verwandelt, und als nächster Schritt kam die Trennung. Zumindest in Italien war es immer so gelaufen. Aber hier in Amerika …

Als sie vor dem Schaufenster stand, erkannte sie ihn sofort wieder: einen kleinen, eingefassten violetten Stein in Herzform in einem Ring aus Weißgold. Auf einem winzigen Schild stand: »40 % Rabatt«. Sara musste die Nase an die Scheibe drücken, um es lesen zu können, als würden sie sich hier bei Tiffany schämen, Preisnachlass zu gewähren. Aber die Krise hatte nicht einmal sie verschont.

Die Drehtür des Geschäfts war in ständiger Bewegung. Sie lächelte, klappte ihr Fahrrad zusammen und nahm es mit hinein.

Die kühle Luft der Klimaanlage gab ihr sofort ein Gefühl von Wohlbefinden.

Der Tag hatte eben erst begonnen, und Sara war nie zuvor so glücklich gewesen.

Ob es Zufall war, dass in diesem Augenblick Pink Turtle mit ihrer Version von *How deep is your Love* loslegten?

Marta

Die Regale in dem Buchladen waren aus dunklem Nussholz, dem man das Alter ansah. In den Fächern lagen dicke Klassiker, von Shakespeare über Dickens bis hin zu Hemingway und Kerouac; es folgten ganze Reihen anspruchsvoller Zeitgenossen: experimentelle Literatur, kleine, unbekannte Verlage, Heerscharen von in Vergessenheit geratenen Autoren. Der Platz für Dan Brown war bescheiden, der für *Shades of Grey* nicht vorhanden.

»Ich kann nicht alles haben«, wiederholte Marta oft.

Und wenn jemand sie darauf hinwies, dass sie die angesagtesten Bücher verkaufen müsse, wenn sie überhaupt etwas verkaufen und nicht dichtmachen wolle, wurde sie deutlicher: »Wer ein kommerzielles Buch haben will, soll in den Supermarkt gehen, ich verkaufe an wahre Leser.«

Das Problem war, dass dieser Kategorie immer weniger Leute angehörten und Bücher, wenn man knapp bei Kasse war, zu den ersten Gütern gehörten, auf die man verzichtete.

Marta erwartete ihre Kunden neben der Tür, wo sie an einem kleinen Tisch saß und las.

»So rege ich sie an«, sagte sie, »denn ein leidenschaftlicher Leser wünscht sich jemanden, der ihn beraten kann, einen, der etwas von der Sache versteht.«

Immerhin hatte ihr Buchladen eine feste, wenn auch recht kleine Stammkundschaft, und es stellte jeden Monat aufs

Neue eine Herausforderung dar, alle Rechnungen zu begleichen. Weniger als vier Bücher am Tag zu verkaufen, bedeutete eine Niederlage, mit vier Büchern holte sie die Ausgaben wieder rein, was darüber hinausging, war ein großer Erfolg, denn dann sprang Geld für Essen und fürs Shoppen raus. Sie hatte erwogen, sich eine eigene Wohnung zu nehmen, aber das konnte sie sich nicht leisten. So wartete sie auf ihren Märchenprinzen: einen mutigen Lancelot, einen romantischen Tristan oder einen abenteuerlustigen Tom Sawyer. Dummerweise war sie bisher nur etwas merkwürdigen Typen begegnet, die eher an Holden Caulfield oder gar an Kafkas Käfermenschen erinnerten.

Doch dank ihrer Bildung, ihrer Zähigkeit und ihrer gerade einmal dreißig Jahre ließ sie nicht den Kopf hängen.

Marta war gerade mit Abstauben beschäftigt und ordnete den Stapel mit dem jüngsten Roman *Eiskalte Winter* von Marco Patassini, einem Zeitgenossen, der viel von sich reden machte. Sie ergriff einen Band, blätterte ihn eilig durch und las den Klappentext zum Autor. Auf dem Schwarz-Weiß-Foto lächelte ihr ein etwa vierzigjähriger, leicht ergrauter Mann mit breiter Stirn entgegen. Den Kopf hatte er auf eine Hand gestützt, den Arm angewinkelt. Marta seufzte, doch dann klimperten die über der Eingangstür befestigten Muscheln, und sie legte das Buch zurück auf den gut sichtbar im Schaufenster platzierten Stapel.

Eine Frau mittleren Alters sah sich zögernd um.

»Guten Tag, ich suche *Der große Gatsby* in einer preiswerten Taschenbuchausgabe«, sagte sie.

»Ich führe *Der große Gatsby* nicht als Taschenbuch«, erwiderte Marta kurz angebunden, verdrehte die Augen und machte sich erneut ans Abstauben.

»Na schön, kann ich es dann bestellen?«, fragte die Frau.

Mit einer ungehaltenen Geste wandte Marta sich zu der Kundin um.

»Ich habe mich offenbar nicht deutlich ausgedrückt. Ich führe *Der große Gatsby* nicht als Taschenbuch, und ich werde es auch nicht bestellen, bei mir können Sie es nicht kaufen.«

»Verzeihung, aber weshalb?«

Marta atmete tief durch, bevor sie eine in Leder gebundene Ausgabe von *Der große Gatsby* aus einem Regal zog.

»Hören Sie, das ist eines der schönsten Bücher, die je geschrieben wurden, jeder sollte ein Exemplar davon in seinem Regal stehen haben, oder besser noch, stets bei sich haben. Mir ist bewusst, wie schwierig das wäre, aber ich habe zumindest die Pflicht, es in einer schön gebundenen Ausgabe zu verkaufen, wenigstens das kann ich tun. Was ist nun, wollen Sie es kaufen?«, fragte sie, die Stimme erhebend.

»Schon gut … in Ordnung … ich nehme es gebunden«, erwiderte die Frau und schluckte ein wenig verlegen.

Marta, die ihr grimmig in die Augen gestarrt hatte, verzog den Mund zu einem breiten Lächeln.

»Schön, das macht dann achtzehn Euro. Ich versichere Ihnen, Sie werden es nicht bereuen.«

Die Frau zahlte und eilte hinaus, wobei sie sich umsah, als fürchte sie, Marta könne ihr in den Hintern beißen.

Zufrieden mit dem Verkauf fuhr Marta mit dem Abstauben fort, doch als sie zum Musikregal kam, stutzte sie. Hinter den Biografien der großen Rockmusiker kamen die Opernlibretti, und die junge Frau erkannte auf den ersten Blick, dass es zwei weniger waren als noch vor einigen Tagen. Sie hatte sie ganz bestimmt nicht verkauft, sie konnte sich an jeden Titel, der über den Ladentisch ging, erinnern, und bereits zuvor waren ihr zwei Libretti gestohlen worden.

Verdammter Mist, ein Serientäter, dachte sie.

Sie verkaufte ohnehin nicht viel, und dann auch noch zwei Diebstähle innerhalb einer Woche, nein, das konnte sie sich wirklich nicht leisten. Sie nahm sich vor, ihre Kundschaft besser im Auge zu behalten.

Es war kurz vor zwölf, in gut einer Stunde würde sie schließen.

Ihre Gedanken wanderten zu dem Mann ihrer Träume, zu ihrem Cervantes: Marco Patassini! Er war zwar nicht Scott Fitzgerald, aber auf jeden Fall ein geiler Typ.

Marta hatte sich ein Jahr zuvor in ihn verguckt, als sie ihn bei der Präsentation seines Vorgängerromans *Elende Liebe* kennengelernt hatte. Seitdem schrieben sie sich regelmäßig.

Wir sind wie Heloise und Abaelard, dachte sie verträumt.

An diesem Nachmittag würde er aus London zurückkehren. Sie stellte sich vor, wie er bei der Ankunft durch die Automatiktür trat, den Trolley hinter sich her ziehend, sie, die auf ihn zueilte, und er, der sanft ihren Kopf in die Hände nahm, ihre Lippen, die sich streiften, berührten, küssten …

Ein Zittern ging durch ihren Körper, und Marta fächelte sich mit einem Flyer, der zufällig auf dem Tisch lag, Luft zu. Dann schaute sie auf die Uhr: Bald würde sie nach Hause gehen, schnell etwas essen und los: Terminal 3, Ankunft.

Emma

Nicht mehr lange, noch ein paar Wochen die Zähne zusammenbeißen, Prüfungen, Abitur und danach konnte ihr die Schule gestohlen bleiben.

Emma saß in der hintersten Bankreihe ihres Klassenraums im Mameli-Gymnasium, und während die Lehrerin die Ursachen für den Zusammenbruch des NS-Regimes erläuterte, hörte sie heimlich die alte Trackliste, die Diego ihr aufgenommen hatte: Blind Guardian, System of the Down und Dutzende weiterer Metal-Bands.

»Liebe vergeht, Musik übersteht« hatte sie sich auf die Rückseite ihres iPods gravieren lassen; und tatsächlich war nach über einem Jahr der Spannungen, Streitereien und Szenen seit einer Weile Schluss mit Diego. Sie hatte sich zurückgezogen, er glaubte, sie bräuchte nur ein wenig Zeit. In Wahrheit gab es nun Alessandro, und Emma schien es, als erlebe sie die schönste aller Liebesgeschichten. Ihre Beziehung war geheim, nur wenige Personen, denen sie die intimsten Angelegenheiten ihres Lebens anvertraute, wussten davon.

Es läutete zum Ende der letzten Stunde, und die konzentrierte Stille wich dem unüberschaubaren Chaos bei Schulschluss: Scherze, Gelächter und eilig zwischen Klassenzimmer und Flur getroffene Verabredungen.

Emma drehte die Musik auf. Ihre Schulkameraden kamen ihr vor wie ein stummes Theaterensemble, sie sah ihre Bewegungen, aber hörte nicht länger ihr Geschnatter.

Mit einem Lächeln auf den Lippen trat sie auf die Straße. An diesem Abend würde sie Alessandro wiedersehen. Sie würde ihn von der Arbeit abholen, nach Ladenschluss. Sobald sie allein wären, würden sie bei Kerzenschein zu Abend essen und dann …

Eine Hand berührte sie an der Schulter, und Emma zuckte zusammen: Es war Diego.

»Bist du bescheuert?«, fuhr sie ihn an und nahm die Kopfhörer ab.

»Ich hab schon mindestens zehnmal nach dir gerufen«, rechtfertigte er sich.

»Ich hatte Kopfhörer auf. Was gibt's?«, fragte sie mit barscher Stimme.

»Nichts, ich wollte fragen, ob du Zeit hast, dich am Nachmittag mit mir zu treffen«, erwiderte er hoffnungsvoll.

»Hab schon was vor«, antwortete sie prompt.

»Dann halt heute Abend?«

»Heute Abend geht nicht, ich bin verabredet.« Sie klang genervt.

»Aha. Und mit wem?« Seine Stimme verriet einen Anflug von Zorn.

»Diego … ich brauche dir keine Rechenschaft abzulegen, wann wirst du das endlich begreifen?«

»Schon gut, du brauchst mir keine Rechenschaft abzulegen, aber mir geht's echt dreckig, muss immer an dich denken … hast du vielleicht …«

»Sorry«, unterbrach sie ihn, »aber ich muss gehen.« Sie setzte die Kopfhörer wieder auf, drehte sich auf dem Absatz um und trat den Heimweg an.

Sie wandte sich nicht mehr zu Diego um, der wahrscheinlich hinter ihr her schimpfte. Es war ihr egal.

Alessandro hatte ihrem Leben eine Wendung gegeben, es

auf eine ihr bis dahin unvorstellbare Weise verändert; das machte sie glücklich und gegenüber dem Rest der Welt unverwundbar.

Nun stand sie kurz vor dem Abitur, und die mit Lernen verbrachten Nachmittage wurden ihr durch die Aussicht auf ein Treffen mit ihrem Traummann versüßt. Im Unterschied zu Diego war er das tatsächlich, und zwar aus unzähligen Gründen: Er ließ es ihr an nichts fehlen, bedachte sie mit tausend Aufmerksamkeiten, war romantisch und überraschte sie täglich mit irgendeiner kleinen Geste. Nie zuvor hätte sie geglaubt, sich rundum so zufrieden fühlen zu können. Sie war erst achtzehn, aber sie glaubte, den Mann ihres Lebens gefunden zu haben. Mehr noch, sie war sich dessen sicher.

Es gab nur einen Punkt, der sie quälte: Ihr Vater hatte von all dem keine Ahnung. Ihr Verhältnis war immer sehr offen gewesen, und auch dieses Mal würde sie ihn irgendwann ins Vertrauen ziehen, aber sie fragte sich, wie er es auffassen würde.

Ihr Handy vibrierte, eine SMS von Alessandro: »Du fehlst mir, Liebste.«

Emma küsste das Display ihres Smartphones, sie war so euphorisch, dass sie jede Reaktion des Vaters in Kauf nehmen würde.

Sie beantwortete die Nachricht und bekam gleich darauf die nächste, und so ging es den gesamten Heimweg.

Francesco

Die am weitesten verbreitete Krankheit der Welt ist zweifellos die Liebe. Davon war Dr. Taramelli, ein auf Paartherapie spezialisierter Psychotherapeut, zutiefst überzeugt. Unerwiderte Liebe, verräterische Liebe, verweigerte Liebe, vorgetäuschte Liebe, er hätte ein Buch schreiben können, so gut kannte er die Liebe in all ihren Spielarten.

»Aber seien Sie unbesorgt«, versicherte er seinen Patienten gern immer wieder, »die Liebe ist zwar eine sehr verbreitete Krankheit und de facto unvermeidlich, aber sie ist nicht tödlich. Auch wenn sie in manchen Fällen chronisch werden kann und man ein Leben lang mit ihr zu kämpfen hat, gleicht sie in den meisten Fällen eher einem Infekt, einer Art Schnupfen: ja, genau, die Liebe ist ein Schnupfen. Sie geht vorbei. Und das Einzige, was übrig bleibt, sind ein paar gebrauchte Taschentücher.«

Francesco ordnete gerade einige Papiere. Während der Sitzungen machte er sich gern eilige Notizen, die er später in Ruhe und in Schönschrift noch einmal abschrieb, wobei er das Geschriebene meist laut vorlas. Er sagte, das helfe ihm beim Nachdenken und der Suche nach Lösungen für den zu behandelnden Verliebten.

Er war ganz in seine Arbeit vertieft, als Emma die Tür zum Behandlungszimmer aufriss.

»Papa!«

»Äh, wie bitte?«

»Was machst du da? Führst du Selbstgespräche?«

»Nun ja«, sagte Francesco und setzte sich zurecht, »ist das etwa nicht erlaubt?«

»Doch, doch, schon gut … Wenn du meinst«, erwiderte sie und ließ sich auf die Couch fallen.

»Sag mal, was machst du da?«, fragte Francesco pikiert.

»Ich muss mit dir reden.«

»Von mir aus. Aber nicht, wenn du da so herumliegst.«

»Wieso nicht?«, fragte Emma.

»Weil sich da meine Patienten hinlegen.«

»Na ja, ich habe auch Beziehungsprobleme, ich will deine Patientin werden.«

»Das geht nicht.«

»Warum nicht?«

»Weil du meine Tochter bist.«

»Eine Tochter mit Beziehungsproblemen kann also nicht mit ihrem eigenen Vater reden, weil er ein verdammter Psychotherapeut ist?«

Francesco seufzte, dann strich er sich über den dichten, grau melierten Bart.

»Sie kann schon«, sagte er ruhig, »aber nicht im Behandlungszimmer und schon gar nicht ausgestreckt auf der Couch.«

»Es ist ganz gemütlich«, erwiderte Emma frech.

»Das tut nichts zur Sache«, sagte Francesco. Allmählich verlor er die Geduld. »Lass uns daheim reden, da kannst du's dir auf dem Sessel bequem machen.«

Da sprang Emma auf und verschwand ohne ein weiteres Wort.

»Emma … Emma …«, rief er ihr vergeblich hinterher.

Francesco reckte sich und erhob sich von seinem Schreibtisch. Es war immer das Gleiche mit seiner Jüngsten: Sie hatte einen starken, allzu starken Charakter, fast wie ihre Mutter.

Er hatte eine Schwäche für das Mädchen, er konnte ihr kaum etwas abschlagen, aber manchmal kam er nicht umhin, sie in ihre Schranken zu verweisen, andernfalls bekäme sie zu viel Oberwasser. Er seufzte, während pünktlich im gleichen Moment das schon ziemlich gerupfte Vögelchen aus seinem Kasten sprang: Die Kuckucksuhr an der Wand neben der Tür schlug halb drei.

Francesco trat ans Fenster und schaute hinaus. Heute war sie später dran, aber er hatte es nicht eilig. Dann sah er sie um die Ecke biegen.

Erst kam der Hund, ein löffelbiskuitfarbener Cocker Spaniel, der wie ein Irrer an der Leine zog, dann sie, die Frau, die ihn spazieren führte.

Francesco überlegte nicht lange. Rasch griff er nach seiner Jacke und verließ im Laufschritt die Praxis.

Die Frau gefiel ihm. Hochgewachsen, kühl, aristokratisch. Stets gut gekleidet und offenbar an nichts und niemandem interessiert. Sie war immer allein, legte immer denselben Weg zurück: Einkaufen im Supermarkt, Brot beim Bäcker am Campo de' Fiori, ein Abstecher zum Weinladen in der Via del Pellegrino und ab und zu der Luxus eines schnellen Kaffees in der Bar del Fico. Francesco stellte ihr bereits seit über einem Jahr nach. Zuerst waren es nur gelegentliche Begegnungen gewesen, dann hatte er angefangen, eine Art Zwang zu entwickeln und sich die Zeiten und die Orte, an denen er sie sah, zu notieren. So hatte er eine ziemlich genaue Skizze ihrer Gewohnheiten und Wege entworfen und konnte ihr nun *ganz zufällig* begegnen.

Jeden Tag. Und jedes Mal sagte er sich, dass es der richtige Moment sei, um mit ihr anzubändeln. Er hätte schon unzählige Gelegenheiten gehabt, hatte es aber bisher noch nicht einmal geschafft, ihr guten Tag zu sagen.

Francesco war solo, seit Emma ein gutes Jahr alt war. Seine Ex-Frau Ilaria hatte für ihre Karriere alles stehen und liegen lassen. In einer kleinen Kirche im Herzen von Trastevere hatten sie geheiratet. Sie war gerade mitten in der Facharztausbildung gewesen, und drei Jahre später hatte sie als Kinderärztin angefangen. Dann hatten die Reisen begonnen: Hilfsmissionen in die verschiedensten Gebiete der Erde. Damals, vor siebzehn Jahren, hatte sie Kambodscha gewählt, doch anders als zuvor war sie nicht mehr zurückgekommen.

So hatte er sich nicht allein in der Vaterrolle, sondern plötzlich auch in der des Hausmanns wiedergefunden. Und Beziehungen zu anderen Frauen hatte es seitdem nicht mehr gegeben. Nichts, er war wie gehemmt, obwohl sein Lustempfinden mitnichten zum Erliegen gekommen war. Er war ein im Umgang mit der Liebe erfahrener Therapeut und tagtäglich mit Pärchen in der Krise konfrontiert, er gehörte zu den Besten seines Faches und löste die Probleme von Dutzenden Patienten. Nicht jedoch die eigenen. Die Ratschläge, die er andern gab, funktionierten bei ihm selbst nicht. Es hätte eines anderen Therapeuten bedurft, der ihm bei der Umsetzung seiner eigenen Ratschläge half. Aber er hatte nie einen aufgesucht. So hegte er weiter seine Träume, ohne dass es zu irgendwelchen Kontakten kam.

Nun also die Dame mit dem langen schwarzen Haar. Von Weitem sah sie aus wie Demi Moore zu Zeiten von *Striptease*, und auch von Nahem hielt sie, was sie versprach.

Er beobachtete sie, während er an der Bar saß und Zeitung las oder pfeifend den Blick schweifen ließ, eine Art Humphrey-Bogart-Karikatur. Sein Körper konnte sich durchaus sehen lassen, was ihm fehlte, war die unverfrorene Art. Er hätte einen Arm um ihre Taille legen, sie an sich ziehen und ihr mit fester, entschlossener Stimme zuraunen sollen: »Hey Puppe, ich bin dein Typ.« Stattdessen blieben ihm jedes Mal, wenn er auch nur versuchte, sie nach der Uhrzeit zu fragen, die Worte im Hals stecken, und er sah aus, als hätte er einen Schluckauf.

Jetzt war sie keine zwanzig Meter weit von ihm entfernt. Er folgte ihr, ohne darauf zu achten, was ringsum geschah.

Lautes Gehupe ließ ihn zusammenzucken. Er war auf die Straße getreten, ohne sich umzusehen. Das Auto fuhr vorbei, der Mann am Steuer beschimpfte ihn. Als Francesco sah, wie die Frau sich aufgrund des Tumults umwandte, verschwand er schnell hinter der nächsten Hausecke. Er atmete tief durch und fasste sich an die Brust. Sein Herz klopfte wie wild.

»Beruhige dich«, sagte er laut zu sich selbst, »sie ist dort. Du gehst jetzt hin, ruhig, entschlossen, und sagst ihr … ja, was sage ich ihr …?« Aus seiner Stimme sprachen wie so oft Verunsicherung und Enttäuschung.

Er trat zurück auf die Straße. Die Frau war verschwunden. Aber Francesco wusste genau, wo sie war. 14.45 Uhr: Zeit für einen Kaffee.

Der Hund war draußen festgebunden, er lag brav zusammengerollt auf dem Pflaster und wartete, ohne von irgendetwas Notiz zu nehmen. Sie sah fantastisch aus in ihrem taubenblauen Kostüm, sie hatte so eine elegante Haltung und so einen durchdringenden Blick. Ein halbes Tütchen Zucker. Brauner Zucker, wie immer.

Francesco beobachtete sie durch die Scheibe. Auch der Barmann schien hingerissen von der Frau. An den Tischen im Freien saß eine Handvoll Gäste.

Die Frau nippte an ihrem Kaffee, Francesco zupfte die Jacke und den Krawattenknoten zurecht und versuchte, sein Spiegelbild zu erhaschen, um zu sehen, ob die Frisur saß. Die Frau drehte den Kopf zum Eingang, und Francesco zog sich mit einem Satz zurück.

»Ob sie mich gesehen hat?«, fragte er sich.

Möglichst ungezwungen entfernte er sich von der Bar, die Hände in den Taschen und einen imaginären Stein vor sich her kickend. Doch schon nach wenigen Metern machte er kehrt, weil er nicht den Augenblick verpassen wollte, wenn sie hinauskam.

Erneut trat er auf den kleinen Platz, aber der Hund war verschwunden. Die Frau war fort.

Francesco schaute sich um und sah sie um eine Straßenecke biegen. Er beschleunigte seine Schritte, überholte eine alte Dame mit Einkaufstaschen, die ihm den Weg versperrte. Er atmete heftig, der Schweiß lief ihm herab.

Er war noch nicht bis zur Kreuzung vorgedrungen, als sie genau dort wieder auftauchte, wo er sie hatte verschwinden sehen.

Francesco stockte der Atem, keine fünf Meter entfernt stand sie ihm gegenüber.

Er wurde langsamer, blieb beinahe stehen, schluckte, schob den Finger zwischen Hals und Hemdkragen, der viel enger als sonst schien, er bekam kaum Luft.

Francesco starrte sie an, aber die Frau schien es nicht zu bemerken. Sie lief an ihm vorbei, ohne ihn eines Blickes zu würdigen, bei jedem Schritt entströmte ihr ein Hauch von Vanille, ein intensiver, sinnlicher Duft. So unmittelbar aus der Nähe war sie noch schöner, doch in diesem Augenblick wurde ihm klar, dass sie in einer vollkommen eigenen Welt lebte. Sie erweckte den Eindruck, nichts von dem, was ringsum geschah, wahrzunehmen. Weder lächelte sie noch warf sie einen Blick zur Seite. Nie begleitete oder erwartete sie jemand.

Sie war unerreichbar, weit weg für alle und von allem.

Und nun auch für ihn. Vielleicht hatte sie sich im Weg geirrt oder etwas liegen gelassen. Jedenfalls ging sie dieselbe Richtung zurück, aus der sie gekommen war, mit rhythmisch wiegendem Schritt und ohne Zögern.

Francesco seufzte. Auch diesmal hatte er es nicht geschafft.

Er kehrte ebenfalls um, aber zuerst schaute er noch einmal in der Bar vorbei. Vielleicht würde er die Spur ihres Duftes erhaschen.

Danach würde er nach Hause gehen.

Sara

Dieser Abend sollte der wichtigste ihres Lebens werden. Sara hatte ihn bis ins kleinste Detail vorbereitet: Abendessen im River Café, dem Lokal, in dem sie ihr erstes gemeinsames Date gehabt hatten, und außerdem zwei U-Bahn-Tickets, Blue Line, Richtung Downtown, wo sie sich zum ersten Mal begegnet waren. Sie hatte dasselbe Gericht wie damals vorbestellt, sie konnte sich noch genau daran erinnern. Seitdem war fast ein Jahr vergangen, und ihre Beziehung hatte enorme Fortschritte gemacht. Es herrschte völliges Einverständnis zwischen ihnen, keiner hatte vor dem andern Geheimnisse, und das Bett war ein Schlachtfeld, das sie am liebsten nie verlassen hätten.

Anfangs hatte Sara befürchtet, die Beziehung könne wie üblich eine Enttäuschung werden und urplötzlich alles vorbei sein. Sie hatte schon zu viele Trennungen, zu viele traurig endende Geschichten erlebt, als dass sie die Schönheit dieser neuen Liebe in vollen Zügen hätte auskosten können. Aber sie zwang sich zum Optimismus, und nach den ersten zaghaften Schritten hatte sie sich gehen lassen, Vertrauen gefasst und sich eine süße und unbeschwerte Zukunft ausgemalt.

»Man muss nur für die kleinen Zeichen empfänglich bleiben«, sagte sie sich.

Und an kleinen Zeichen fehlte es in dieser Beziehung nicht: angefangen bei den Post-its, die sie sich täglich auf die Kopfkissen klebten, über die SMS in der Mittagspause bis hin zu den diversen Songs, die sie sich gegenseitig auf die iPods luden. Jedes Mal, wenn Sara ihren MP3-Player anschaltete, war ein neues, eigens für sie ausgewähltes Stück drauf. An diesem Morgen war es *Turn off the Light* gewesen, eher eine Verheißung als eine Aufforderung.

Nach monatelangem Sparen hatte sie es endlich geschafft. Der kleine, wundervolle Ring gehörte dank des großzügigen Preisnachlasses bei Tiffany & Co nun ihr, und heute Abend würde sie Jodie fragen, ob sie den Bund fürs Leben mit ihr schließen wolle.

Deshalb hatte sie früher bei der Arbeit Schluss gemacht. Sie wollte rechtzeitig zu Hause sein, um den Nachmittag der Vorbereitung ihres neuen Lebens zu widmen. Der heitere Morgenhimmel hatte sich eingetrübt. Schwarze Wolken zeichneten sich am Horizont ab, in der Ferne hörte man erstes Donnergrollen. Sie hätte ein Taxi nehmen, das Fahrrad einpacken und sich zum Pier 11 bringen lassen können. Aber genauso wie bisher musste sie auch in den nächsten Wochen das Geld beiseite legen, denn die Ersparnisse waren verbraucht, investiert in ein Liebesversprechen, eine Verheißung von Glück.

Mit einem Lächeln auf den Lippen stieg sie aufs Rad, bereit, dem Regen zu trotzen.

Gerade hatte sie Brooklyn erreicht, als ein Wolkenbruch niederging. Sie strampelte ein paar Kilometer durch den unverhofften Platzregen und kam vollkommen durchnässt vor ihrer Haustür an. Sie hielt unter dem Vordach und sah, wie die Regentropfen heftig auf den Asphalt prasselten, während Nelly Furtado sich fragte: *Where is the Love that I'm looking to find?* Tut mir leid für dich, liebe Nelly, dachte Sara, aber ich habe meine Liebe gefunden, und sie fühlte sich glücklich.

Triefend ging sie hinein, ganz von dem Gedanken erfüllt, dass dies ein unvergesslicher Abend werden würde.

Sie sollte sich nicht täuschen.

Marta

Nicht einmal der Flughafen war so wie früher.

Vor einigen Jahren war man mit dem Auto bis zur Ankunftshalle vorgefahren, hatte mit ein bisschen Glück auf einem der blau markierten Parkplätze geparkt, ein paar Euro und ab zum Terminal, um den Liebsten, der gerade aktuell war, in Empfang zu nehmen.

Jetzt war das anders.

Warum verändert sich das alles?, überlegte sie, während sie mit dem Wagen im Schritttempo in die einzig mögliche Richtung fuhr: über den von der Hauptstraße aus leicht erhöhten Zubringer zu dem gebührenpflichtigen Parkplatz hinter der Ankunftshalle.

Es herrschte uneingeschränktes Chaos. Bei der Einfahrt zog man einen Parkschein, der einem die erste halbe Stunde gebührenfrei zusicherte, und gelangte so in das verschlungene Labyrinth des Großparkplatzes. Man brauchte etwa fünf bis zehn Minuten, um einen freien Parkplatz zu finden, dann ging es zu Fuß weiter zum Terminal, über Zebrastreifen zwischen Taxis, Bussen und Mietwagen hindurch, die als einzige Fahrzeuge berechtigt waren, die alte Zufahrtsstraße zu benutzen. Bis man die Automatiktüren erreicht hatte, war mindestens eine Viertelstunde vergangen, der Flug hatte garantiert Verspätung, und die erste halbe Stunde war im Nu vertan.

All das brachte Marta aus dem Gleichgewicht. Wenn es bestimmte Vorschriften zu beachten galt, wenn sich kein

Ausweg finden ließ, wurde sie nervös. Und wenn sie nervös wurde, fing sie an zu schnaufen wie ein Hundertmeterläufer, der nach einem Rennen nach Luft schnappt. Saß sie an der Kasse ihres Buchladens, trommelte sie entweder mit den Fingern auf den Tisch, wobei der abgehackte Rhythmus schon mehr als einen Kunden auf die Palme gebracht hatte, oder sie klopfte ununterbrochen mit dem Fuß auf den Boden.

Nun stand sie hier, umringt von Dutzenden von Männern in dunklem Anzug, mit Sonnenbrille auf der Nase oder hochgeschoben auf den Kopf und gut sichtbaren Schildern mit den Namen von Mr, Mrs oder Family soundso hochhaltend, um die Betreffenden in ihr jeweiliges Hotel zu bringen.

Natürlich gab es in dieser fantastischen Wartehalle des Flughafens Leonardo da Vinci keine Sitzgelegenheiten, wenn man von den acht ständig belegten Plätzen vor dem kleinen Wechselschalter und dem Geländer absah, das permanent von ein paar Glücklichen belagert wurde, die sich dort anlehnten oder sich sogar darauf setzten und die Beine baumeln ließen. Die Ankunftstafel zeigte an, dass der Flug aus London seit zehn Minuten gelandet war. Marta schloss die Augen und seufzte tief.

Die Schiebetüren gingen ununterbrochen auf, und Zollbeamte waren zu sehen, Urlauber, die mit einem Lächeln auf den Lippen in ihren Alltag zurückkehrten, Dienstreisende, für die es nur ein Tag wie jeder andere war, oder Touristen, die zu Besuch in die Ewige Stadt kamen, gemeinsam mit der Familie oder von einem alten Freund oder Verwandten abgeholt wurden.

Marta reckte sich und spähte zur Gepäckausgabe, aber in dem Gewühl von Leuten war es unmöglich, Marco ausfindig zu machen.

Plötzlich stockte ihr das Blut in den Adern.

Weiter rechts von ihr bemerkte sie einen weiteren Ausgang für Reisende, weitere Automatiktüren, weitere Scharen von Leuten, die den Flughafen verließen.

Einen Moment lang wurde sie von Panik ergriffen, dann eilte sie möglichst unauffällig zum Ausgang Nummer zwei, ein kurzer Blick auf die herausströmenden Massen und zurück zu Nummer eins.

Mindestens zwanzigmal ging das so hin und her, wobei sie zusehends nervöser wurde.

Als sie an den Männern mit den Schildern vorbeikam, bemerkte sie, dass einer sie bereits seit einer Weile beobachtete, bis sich schließlich ihre Blicke begegneten und er fragte: »Hallo, ist alles in Ordnung mit Ihnen?«

»Und mit Ihnen?«, erwiderte Marta spitz und in angriffslustigem Ton, der keine Widerrede duldete. Bei ihren Worten zuckte der Mann zusammen, verzog den Mund und verlegte sich wieder aufs Warten.

Marta, die angefangen hatte zu schwitzen, näherte sich zum soundsovielten Mal dem Ausgang, als sie ihn endlich sah. Marco Patassini war gerade durch die Automatiktür getreten und schaute sich suchend und ein wenig zerstreut um.

Um Haltung bemüht, blieb Marta wie angewurzelt stehen. Verstohlen strich sie sich durchs Haar, zupfte das geblümte Kleid zurecht, das sie über der Leggins trug, und lächelte ein befreiendes Lächeln, das sie entspannte.

Sie war noch unentschlossen, ob sie winken sollte, um sich bemerkbar zu machen, als er ihr zuvorkam, mit einer Geste, die zu sagen schien: »Ich bin hier, wart auf mich, ich komme«, und einem Lächeln, wobei er seine Zähne zwischen dem Bart entblößte, der seit ihrer letzten Begegnung sehr viel länger und wilder geworden war.

Marco ergriff seinen Trolley, ging um das Geländer herum

und tauchte in den langsamen Strom der ankommenden Reisenden ein.

Marta lächelte, während eine heiße Glut sie durchströmte. Unverwandt sahen sie sich an, während sie ihm entgegenging.

Noch dreißig Meter trennten sie, und je mehr sie sich in der Masse von Menschen aufeinander zubewegten, desto begieriger wurden ihre Blicke.

Martas Lippen waren zu einem Lächeln erstarrt. Plötzlich bemerkte sie, dass sich Marcos Blick leicht nach rechts verlagert hatte. Nach ein paar weiteren Schritten war er *eindeutig* weiter rechts.

Marta zwang sich, den Arm zum Gruß zu heben, sie waren kaum zehn Meter voneinander entfernt, doch er hatte nicht nur seine Blick-, sondern auch seine Laufrichtung um etliche Grad gedreht.

Marta spürte, wie ihre Lippen erschlafften. Dann wandte sie sich um und sah drei Kinder etwa im Alter zwischen fünf und zehn Jahren durch die Menge flitzen und hörte, wie sie alle durcheinander, jedes in einer anderen Tonlage, »Papa!« riefen.

Papa?!, dachte Marta, während ihr Arm herabsank und traurig an seinen Platz an der Seite ihres Körpers zurückkehrte.

Papa?!, wiederholte sie erneut im Kopf, und das Herz schlug ihr bis zum Hals.

Sie schluckte und sah das Schreckensbild näher kommen: eine blonde Bohnenstange, ein paar Jahre älter als sie, mit einer Ausstrahlung, die Myriaden von Frauen zum Erblassen gebracht hätte.

Marco umarmte sie, während sich die Kinder hüpfend an seine Beine klammerten und ihre Portion an Zuwendung forderten. Dann küsste er sie, auf den Mund, leidenschaftlich, derselbe Kuss, bis aufs kleinste Detail derselbe Kuss, den Marta sich seit Wochen, seit Monaten, wenn nicht gar ihr Leben lang erträumt hatte.

Von Panik ergriffen suchte sie nach einem Fluchtweg. Aber die glückliche Familie stand zu dicht neben ihr, ein Blick würde genügen …

Zu spät!

Marco Patassini ließ seine Frau los, und als er sich hinabbeugte und die Kinder umarmte, drehte er den Kopf, erkannte sie … und lächelte ihr zu.

»Marta, wie nett, dich zu sehen. Wie geht's?«, fragte er und trat auf sie zu.

Marta hatte das Gefühl, nicht sprechen zu können, und das »sehr gut«, das sie herausbrachte, wirkte wie eine schlechte Imitation von Gianna Nannini.

»Hast du's auch im Hals?«, bemerkte er freundlich. »Das ist diese verdammte Klimaanlage. Darf ich dir meine kleine Bande und meine Frau Anna vorstellen?«

Die beiden Frauen reichten sich die Hand. Marta lächelte, aber sie hatte das Gefühl, einer Wachsstatue zu gleichen.

»Sie ist die Inhaberin vom BeVabbe', dieser entzückenden Buchhandlung im Zentrum von Rom, wo ich mein Buch vorgestellt habe. Gehst du auf Reisen?«, fragte er unvermittelt.

»Äh, nein … nein … ich bin hier, um eine Freundin abzuholen«, erwiderte sie mit noch immer heiserer Stimme und hüstelte.

»Ah ja … na dann bis bald mal … War nett, dich zu treffen … und pass auf deinen Hals auf«, sagte er mit einem Lächeln und nahm dann eines seiner Kinder auf den Arm.

Seine Frau Anna verabschiedete sich unverbindlich und

hakte sich mit ihrem langen dünnen Arm bei ihrem Mann unter.

Marta sah sie durch die Automatiktür des Flughafens verschwinden. Traurig machte sie sich auch auf den Weg, darauf achtend, nicht von einer der zahllosen Limousinen mit den verdunkelten Scheiben auf der Straße vor der Ankunftshalle angefahren zu werden. Sie erreichte ihren Wagen, reihte sich in die Schlange ein, und als sie die Schranke erreicht hatte, fiel ihr auf, dass sie das Parkticket noch nicht bezahlt hatte. Die Automaten befanden sich am Eingang.

Mühsam zwängte sie sich hinaus und erntete Gehupe. Die Fahrer, die hinter ihrem Wagen warten mussten, fluchten, da sie die Ausfahrt blockierte.

Sie zahlte acht Euro und ließ den verdammten Parkplatz endlich hinter sich. Wenn man die Benzinkosten drauf rechnete, würde sie an diesem Nachmittag mindestens drei Bücher mehr verkaufen müssen, um keinen Verlust zu machen.

Was die Enttäuschung betraf, brauchte sie gar nicht erst Bilanz zu ziehen: Das Ergebnis hatte unkalkulierbare Ausmaße angenommen.

Sara

Das River Café ist ein kleines Lokal an der East River Promenade. Zwischen dem Fluss und einigen Bäumen versteckt genießt man von hier einen traumhaften Blick auf Manhattan. Es ist unglaublich, dass man von solch einem Fleck eine so großartige Sicht hat. Tische und Stühle stehen auf einem Holzpodest auf dem Gehweg, ein mit Kletterpflanzen bewachsenes, schwarz lackiertes Metallgitter schirmt die Gäste von den Spaziergängern ab, und der Eingang wird von zwei blühenden Zitronenbäumen gesäumt.

Sara drückte der ihr gegenübersitzenden Jodie die Hand, während im Hintergrund die nächtliche Brooklyn Bridge schimmerte und die Wolkenkratzer hell leuchteten. Als kleines Mädchen hatte Sara ein Poster von New York in ihrem Kinderzimmer hängen. Sie hatte immer geglaubt, dass es diese Stadt nicht wirklich gebe, dass sie wie das Dornröschenschloss oder Dagobert Ducks Geldspeicher ein unerreichbarer Ort der Phantasie sei. Sie blinzelte zweimal, doch der Zauber blieb. Alles um sie herum war Wirklichkeit, eine Wirklichkeit, die auch sie und ihre, wie es schien, nun bald erfüllten Träume umfasste.

Ein Kellner goss Weißwein ein, einen Sauvignon aus dem Napa Valley. Sara nahm das Glas, schnupperte daran, schwenkte es ein paarmal lässig und nippte. Sie war zwar keine Sommelière, aber bei der Auswahl legte sie einen guten Geschmack an den Tag. Lächelnd gab sie dem Kellner ein

Zeichen, und er füllte beide Gläser, stellte die Flasche in den Kühlbehälter und verschwand.

Mit ihrem blonden Haar sah Jodie aus wie eine typische Kalifornierin, obwohl sie eigentlich aus New Jersey stammte. Sie hatte volle, rote Lippen, vorstehende Wangenknochen und grüne, ein wenig ins Gelbliche gehende Augen. Sara liebte ihren schlanken, athletischen Körper, den die Natur geformt hatte, ohne dass sie auch nur eine Stunde im Fitnesscenter zugebracht hätte. Sie liebte ihre kurzen Kleider, dass sie auch ohne Schminke weiblich wirkte, ihren entschlossenen Charakter, die Leidenschaft, mit der sie sie während ihrer intimen Begegnungen küsste.

»Auf dich«, sagte Sara und hob das Glas.

»Auf dich«, erwiderte sie und bedachte sie mit einem vielsagenden, leidenschaftlichen Blick.

Sie tranken, dann beugte Jodie sich zu Sara.

»Ich bin ein bisschen verunsichert«, flüsterte sie ihr zu.

»Weshalb?«, fragte Sara gespannt.

»Dieser Ort ist einfach zu schön, dieser Wein einfach zu köstlich, und du trägst ein Paar wunderschöne neue Schuhe.«

»Und weiter?«

»Na ja, ich fürchte, ich habe irgendetwas vergessen … unser Einjähriges ist erst in einem Monat, dein Geburtstag war gerade … Hast du vielleicht einen neuen Job gefunden?«, fragte sie hoffnungsvoll.

»Nein. Können wir nicht einfach einen schönen Abend zusammen verbringen?«, sagte Sara.

»Das glaube ich dir nicht. Ich kenne dich doch«, erwiderte Jodie lächelnd.

»Du hast recht, es stimmt tatsächlich nicht«, sagte Sara feierlich. »Ich habe eine Überraschung für dich.«

»Was denn?«

»Hab noch ein bisschen Geduld…«, gab sie verschmitzt zurück.

Sie aßen dieselben Gerichte wie an ihrem ersten Abend: gegrillte Scampi mit Backkartoffeln, Alaska-Königskrabbe in Avocadosauce und zum Nachtisch einen köstlichen Käsekuchen mit Waldfrüchten. Dann erhoben sie sich, berauscht von dem Abend und dem reichlichen Wein, und machten sich auf den Heimweg durch das Lichtermeer der niemals schlafenden Stadt.

»Ich habe eine Mietwohnung in Queens entdeckt«, sagte Sara.

»Unsere Wohnung ist doch perfekt.«

»Sie hat einen Garten«, entgegnete Sara.

»Hast du's dir mit dem Kinderkriegen etwa anders überlegt?« Jodies Blick verdüsterte sich leicht.

»Fürs Erste habe ich an einen Hund gedacht…«

»Genüge ich dir etwa nicht?«, fragte Jodie und löste die Anspannung, indem sie Sara einen Kuss auf den Mund drückte.

»Komm schon, die Wohnung ist echt schön. Willst du sie sehen?«

»Nur wenn du mir deine Überraschung verrätst.«

»Bitte sehr!«, erwiderte Sara und deutete auf den Eingang zur U-Bahn.

Jodie begriff nicht, aber Saras Lächeln sagte mehr als tausend Worte. Sara fasste Jodies Hand, und gemeinsam liefen sie die Stufen hinab. Es war kurz vor Mitternacht, und in dem Wagen, in den sie einstiegen, saßen kaum Leute.

Ein Schwarzer mit in die Stirn gezogenem blauen Cap und einem Aufdruck der Kansas City Royals hatte den Kopf ans Fenster gelehnt, den Arm um die Rückenlehne geschlungen und döste, zwei Punks unterhielten sich in irgendeiner fremden Sprache, ein Araber las Zeitung, und eine Frau mit einer Macy's-Tüte auf dem Schoß starrte vor sich hin.

Sara und Jodie setzten sich in einiger Entfernung von den anderen hin.

»Und was machen wir jetzt hier in der U-Bahn? Wir hätten doch ein Taxi nehmen können, oder?«, sagte Jodie.

»Blue Line … Richtung Downtown …«, versuchte Sara ihr auf die Sprünge zu helfen.

»*So what?*«, erwiderte Jodie.

»Erinnerst du dich nicht?«, fragte Sara ein wenig enttäuscht.

»Nein«, antwortete Jodie schroff.

»Echt nicht?«, insistierte Sara.

Jodie brach in Gelächter aus. Ihre Zähne waren weiß und vollkommen ebenmäßig. Sie lachen zu sehen, bedeutete für Sara das reine Glück.

»Wie dumm du bist … du glaubst echt alles. Es war der 26. Juli, und du hast genau dort gesessen …«, sagte sie und deutete auf einen Sitz hinter ihnen.

Sara spürte, wie ein Schauer sie durchlief, und entspannte sich. Jodie hatte es nicht vergessen.

»… du hattest ein Baseball-Cap auf, das bei jedem andern albern ausgesehen hätte, aber dir stand es einfach fantastisch …«, fuhr Jodie fort.

»… und ich hatte keine Ahnung, dass am nächsten U-Bahnhof eine Frau zusteigen würde, die mein Leben verändern sollte …«, endete Sara. Dann stand sie auf und küsste Jodie auf den Mund.

»Und du das meine«, ergänzte die Amerikanerin.

»Und an diesem Abend möchte ich dir sagen, dass ich es gern für immer verändern würde …«, sagte die Freundin geheimnisvoll.

Jodie zog die Augenbrauen hoch und lächelte. Sie begriff nicht.

Sara holte ein rotes Samtetui aus der Tasche und kniete vor Jodie nieder.

Die anderen Fahrgäste beachteten sie nicht weiter, jeder war mit seinen eigenen Gedanken oder der eigenen Müdigkeit beschäftigt, nur die Frau mit der Macy's-Tüte drehte sich um und beobachtete sie.

Saras Herz klopfte zum Zerspringen, die beiden Flaschen Wein verstärkten ihre Wahrnehmung und halfen ihr, Mut zu fassen. Sie öffnete das Etui, und der Ring mit dem violetten, herzförmigen Stein kam zum Vorschein.

»Jodie …«, begann sie und schluckte, »willst du mich heiraten?« Sie beendete den Satz, als der Wagen hielt und die Türen aufgingen.

Sara sah, wie Jodies Augen flackerten, und einen Augenblick lang fürchtete sie, dass sie hastig aussteigen und verschwinden könnte.

Ein Pfiff ertönte, bevor die Türen sich schlossen. Die U-Bahn setzte sich wieder in Bewegung, und Jodie legte die Hände um Saras Gesicht. Zärtlich zog sie sie zu sich heran, und der Kuss, den sie ihr gab, schien ihren Bund zu besiegeln.

Am Bahnhof Rockaway Avenue stiegen sie aus, und auf dem kurzen Weg nach Hause kam es Sara vor, als liefe sie auf Wolken.

Es bedurfte keiner Worte. Sie öffneten die Tür, wenige Sekunden später lagen ihre Kleider zusammengeknüllt auf dem Boden, und ihre Körper stürzten sich auf das vom Morgen noch zerwühlte Doppelbett.

Sie liebten sich in dieser Nacht so zärtlich und leidenschaftlich wie immer. Dann übermannte sie der Schlaf, und Sara schlummerte in Jodies Armen ein. Sonderbare Träume suchten sie während der Nacht heim. Eine kleine hölzerne Marionette, mit der sie als Kind gespielt hatte, und eine alte Stoffpuppe, vor der sie sich stets gefürchtet hatte, kamen darin vor. Mit noch geschlossenen Augen tastete sie die andere Seite des Bettes auf der Suche nach der Freundin ab, aber wie so oft fand sie nur ein Post-it mit einer Nachricht.

Diesmal waren es jedoch keine zärtlichen Worte, keine kleinen Zeichnungen, auch der iPod lag auf dem Schreibtisch.

Sara las den Zettel, dann las sie ihn erneut, immer wieder, ganze zehn Minuten lang. Wort für Wort ging sie durch, aber es war, als könne sie den Sinn dieser schlichten, vernichtenden Sätze nicht erfassen.

Du schaffst es immer wieder, mich zu überraschen, Sara, und gestern Abend ist es dir einmal mehr gelungen. Du bist wunderbar, freigiebig, du gehst immer aufs Ganze und schonst dich nie, du bist ein großartiger Mensch, zu großartig vielleicht... und ich will dich nicht enttäuschen, eine Heirat wäre zu viel für mich. Adio, Jodie.

Das Einzige, was sie denken konnte, war: Addio schreibt man mit zwei d, du dumme Amerikanerin. Sie sah zum Fenster. Der Tag war längst angebrochen und der Abend zuvor nunmehr eine blasse Erinnerung.

Seit ihrem Einzug in die Wohnung hatte Jodie die Steckdose unter dem Spiegel für das Ladegerät ihres iPhones mit Beschlag belegt und es nie herausgenommen.

Erst als Sara sah, dass es nicht mehr da war, begann sie, verzweifelt zu weinen.

Sie stand auf, als es bereits Zeit zum Mittagessen war, ihr Magen krampfte sich zusammen. Im Spiegel sah sie flüchtig ihr Gesicht, das lange, bis über die Schulter fallende Haar. Sie schüttelte sich und löste sich von ihrem Spiegelbild, bevor sie erneut zu weinen begann. Dann zog sie sich an und ging hinaus, lief durch die Straßen von Brooklyn mit seinen typischen roten Backsteinhäusern und den Metalltreppen, den kleinen, eingefassten Beeten mit den noch immer blühenden Bäumen.

Sie betrat den Friseursalon einer dicken schwarzen Frau, die einen Knoten aus lauter fein geflochtenen Zöpfen auf dem Kopf trug, und bat sie, ihr die Haare kurz zu schneiden, ganz kurz.

Das war kein Versuch, die Stimmung zu heben. Sie hatte lediglich noch etwas Geld, das sie nicht mit nach Italien nehmen wollte.

Ja, sie würde zurückgehen, zurück in ihre Heimat. Ihr war klar geworden, dass es nicht am Ort lag, weshalb all ihre Affären scheiterten, sondern an ihr selbst. In dieser Situation allein hierzubleiben ergab keinen Sinn mehr. Sie würde zu ihrer Familie zurückkehren.

Das Einzige, was ihr von der missglückten Geschichte blieb, war der Ring von Tiffany, das violett schimmernde Herz. Sie trug ihn an ihrem Finger zur Schau, als sei sie frisch verlobt. Und alle anderen Frauen in dem Friseursalon bemerkten es. Sie ließen Kommentare fallen, griffen nach ihrem Finger, bewunderten den glitzernden Stein und beglückwünschten sie.

Aber zu was?, dachte Sara traurig. Wenn ihr wüsstet …

Doch sie verriet nichts, sondern rühmte sich des vermeintlichen Geschenks. Die Frauen plauderten und tauschten Vorstellungen und Geheimnisse über ihre Männer oder diejenigen aus, die sie gern zum Mann gehabt hätten, erzählten, wann sie ihren Ring bekommen hatten oder wie sie ihn gern bekommen hätten. Eine Fette aus Maine hatte ihren in einer Muschelschale gefunden, eine andere unter dem Kopfkissen.

Sara war wie betäubt und hörte ungläubig zu. All die Frauen, mit denen sie zu tun gehabt hatte, all ihre Affären … keine hatte sich am Ende als passend erwiesen. Vielleicht lag es daran, dass Frauen grundsätzlich nicht zu ihr passten, und sie nicht zu Frauen. Unaufhörlich grübelte sie darüber nach.

Ein weiterer Tag verging, sie kündigte die Arbeit, packte ihre Sachen und reiste zurück nach Rom.

Im Flugzeug über dem Atlantik sah sie, wie eine Stewardess dem Mann neben ihr schöne Augen machte. Die Frau versuchte, ihre routinierte Haltung zu bewahren, aber es gelang ihr nicht besonders gut. Der Mann seinerseits lauerte ihr ständig auf, und jedes Mal, wenn sie vorbeikam, fragte er sie nach einem Sandwich, einer Cola, was für einen Film sie empfehlen oder was sie an seiner Stelle im Duty Free kaufen würde.

Während der gesamten Reise rätselte Sara, weshalb diese Flugbegleiterin so glücklich war und ihr Gesicht vor Freude nur so strahlte, obwohl sie den Mann nicht einmal kannte.

Was hatte er, dass er die Frau derart erregen konnte?

Was hatten Männer überhaupt?

Sara wusste es nicht.

Sie kippte den dritten Drink herunter und schaltete den iPod an. Die großen Kopfhörer trennten sie vom Rest der Welt, während Alicia Keys, eine ihrer schönsten Erinnerungen an den Big Apple, *New Day* sang.

Sara lächelte und betrachtete die Wolken, dann schloss sie die Augen und entspannte sich endlich bei dem Gedanken, dass Alicia in der Tat recht hatte.

Francesco

In seiner Küchenschürze mit dem aufgedruckten Superman stand Francesco selbst der erfahrensten Hausfrau in nichts nach. Zumal seine Leckerbissen einfach köstlich schmeckten. Wie hätte es auch anders sein sollen, denn er hielt sich genauestens an die Geheimnisse seiner Großmutter. Zu seinen besonderen Stärken gehörte Spaghetti Carbonara. Die Großmutter stammte aus Trastevere, und das ganze Geheimnis lag in dem in heißem Keimöl gerösteten Speck, in dem man, sobald die Nudeln abgegossen waren, die Eier anbriet. Nun stand er am Herd und war mit der Zubereitung einer seiner weiteren Spezialitäten beschäftigt: Lasagne.

Emma lümmelte auf einem Sessel und beobachtete ihn. Stundenlang hätte sie ihm zuschauen können, denn sie mochte es, wenn er sie und ihre Schwestern umsorgte. Doch an diesem Abend hatte sie ihm etwas Wichtiges mitzuteilen.

»Können wir jetzt reden, Papa?«

»Schieß los«, sagte er und füllte Tomatensoße in die Auflaufform.

»Also … ich habe einen Typen kennengelernt, er heißt Alessandro …«

»Und was ist mit Stefano?«

»Du meinst Diego, Papa. Mit Stefano ist schon seit über einem Jahr Schluss!«

»Stefano, Diego … was weiß denn ich! Du lässt mir keine

Zeit, all die Namen zu behalten. Jede Woche schleppst du einen anderen an.«

»Na, vielen Dank auch!«, antwortete sie beleidigt.

Francesco drehte sich zu ihr um, in der Hand den von Soße triefenden Kochlöffel.

»Willst du etwa behaupten, dass es nicht stimmt?«

»Ist es meine Schuld, wenn all meine Affären nach einem Monat in Streitereien enden?«

»Ich sag nicht, dass es deine Schuld ist, aber …«

»Schon gut. Jetzt lass mich bitte weiterreden«, unterbrach sie ihn. »Ich habe wie gesagt … diesen Alessandro kennengelernt …«

»Und wie üblich hat er tausend Fehler, und in zwei Wochen gehört er zu den …«

»Nein, du täuschst dich, er ist süß, klug, zuvorkommend … ein echt geiler Typ, anders als die andern.«

»Ach ja? Das freut mich. Und seit wann seid ihr zusammen?«

»Seit zwei Monaten.«

»Seit zwei Monaten? Da hast du aber lange gewartet, es mir zu sagen.«

»Ich habe so lange gewartet, weil … Papa, ich glaube, ich bin echt verliebt«, stieß Emma hervor.

Francesco wandte sich wieder seiner Lasagne zu, nahm die Auflaufform aus Aluminium und schob sie in den Ofen. »Das ist das erste Mal, dass ich das von dir höre, Emma.«

»Na ja, weiß nicht, ob es das erste Mal ist … er gefällt mir, er gibt mit ein Gefühl der Sicherheit …«

»Geht er mit dir in die Schule?«

»Nein, er ist Architekt«, sagte sie.

»Erstes oder zweites Semester Architektur?«, fragte Francesco, während er mit dem Geschirr hantierte.

»Nein, nein, er arbeitet als Architekt. Das ist genau der Punkt, zwischen uns besteht ein ziemlicher Altersunterschied…«

»Was heißt das?«, hakte Francesco besorgt nach.

»Er ist etwas älter als ich…«, flüsterte sie.

»Wie viel älter?«

»Na ja, zweiunddreißig…«, sagte sie zögernd.

»Du hast dich in einen Zweiunddreißigjährigen verliebt?«, rief er zunehmend beunruhigt.

»Nein, um ehrlich zu sein… sind es zweiunddreißig Jahre Unterschied.«

Emma verzog das Gesicht.

Francesco rechnete rasch nach, dann platzte er heraus: »Du bist mit einem Fünfzigjährigen zusammen?!! Mit einem alten Knacker?!!«

»Du bist kein alter Knacker, obwohl du ein paar Monate älter bist…«

»Emma!«

»Was denn?!«

»Verdammte Scheiße!«

»Papa, benutz nicht solche Ausdrücke!«, ermahnte sie ihn, allmählich wieder Kraft schöpfend.

Ein Klingeln an der Tür erlöste sie aus der peinlichen Situation.

»Ich geh schon«, sagte sie und sprang von ihrem Sessel auf.

»Meine Tochter… ein Fünfzigjähriger…«

Diese Worte wechselten sich in Francescos Kopf unaufhörlich ab. Er hörte Geräusche von der Wohnungstür, Stimmen, aber er achtete nicht weiter darauf.

»Meine Tochter… ein Fünfzigjähriger…«

»Papa!«

Es war Marta. Sie sah Francesco auf dem Sofa hocken, eine

Hand an der Stirn, als wolle er fühlen, ob er hohes Fieber habe. Sie hätte ihm gern gleich von ihrer bitter enttäuschten Liebe erzählt, aber da die *Bombe Emma* eingeschlagen hatte, hielt sie es für klüger, das Ganze auf einen ruhigeren Moment am nächsten Tag zu verschieben.

»Du hast es ja gut aufgenommen«, bemerkte Marta ironisch.

Francesco sah sie kraftlos an.

»Ich wette, du wusstest über alles Bescheid.«

»Ich habe es einfach irgendwann gemerkt. Sie ist jeden Tag zu Ikea. Stimmt zwar, dass sie ihr Zimmer einrichten muss, aber es sind bloß sechzehn Quadratmeter.«

»Arbeitet er bei Ikea?«

»Er ist Architekt bei Ikea«, präzisierte Emma, inzwischen wieder etwas entspannter.

»Ach, so erklären sich die Nachttischchen, die Kommoden und überall die Kataloge mit diesen seltsamen Namen … Borkona, Birkenau …«

»Birkeland. Papa, es heißt Birkeland, Birkenau war ein Konzentrationslager.«

»Wen interessiert schon der richtige Name! Man kann sich schließlich nicht alles merken«, schnaubte er und sprang unvermittelt auf. »Oh Gott, mir schwirrt der Kopf …«

»Willst du dich nicht erst einmal beruhigen?«, sagte Emma, stützte ihn und führte ihn zurück zum Sofa.

»Sie hat recht, Papa. In deinem Alter solltest du gewisse Aufregungen vermeiden«, sagte Marta.

»In meinem Alter? Ich bin genauso alt wie dieser Kerl, der mit meiner Tochter zusammen ist. Der … der sollte sich was schämen, einem kleinen Mädchen nachzustellen!«

»Ich bin kein kleines Mädchen mehr, Papa! Ich bin volljährig und durchaus in der Lage …«

»Von wegen, du bist in der Lage! Du bist meine Tochter und musst …«

Es klingelte erneut an der Tür, und Francescos Stimme wurde noch lauter.

»Und wer ist das jetzt?«

»Ich weiß nicht, aber hör auf, so zu schreien, das bekommt dir nicht«, sagte Emma, bevor sie ging, um zu öffnen.

Marta schaute in den Herd. »Hast du Lasagne gekocht? Mmh, lecker …« Sie ließ sich neben den Vater aufs Sofa fallen.

Plötzlich ertönte ein Schrei von der Wohnungstür.

»Was ist los?«, rief Francesco und eilte hinaus. Er blieb wie angewurzelt stehen: »Sara?!«

Zwei große Taschen lagen draußen vor der Tür auf dem Boden, während seine Töchter sich unter Tränen in den Armen lagen.

»Sara! Mein Liebling! Was machst du denn hier? Was ist passiert? Warum weint ihr?«

»Papa, seit einem Jahr haben wir uns nur über Skype gesehen, dürfen wir da nicht ein bisschen aus der Fassung geraten?«, fragte Emma vorwurfsvoll und mit schluchzender Stimme.

»Er verblödet langsam, Sara, achte nicht weiter drauf«, bemerkte Marta, während sie die Schwester ebenfalls in die Arme schloss.

»So wird' s sein«, rief Francesco, hob Saras Taschen vom Boden auf und machte die Wohnungstür zu.

»Ich möchte wissen, ob du für mich auch ein paar Tränen vergießt. Komm her, ich weiß, dass dir deine Schwestern gefehlt haben, aber jetzt nimm auch deinen Papa in die Arme.«

Sara ließ Emma los und schlang die Arme um den Hals des Vaters.

»Vorsicht mit deinem Papa, du erwürgst mich ja«, rief er keuchend. »Bist du allein gekommen? Du hättest doch Jodie mitbringen können, oder? Dann hätten wir sie endlich kennengelernt.«

»Mit Jodie ist es vorbei, Papa.«

»Wie, es ist vorbei?!«

Francesco löste sich von seiner Tochter und sah ihr in die Augen.

»Was soll das heißen, es ist vorbei?«, wiederholte er.

»Das heißt, dass sie mich verlassen hat, Papa. Mit dieser bescheuerten Amerikanerin ist Schluss.«

»Sie hat dich verlassen? Wieso denn? Und wann?«

»Vor ein paar Tagen. Wir waren zum Essen aus, ich habe ihr den Ring überreicht, wir haben zusammen gesch ...«

»Nein, nein, schon gut, du musst mir nicht *alles* bis in alle Einzelheiten schildern. Ich möchte nur wissen, weshalb sie dich verlassen hat.«

»Weshalb verlässt der eine den andern, Papa? Sag du es mir, du bist doch vom Fach, oder?«, erwiderte Sara spitz.

»Ah, auch noch genervt ... Das gibt's doch nicht, eigentlich bin ich derjenige, der genervt sein müsste. Erst versetzt mich die eine mit dieser Geschichte von dem Fünfzigjährigen in Aufruhr, dann kommt die andere und zieht eine Schnute, dass ...«, rief Francesco.

Doch Sara unterbrach ihn.

»Ah, hast du's ihm also erzählt?«, fragte sie Emma.

»Ja, er hat es gerade eben erfahren«, sagte Marta.

»Und wie hat er es aufgefasst?«, fragte Sara.

»Was soll ich sagen, du weißt ja, wie Papa ist ...«

Francesco platzte der Kragen.

»Verdammt!«, schrie er seine drei Töchter an. »Könnt ihr jetzt endlich mal aufhören so zu reden, als wäre ich gar nicht anwesend? Wenn ich richtig verstehe, bin ich der einzige Depp, der von der ganzen Geschichte nichts wusste.«

Die drei jungen Frauen lachten. Sie waren schön, wenn sie so zusammen lachten.

Francesco freute sich, dass sie alle drei hier bei ihm waren; das letzte Mal lag schon viel zu lange zurück. Sie waren die Frauen seines Lebens, er hatte sie aufwachsen sehen, sie liebevoll großgezogen, mit ihnen gestritten, gelacht, mit ihnen Spaß gehabt und sich über sie aufgeregt. Sie bedeuteten ihm alles. Seit jeher war er ihr Vertrauter, auch wenn sie ihm oft Dinge erzählten, die er lieber nicht gewusst hätte. Er war dem Schicksal dafür dankbar, dass es ihm drei ähnlich geartete Töchter beschert hatte. Er hätte alles für sie getan, auch die unmöglichsten Dinge in Kauf genommen, ... allerdings nach seinen Vorstellungen.

»Es duftet«, rief Sara, während sie an den Herd trat und Francesco aus seinen Gedanken riss.

»Sag bloß, es gibt ...«

»Lasagne!«, ergänzte Francesco.

»Das ist ja fantastisch. Seit einem Jahr träume ich davon! In New York kriegen sie die einfach nicht hin!«, sagte Sara, und das Wasser lief ihr im Mund zusammen.

»Willst du etwa die amerikanische Küche mit der deines Vaters vergleichen?«, fragte Francesco herausfordernd.

Die drei brachen erneut in Gelächter aus. Für ihn war es eine Freude, sie so zu sehen.

Sie hatten alle ihre Probleme, er selbst nicht ausgenommen, aber gemeinsam schafften sie es immer, sie zu lösen.

»In vierzig Minuten ist sie fertig«, sagte er.

Dann sah er sie hinter der Milchglasscheibe der Badezimmertür verschwinden. Das Rauschen der Dusche vermischte sich mit ihrem Lachen und ihren Stimmen.

Er nahm Saras Gepäck und trug es in ihr Zimmer, das für den Notfall immer bereitstand.

Francesco wusste, mochten sie auch noch so weit fortgehen, früher oder später kehrten sie zurück.

Sie können einfach nicht ohne ihren Papa sein, dachte er.

Sara

Am Ende hatten sie die ganze Lasagne aufgegessen. Sara und Francesco hatten noch einen Nachschlag genommen und die Auflaufform vollständig geleert.

Nun nippten sie an einem Limoncello, während Sara das Ende ihrer Geschichte mit Jodie erzählte.

»Versteht ihr? Sie hat sich nicht getraut, es mir ins Gesicht zu sagen, sondern mir nur einen Zettel hinterlassen. ›Adio‹ hat sie drauf geschrieben, mit einem D. Nicht einmal zu einem richtigen Abschied hat es gereicht, verdammt!«, wetterte sie und kippte in einem Zug ihren Limoncello runter.

»Aber jetzt …«

»Was jetzt?«, fragte Marta.

»… habe ich einen Entschluss gefasst.«

»Und welchen?«

»Ich werde hetero«, erklärte Sara.

Francesco verschluckte sich dermaßen an seinem Limoncello, dass er beinahe zu ersticken drohte. Er bekam einen Hustenanfall, und Marta musste ihm auf den Rücken klopfen.

»Was soll das heißen, du wirst hetero?«, fragte er schließlich, rot im Gesicht vor Anstrengung.

»Ich habe genug von Frauen«, sagte Sara entschieden.

»Was soll das heißen?«

»Das soll heißen, dass ich keine Lust mehr habe. Ich bemühe mich, gebe mein Bestes, aber es geht immer schief. Also werde ich was ändern, es mit Männern versuchen, vielleicht läuft es dann besser. Ich werde heterosexuell, Papa, verstehst du? Heterosexuell wie alle andern Frauen. Freust du dich gar nicht?«

»Nein.«

»Wieso denn nicht?«

»Nein. Ich kann dich zwar verstehen, aber nur bis zu einem gewissen Grad. Ihr könnt, verdammt noch mal, nicht von mir erwarten, dass ich alles billige, nur weil ich Psychotherapeut bin. Man kann seine Sexualität nicht einfach eben mal so wechseln.«

»Seine sexuelle Orientierung, nicht die Sexualität«, korrigierte ihn Sara.

»Das ist dasselbe. Ich habe fast zwanzig Jahre gebraucht, um mich an eine lesbische Tochter zu gewöhnen! Es ist mir wurscht, du bleibst eine Lesbe ... Menschenskind noch mal, die sexuelle Identität ist eine ernste Angelegenheit«, rief Francesco ungehalten.

»Was interessiert mich das«, entgegnete Sara. »Ich will es ausprobieren, Papa. Wenn etwas nicht mehr funktioniert, funktioniert es nicht mehr, und man muss es ändern.«

Francesco wandte sich einem Freud-Porträt an der Wohnzimmerwand zu, einer achtzig mal achtzig Zentimeter großen Lithographie.

»Was habe ich nur falsch gemacht, Sigmund, sag mir, was ich falsch gemacht habe?«, fragte er mit lauter Stimme.

»Du hast gar nichts falsch gemacht, vielleicht ist ja bei mir was falsch geraten. Aber das tut nichts zur Sache ... hilf mir lieber. Du kennst dich mit Männern aus, ich dagegen bin einunddreißig Jahre im Rückstand«, sagte Sara und ergriff seine Hand. Er schnaubte, murmelte etwas und trank seinen Limoncello aus.

Das war Francescos Art: Er wurde wütend, schrie, aber

eine einzige Bitte einer seiner Töchter genügte, um alle seine Grundsätze ins Wanken zu bringen.

»Ich werde dir jedenfalls auch beistehen, wenn es drauf ankommt«, mischte sich Marta ein.

»Na schön, ich geh dann mal«, unterbrach sie Emma und erhob sich.

»Wo gehst du hin? Es ist halb zehn!«, sagte Francesco, ohne sich vom Tisch zu erheben.

»Willst du es echt wissen?«, fragte sie lächelnd.

»Ich kann drauf verzichten, aber«, fügte er hinzu, bevor sie die Tür und somit die Freiheit erreicht hatte, »ich will ihn kennenlernen!«

»Was?«

»Ja. Wenn du dich weiter mit ihm treffen willst, muss ich ihn kennenlernen.«

»Aber Papa ...«, versuchte Emma einzuwenden.

»Keine Widerrede. Ich will ihn sehen, ich muss mit ihm sprechen.«

»Aber Papa, es ist noch zu früh!«, protestierte Emma.

»Es ist allerhöchstens zu spät. Du bist immerhin schon zwei Monate mit ihm zusammen! Ich will ihn kennenlernen, und zwar sofort, gleich morgen!«, beharrte er.

Emma sah sich hilfesuchend zu ihren Schwestern um. Sara zuckte mit den Schultern, Marta schüttelte den Kopf.

»Also gut«, gab sich Emma schließlich geschlagen. Dann drückte sie ihrem Vater einen Kuss auf die Wange und verschwand.

»Versteht ihr jetzt, weshalb ich unbedingt einen Jungen wollte?«, fragte er seine beiden Töchter.

»Na ja, bei mir ist es dir ja fast gelungen«, spöttelte Sara, und diesmal stimmte Francesco in das Gelächter der beiden mit ein.

In New York hatte Sara Fuß gefasst, sie hätte dort bleiben können, aber in diesem Augenblick begriff sie, dass die beste Medizin gegen ihren Kummer darin bestand, die eigene Familie in der Nähe statt tausende Kilometer weit entfernt zu wissen.

Sie schenkte sich einen weiteren Limoncello ein und trank auch ihn in einem Zug.

Jodie war bereits Schnee von gestern, von morgen an würde sie nur noch an die Männer denken.

Emma

Seit über zwanzig Minuten stand Emma am Corso Vittorio Ecke Largo Argentina. Alle Taxis schienen vom Erdboden verschluckt zu sein. Sie dachte an ihre Schwester und wie abgefahren ein Leben in New York sein musste, wo man nur eine Hand zu heben brauchte, um sofort ein *Yellow Cab* zu finden, das einen hinbrachte, wo man wollte. Endlich hielt ein Wagen, und Emma stieg ein: Zielort Alessandro. Es war Donnerstagabend, ein Hauch von Sommer lag bereits in der Luft, und Rom war wie stets verstopft von Autokolonnen mit jungen Leuten auf dem Weg nach Trastevere, zum Campo de' Fiori und nach San Lorenzo.

Emma sah die Pappeln am Lungotevere am Wagenfenster vorbeiziehen, der Fahrtwind zerzauste ihre Haare, aber er war angenehm erfrischend auf der Haut. In der kleinen Fahrerkabine dröhnte die metallische Stimme aus der Taxizentrale, die ständig wiederholte: »Keine Verbindung, Camilluccia, keine Verbindung, Camilluccia, fünf Minuten, bitte bestätigen.«

Alessandro erwartete sie, ihr geliebter Alessandro, ihr *Mann* mit dem leicht grau melierten Haar, der schlanken, muskulösen Figur, dem dunklen Teint. Ihre Schulfreundinnen beneideten sie um diese Beziehung, auch wenn sie sich von ihnen strengstes Stillschweigen ausgebeten hatte, insbesondere, wenn Diego in der Nähe war. Nicht weil sie fürchtete, er könne sich zu irgendetwas hinreißen lassen, sondern weil sie das Schuljahr friedlich beenden wollte. Danach würde sie nicht länger seinen Hundeblick ertragen müssen, wenn er sich wieder einmal verletzt fühlte, und auch nicht seine Schimpftiraden, wenn er in Wut geriet.

Sie hatte Alessandro nie von Diegos Verhalten erzählt, weil sie nicht die geringste Lust auf irgendwelche Schwierigkeiten hatte. Auf die Fragen nach ihrer letzten Beziehung wich sie meist aus und ließ durchblicken, dass die ganze Sache mit Diego keinerlei Bedeutung für sie gehabt habe. Dabei waren sie über ein Jahr zusammen gewesen.

Alessandro stellte alles bisher Gewesene und vor allem all ihre Erfahrungen in den Schatten, an seiner Seite fühlte sie sich sicher, war ganz sie selbst, eine Frau und nicht länger ein junges Mädchen.

Die Fahrt zu ihm dauerte fast eine halbe Stunde.

Als sie sich sahen, wechselten sie nur wenige Worte. In null Komma nichts waren sie ausgezogen und lagen im Bett. Sie schliefen miteinander, zärtlich wie immer, auf eine Art, die für Emma einfach unglaublich war. Sie liebte Alessandro, wie sie in ihrem erst kurzen Leben nie zuvor jemanden geliebt hatte. Sie war sicher, dass diese Liebe das höchste der Gefühle war, die man für einen anderen Menschen empfinden konnte. Mit achtzehn Jahren ist das so, man denkt ständig, dass es nichts Besseres geben kann. Es ist ganz normal und auch gut so.

Von ihm konnte man natürlich nicht dasselbe behaupten. Er war stürmisch wie ein junger Mann, aber da er verheiratet war, konnte man davon ausgehen, dass er bereits einige Erfahrung in Liebesdingen hatte.

Emma wusste das, und dass er kurz vor der Trennung stand, dass seine Ehe in einer tiefen Krise steckte, und es freute sie, dass sie der Zündstoff war, der das Ganze endgültig auseinandersprengen würde.

Sie lagen im Bett, die Kleider überall verstreut, ihr Kopf

auf seine Brust gebettet, hin und wieder ein leidenschaftlicher Kuss.

Wenn man das Ikea-Labyrinth am helllichten Tage durchquerte, hatte man das Gefühl, das Leben der anderen, ihre Privatsphäre auszuspionieren: Leute, die am Tisch saßen, um die Stühle auszuprobieren, oder auf einem Sofa, um zu testen, wie weich es war, komplett eingerichtete Zimmer, durch die man hinduchschritt wie durch einen Lebensausschnitt, der nicht zu einem selbst gehörte und dennoch vollkommen realistisch schien, als sei man ein stummer Eindringling.

Nachts dagegen, wenn alle Räume verlassen und in Dunkelheit gehüllt waren, kam einem das Ganze eher vor wie eine postapokalyptische Stadt oder das Setting eines Lars-von-Trier-Films, dessen Protagonist man war.

Emma und ihr Geliebter waren in einem der als Schlafzimmer eingerichteten Räume. Um diese Uhrzeit hatte das schwedische Möbelhaus geschlossen, und die beiden konnten sich die ganze Nacht in aller Ruhe ausbreiten. Alessandro hatte sein Büro im Geschäft, und als Architekt galten für ihn dieselben Regeln wie für die Designer: keine starren Arbeitszeiten, ein Höchstmaß an kreativer Freiheit, die natürlich den Vorgaben und Standards des schwedischen Möbelgiganten entsprechen musste. Ein entsprechendes Sümmchen für die beiden Leute vom Wachschutz erlaubte es Emma, ungehindert durch den Personaleingang hereinzukommen und so lange bei ihm zu bleiben, wie sie wollte.

Die junge Frau lag ausgestreckt da, den Kopf auf eine Hand gestützt, und sah Alessandro in die Augen.

»Ich habe heute Abend meinem Vater von dir erzählt«, begann sie ein wenig unsicher.

»Und wie hast du's ihm gesagt?«, fragte er besorgt und setzte sich auf.

»Ganz ruhig, Liebling«, erwiderte sie lächelnd.

»Und er?«

»Er will dich kennenlernen«, sagte Emma knapp, in der Hoffnung, das Ganze möglichst belanglos erscheinen zu lassen. Aber in Wahrheit war sie etwas nervös.

Alessandro sah erstaunt aus.

»Er will mich kennenlernen?«, fragte er ungläubig.

»Ist doch gut, oder?«, entgegnete die junge Frau mit Nachdruck und setzte sich ebenfalls auf, wobei sie die Bettdecke über die nackten Brüste zog. »Er hätte auch sagen können: ›Es ist dein Leben, mach es dir nur kaputt‹, oder: ›Du darfst dich nicht mehr mit ihm treffen‹.«

»Was soll das denn heißen: ›Mach es dir nur kaputt‹?«, stieß er ein wenig beleidigt hervor.

»Das ist nur so dahergesagt«, beschwichtigte sie ihn. »Was glaubst du, wie viele Väter anders reagiert hätten, er hat es dagegen ganz gut aufgefasst, findest du nicht? Er will nur wissen, mit wem seine Tochter zusammen ist, ein klassischer Fall von Überängstlichkeit, du weißt doch, wie Eltern um die fünfzig sind!?«

»Wenn's sein muss«, sagte er wenig überzeugt. »Und wann soll dieses Treffen stattfinden?«

»Am Freitag«, erwiderte Emma prompt.

»Aber Freitag ist morgen!«, entfuhr es Alessandro. »Das scheint mir etwas übereilt, Liebling. Lass es uns verschieben, wir sollten nichts überstürzen, er sollte ein wenig Zeit zum Verarbeiten haben.«

»Sei unbesorgt, im Verarbeiten ist er Meister. Immerhin hält er es mit drei Töchtern aus!«, versicherte sie lächelnd.

Emma konnte sich nicht richtig an ihre Mutter erinnern. Es gab ein paar Fotos von ihr, wie sie sie auf dem Arm hielt, sonst nichts. Im Lauf der Jahre waren Weihnachtsgrüße und manchmal auch eine Karte zum Geburtstag gekommen. Francesco hatte sie ihr gegeben, sie hatte einen flüchtigen Blick darauf geworfen und sie dann auf dem nächstbesten Regalbrett liegen gelassen. Niemand, nicht einmal die Schwestern wussten, dass sie seit ihrem zehnten Lebensjahr manche dieser Karten in ihrem Tagebuch aufbewahrte. Hin und wieder las sie sie und versuchte, sich vorzustellen, wie ihr Leben mit einer stets präsenten Mutter verlaufen wäre. Dann stürzte sie sich wieder in ihr Alltagsleben.

Doch jetzt stürzte sie sich auf Alessandro, und sie begannen erneut, sich zu küssen.

Das Problem war gelöst, der Würfel gefallen, was gesagt werden musste, war gesagt.

Sie schliefen noch einmal miteinander, bevor es Zeit wurde, nach Hause zu gehen.

Alessandro brachte Emma mit dem Motorrad heim, bevor er sich auf den Weg zu seiner Frau machte, die bestimmt schon schlief und ihn mit irgendeinem Projekt bei seiner Arbeit wähnte.

Emma trat auf Zehenspitzen ein. Francesco schnarchte selig, Marta und Sara standen ihm kaum nach.

Sie schlich in ihr Zimmer und legte sich angezogen aufs Bett. Die Liebe, die echte Liebe, nimmt dir jegliche Kraft für etwas anderes.

Mit diesem Gedanken und einem Lächeln im Gesicht schlummerte sie ein.

Marta

Auf dem Markt auf dem Campo de' Fiori verkehren seit jeher die unterschiedlichsten Menschen, ein Schmelztiegel: alteingesessene Römer, Zuwanderer aus Indien, Obstfrauen und chinesische Souvenirverkäufer; man bietet von Hand geschnittenen Schinken aus Norcia feil, orientalische Gewürze und Töpfe, Hüte, Gebrauchtwaren, T-Shirts der Nationalelf und echte italienische Pasta, sorgfältig in dreifarbige Tüten verpackt. Hinzu kommen jene denkwürdigen Marktverkäufer, die ihr Leben lang im Viertel gewohnt haben – vielleicht in einer Dachgeschosswohnung, die mit der Aufwertung der Gegend nun mindestens zehntausend Euro pro Quadratmeter kosten würde – und die nicht daran denken, woanders hinzuziehen. Sie sind hier geboren und werden hier sterben, sollen sich später die Erben drum kümmern, den Besitz an entsprechende Interessente zu verkaufen.

Sora Marcella sortierte seit siebzig Jahren Gemüse und kam pünktlich jeden Morgen, um sich auf ihren alten, wackligen Strohschemel zu setzen, während Fischverkäufer Gigi einen stets randvollen Eimer eiskalten Wassers unter dem unermüdlichen Strahl des Trinkwasserbrunnens stehen ließ.

Von seinem Denkmalsockel herab erinnerte Giordano Bruno an all die von ihm gebrachten Opfer und daran, wie schwierig es ist, den eigenen Idealen treu zu bleiben.

In Zeiten der Krise wie jetzt lief selbst eine Buchhandlung mitten im Zentrum von Rom nicht mehr so gut wie einst.

In Kürze würde Marta die Rollläden hochziehen. Zuvor wollte sie auf eine kurze »Beratung« bei Francesco vorbeischauen. Ihre Begegnung mit Patassini am Tag zuvor hatte eine offene, blutende Wunde hinterlassen, und durch das mit Saras Rückkehr entstandene Durcheinander waren ihre Probleme in den Hintergrund getreten. Hinzu kam nun auch noch Emma, die aus dem Nähkästchen geplaudert hatte. Der Vater hatte zurzeit sicher andere Sorgen, als sich mit ihrem gewohnten Liebeskummer auseinanderzusetzen. Als sie wegen der *Vorzeigefamilie* des Schriftstellers mit verletzter Seele nach Hause zurückgekehrt war, hatte sie nicht damit gerechnet, auf die aus New York geflüchtete Schwester zu stoßen, schon gar nicht ausgerechnet nachdem Emma ihre Beziehung zu dem Fünfzigjährigen gebeichtet hatte. Francesco bekümmerte es, dass keine der drei einen echten Zugang zur Liebe fand, ganz abgesehen von den Scherereien, die sie ihm immer wieder bereiteten.

Seit die Mutter verschwunden war, hatte Marta sich auf die Suche nach dem perfekten Mann begeben, um sich die Familie wieder aufzubauen, nach der sie sich so sehr sehnte, die sie jedoch nicht hatte zusammenhalten können. Die Welt war nun einmal so: Man verliebte sich, schwor sich ewige Treue, und dann kam es doch bei jedem vierten Paar zur Scheidung. Sie war dreizehn Jahre alt gewesen, als sie und ihre Schwestern mit dem Vater allein geblieben waren. Literatur war für sie zu einer Zuflucht geworden, zu einem magischen Ort, an dem man friedliche Stunden fernab von den Alltagsproblemen verbringen konnte. Francesco hatte alles darangesetzt, seine Töchter auf bestmögliche Weise großzuziehen und sie den Mangel an mütterlicher Liebe, die ihnen von einem Tag auf den andern entzogen worden war, nicht zu sehr spüren zu lassen. Für Emma war das Ganze einfacher gewesen, da die

Mutter fortgegangen war, als sie gerade einmal ihren Namen auszusprechen gelernt hatte, und das noch nicht einmal besonders gut.

Obwohl Saras Entschluss, heterosexuell zu werden, Francescos ohnehin angeschlagenes seelisches Gleichgewicht noch weiter ins Wanken gebracht hatte, verspürte Marta das Bedürfnis, ihm ihr Herz auszuschütten. Sie würde ihm zehn Minuten rauben, eine kurze Schilderung, ein spontaner Ratschlag. Genug, um sich ein wenig besser zu fühlen, wenn gedruckte Seiten die Stimmung nicht mehr aufzuhellen vermochten.

Sie eilte hinauf in die Praxis hinter dem Campo de' Fiori und fand den Vater an seinem Schreibtisch sitzend vor, die Lesebrille auf der Nasenspitze, damit beschäftigt, einige Patientenakten zu studieren, wobei er die Augenbrauen zusammenzog, als könne er seine eigene Schrift nicht entziffern.

»Brauchst du Hilfe, Papa?«, fragte Marta mit traurigem Lächeln.

Francesco sah auf und schien nicht überrascht, sie zu sehen.

»Ich habe mir schon gedacht, dass du kommen würdest... Gestern hast du so ein Gesicht gezogen, aber dann sind dir deine Schwestern dazwischengekommen.... Was ist passiert?«, fragte er und bat sie, ihm gegenüber Platz zu nehmen.

»Du willst nie, dass ich mich dahin setze«, sagte Marta, auf die Couch deutend.

»Es handelt sich ja auch nur um eine kurze Plauderei zwischendurch... fünf Minuten, denn gleich kommt ein Patient«, gab er mit einem Blick auf die Uhr zurück.

Marta setzte sich und begann dem Vater ihre *Beziehung* zu schildern, die sie via E-Mail mit Patassini unterhielt: ein paar

Nachrichten, die sie ausgetauscht hatten, wobei er ihr in der letzten, ein wenig rätselhaften Mail Flug und Ankunftszeit in Fiumicino mitgeteilt hatte. Dann die Begegnung, mit Frau und Kindern im Schlepptau, und die darauffolgende Enttäuschung.

»Man schreibt einer anderen Frau ja wohl nicht, dass einem die ›berauschende und strahlende Atmosphäre‹ Roms fehle, wenn man verheiratet ist und Kinder hat!«, endete Marta.

»Marta, mein Liebling, seit wann kennt ihr euch?«, fragte Francesco und wiegte den Kopf.

»Seit der Präsentation seines vorletzten Romans, seit einem Jahr, zwei Monaten und dreiundzwanzig Tagen«, erwiderte die junge Frau wie aus der Pistole geschossen.

Francesco seufzte.

»Und hat er dir während dieses einen Jahres, der zwei Monate und dreiundzwanzig Tage jemals etwas Bedeutenderes gesagt als ›Ich danke dir wie stets für deine Zusammenarbeit‹?«, fragte er in geduldigem Ton.

»Ja«, antwortete Marta prompt, als habe sie nur auf diese Frage gewartet. »Einmal hat er ›wertvolle‹ Zusammenarbeit geschrieben. Vor drei Monaten und sieben Tagen. Und einmal ›Ich habe auf eine Mail von dir gewartet‹ … Verstehst du? ›Ich habe gewartet‹! Das heißt ja wohl, ich denke an dich, ich will dich sehen …«

»Mir wäre es lieber, du hättest dich in Huckleberry Finn verliebt«, bemerkte er ironisch.

»Jemand, der Sätze zu schreiben vermag wie ›Seine Einsamkeit war wie ein langer Winter, dem es nicht mehr beschieden sein sollte, den Wechsel der Jahreszeiten zu erleben‹ … das klingt so poetisch, Papa. Jemand wie er ist verheiratet und hat drei Kinder … es ist zum Heulen!«

»Jetzt auch noch du mit gebrochenem Herzen, das hat mir gerade noch gefehlt«, sagte Francesco und seufzte, betrübt darüber, dass er gegen den Kummer, der aus Martas Augen sprach, kaum etwas auszurichten vermochte. »Aber verzweifle nicht, es gibt für alles eine Lösung«, fügte er aufmunternd hinzu.

Marta wollte gerade widersprechen, als die Gegensprechanlage klingelte.

»Das ist mein Patient, Liebling. Reden wir daheim weiter?«

Etwas ermutigt verabschiedete sie sich. Wenn sie allein mit dem Vater über ihre Probleme redete, erschienen diese weniger schwerwiegend und unüberwindbar. So war es schon immer gewesen.

Im Treppenhaus kam ihr ein kleiner Mann mit dicken Brillengläsern entgegen. Er sah aus wie der Buchhalter Filini aus *Fantzozzi geht in Pension.*

Sie schlug den Weg zur Buchhandlung ein. Heute war der Tag der literarischen Neuerscheinungen, und sie hatte Sara gebeten, ihr zu helfen. Die Schwester stand bereits vor der Tür und wartete. Nun, da sie wieder in Rom war, wollte sie hin und wieder ein wenig Zeit mit ihr verbringen, zumindest so lange, bis sie sich entschieden hatte, was sie mit ihrem Leben anfangen würde. Sie tranken rasch noch einen Kaffee in der Bar nebenan, und als sie zum Laden zurückkehrten, war gerade der Lieferant mit der Ware eingetroffen.

Marta liebte es, die Bücher auszupacken und Neuheiten zu entdecken. Neue Einbände, neue Titel bekannter Autoren oder Erstlingswerke, die einem vergnügliche Stunden bereiteten. Jedes Buch war eine Entdeckung. Schon der Verlag, bei dem sie erschienen, oder die Reihe, zu der sie gehörten, verrieten Marta, ob sie in ihr Programm passten oder eher nicht.

Nie las sie die Inhaltsangaben, sondern immer die ersten Sätze, bevor sie entschied, ob sie weiterlesen oder es beiseitelegen sollte.

Gemeinsam mit Sara ordnete sie die Bücher, unterteilte sie nach Genres und stellte sie in die entsprechenden Regale.

Die Lieferanten hatten genaue Anweisungen, welche Bücher sie überhaupt schicken durften, keine Vampirstorys, keine Hausfrauenromane, keine Komödien und erotischen Geschichtchen. Der einzige geduldete Vampir war Dracula, ein unsterblicher Klassiker.

Sara stand auf einer Leiter und verrückte gerade einige Bücherstapel, als Marta durch den kleinen Flur zurückkehrte, der in die Sachbuchabteilung führte.

»Verdammt noch mal aber auch … verdammt noch mal …«, fluchte sie.

»Was ist passiert?«, fragte Sara.

»Wieder zwei Libretti, es sind schon zwei verschwunden, immer Opernlibretti, der dritte Diebstahl innerhalb weniger Tage, es ist doch immer dasselbe.«

»Ein Serientäter«, bemerkte Sara.

»Genau das habe ich auch schon gedacht«, sagte Marta erstaunt.

»Sieh mal nach, ob er irgendwelche Spuren hinterlassen hat«, sagte Sara lächelnd.

»Lach du nur, aber ich muss jeden Monat zusehen, wie ich über die Runden komme, viel zu viele Rechnungen …«

»Ich bin mit Kost und Logis zufrieden.«

»Wenn dieser Dieb weiter sein Unwesen treibt, steht selbst das auf dem Spiel. Weniger als fünf verkaufte Bücher und es bleibt nichts fürs Essen. Gestern hat Pennac den Strom bezahlt, Ammaniti das Wasser, Banana Yoshimoto den Kredit und Pinketts die Grundsteuer, zum Glück ist dann um zehn vor acht noch einer gekommen und hat *Der alte Mann und das Meer* gekauft, so hat Hemingway zumindest die Kosten für das Abendbrot reingeholt.«

Sara lachte, und in diesem Augenblick betrat eine Dame in weißem Kostüm, überdimensionierter Gucci-Sonnenbrille, Vuitton-Tasche und unverwechselbarem Dior-Parfüm die Buchhandlung.

Marta, in blau melierter Leinenhose, weißem Top und Flip-Flops, musterte sie.

Die Frau sah sich um und begann hinter ihren Brillengläsern zu sprechen.

»Guten Tag, ich brauche *Shades of Grey.*«

»Der Friseur ist gegenüber«, erwiderte Marta trocken.

»Wie bitte?«, fragte die Frau verdattert.

»Weshalb eigentlich grau? Ihre natürliche Haarfarbe steht Ihnen ganz gut«, fügte die Hardliner-Buchhändlerin hinzu.

»Hören Sie, *Shades of Grey* ist ein Buchtitel!«, erklärte die Frau.

»Ach tatsächlich? Ich kenne ihn gar nicht!«, sagte Marta und gab sich erstaunt, wobei sie Sara einen Blick zuwarf, die von oben alles mit offenem Mund beobachtete.

»Kann ich es bestellen?«, erkundigte sich die Frau.

»Tut mir leid«, erwiderte Marta mit einem Blick auf die Uhr, »nach elf nehme ich keine Bestellungen mehr an.«

Diesmal blieb der Frau der Mund offen stehen, Marta setzte ein Lächeln auf und gab ihr unverhohlen zu verstehen, dass sie sie endlich loswerden wollte.

Das Gesicht der eleganten Dame erstarrte, sie murmelte etwas und eilte mit klappernden Absätzen davon.

»Wenn das so weitergeht, kannst du bald dichtmachen«, sagte Sara.

»Wir können nicht alles verkaufen. Diese Buchhandlung

existiert seit über sechzig Jahren. Großvater würde sich im Grab umdrehen.«

»Wohl kaum, wir haben ihn einäschern lassen«, widersprach Sara und wandte sich wieder dem Regal zu.

Marta schüttelte den Kopf und ordnete weiter die Neuerscheinungen.

Plötzlich hielt sie inne und musterte ein Buch mit merkwürdigem Einband. Sie setzte sich auf einen Schemel und begann interessiert zu lesen, während Sara ihr neugierige Blicke zuwarf.

»Was liest du da?«, fragte sie die Leiter hinabsteigend.

»Ein Buch, das ich niemals bestellen würde, sie müssen es aus Versehen geschickt haben. Aber vielleicht gefällt es dir … ja, ich glaube sogar, es müsste dir gefallen«, sagte sie und reichte ihr den Band.

»Worum geht es denn?«, fragte Sara und blätterte in dem Buch. »Ah, *Die Rolle der Metrosexuellen …*«

»Interessante Sache. Offenbar eine neue soziologische Kategorie. Du musst den Klappentext lesen.«

»Extrem gepflegtes Äußeres, übermäßiger Gebrauch von Kosmetika, Fitnessstudio und Solarium sind sehr beliebt, stets sorgfältig epiliert, supergesunder Lebenswandel … o Mann, das ist ja grauenhaft!«

Marta brach in Gelächter aus, und die Schwester versuchte, ihr mit dem Buch eins überzuziehen.

»Stopp!«, rief Marta und wich ihr belustigt aus, während just in diesem Augenblick ein hübscher junger Mann um die dreißig, dunkle Locken und Dreitagebart, die Buchhandlung betrat.

Schlagartig verstummten Sara und Marta und rissen sich zusammen.

Der junge Mann schaute lächelnd zu ihnen hinüber, deutete zur Begrüßung eine leichte Verbeugung an und verzog den Mund zu einem breiten Grinsen, wobei eine Reihe perfekter Zähne zum Vorschein kam.

Marta zuckte zusammen und spürte, wie ein merkwürdiges Gefühl sie überkam, genau wie damals, als sie zum ersten Mal ein Foto von Patassini gesehen hatte.

Sie hatte den jungen Mann schon zuvor einige Male wahrgenommen, aber sie war immer zu beschäftigt gewesen, um zu bemerken, wie gut er eigentlich aussah.

Sie erwiderte sein Lächeln, ein zärtlicher Blick, der Sara nicht entging.

»Mensch, dem machst du aber schöne Augen«, flüsterte Sara.

»Aber nein … ich habe ihn bloß begrüßt«, erwiderte Marta verlegen.

»Von wegen, du hast ihn angestrahlt als ob …«

»Vergiss es, er ist ein Kunde. Er ist schon öfters hier gewesen, zwar kauft er nie was, aber ab und zu schaut er vorbei. Er ist ganz hübsch«, bemerkte sie achselzuckend.

»Also mach dich an ihn ran. Vielleicht wartet er drauf, dass du den ersten Schritt wagst«, beharrte Sara augenzwinkernd.

»Wenn er was von mir wollte, hätte er mir das längst zu verstehen gegeben«, wandte Marta ein.

»Du bist immer nur dann dreist, wenn es dir gerade passt«, sagte Sara und klappte die Leiter zusammen. »Vielleicht ist er einfach nur schüchtern. Echt Mann … es genügt doch, dass sich in unserer Familie Papa so unbeholfen anstellt.«

»Meinst du wirklich?«, fragte Marta hoffnungsvoll, wobei sie vergeblich versuchte, in den Nebenraum zu spähen.

»Nun mach schon«, sagte Sara mit einer unmissverständlichen Handbewegung.

Marta sah hinter der Kasse flüchtig in den Spiegel, ordnete ihr Haar und ließ sich von Sara in Richtung Flur schieben.

Auf halber Strecke hielt sie inne und sagte laut: »Wenn Sie Hilfe brauchen, können Sie sich gern an mich wenden.«

Es kam keine Antwort, und Marta sah erneut zu Sara, die ihr ein Zeichen gab, weiterzugehen.

»Ich mein', wenn Sie sich nicht zurechtfinden, fragen Sie ruhig«, begann sie abermals mit zurückhaltender Stimme, aber auch diesmal erhielt sie keine Antwort.

Als Sara sie grimmig ansah, gab Marta ihr zu verstehen, dass sie begriffen hatte. Sie ging weiter den Flur entlang und erspähte ihn am Ende des Raumes vor dem Musikregal.

Er hatte ihr den Rücken zugewandt. Marta wollte gerade zum Sprechen ansetzen, als der junge Mann nach einem Buch griff und es verstohlen unter die Jacke schob. Das Lächeln erstarb auf ihrem Gesicht. Fassungslos bewegte sie die Lippen, ohne einen Laut hervorzubringen.

Der junge Mann verließ den Raum, als sei nichts geschehen, ging seelenruhig an Marta vorbei, grüßte Sara mit einem Kopfnicken und verließ die Buchhandlung.

Marta war wie vor den Kopf geschlagen, geradezu verwirrt.

Mit verstörtem Gesichtsausdruck kehrte sie zu Sara zurück.

»Und?«, fragte sie die Schwester mit einem Kopfschütteln, als wollte sie fragen: »Was ist mit dir los?«

»Ich hab mich nicht getraut«, gestand sie. »Ich war zu schüchtern.«

»Es ist echt eine Katastrophe mit dir«, bemerkte Sara nachsichtig. »Egal. Vielleicht solltest du ihm beim nächsten Mal einen Kaffee anbieten.«

»Ja, vielleicht«, sagte Marta mehr zu sich selbst. Sie war noch immer wie benommen, konnte kaum glauben, was sie soeben gesehen hatte.

Plötzlich kam ihr ein Gedanke, und ihre Miene veränderte sich.

Sara saß hinter der Kasse und las in einem Buch und achtete nicht weiter auf sie.

Marta zögerte ein paar Sekunden, bevor sie hinaus auf die Straße trat. Seelenruhig lief der Opernlibretti-Dieb Richtung Via dei Giubbonari, schon bald würde er in der Touristenmenge untertauchen.

Marta eilte zurück in den Laden, griff nach ihrer Tasche und verschwand mit einem »Bin gleich wieder da, muss nur kurz was besorgen«, bevor die Schwester auch nur etwas einwenden konnte.

Sie blieb dem jungen Mann auf den Fersen. Er ging nicht besonders schnell, aber sie achtete darauf, immer rund fünfzig Meter Abstand zu wahren.

In der Via Arenula blieb er an der Straßenbahnhaltestelle der Linie 8 stehen. Als die Bahn kam, stieg er ganz vorn ein und sie ganz hinten. In dem dichten Gewühl behielt sie ihn unentwegt im Auge und näherte sich ihm unauffällig. Hastig wühlte sie in der Tasche, zog eine Sonnenbrille mit grünem Gestell hervor und setzte sie auf. Nun konnte sie ihn ungestört beobachten. Einen Augenblick lang, als die Straßenbahn an der Tiberinsel mit dem Krankenhaus vorbeifuhr, in dem sie zur Welt gekommen war, war sie abgelenkt, und prompt stieg der junge Mann an der nächsten Haltestelle mit einem Dutzend Fahrgäste aus.

Marta drängelte, eingeklemmt zwischen Leuten mit Einkaufstaschen und einem Geigenspieler, und bat darum, durchgelassen zu werden. Sie hatte nicht damit gerechnet, dass er so bald aussteigen würde, und schaffte es gerade noch, den Fuß auf die Straße zu setzen, als der letzte Piep ertönte, bevor die Türen geschlossen wurden. Der schwarze

Dichtungsgummi der Automatiktüren streifte ihre Haare. Suchend sah sie sich um. Der junge Mann schien sich in Luft aufgelöst zu haben. Beunruhigt überquerte sie die Piazza Gioachino Belli, die mit ihren Brunnen Schatten und Erfrischung für durstige Passanten bot. Sie sah die Taxis in einer Reihe stehen, doch von dem jungen Mann keine Spur. Dann entdeckte sie ihn: Er war soeben um die Ecke Lungotevere Richtung Piazza in Piscinula gebogen.

Marta beschleunigte ihre Schritte und hatte ihn gerade eingeholt, als ein Bus vorbeifuhr. Der junge Mann hob die Hand, der Bus hielt an der Haltestelle, und er stieg ein. Marta war völlig untrainiert, aber sie setzte zu einem Sprint an, der eines Hundertmeterläufers würdig gewesen wäre, und schaffte es, wie zuvor bei der Straßenbahn, einzusteigen, ohne von der Automatiktür eingeklemmt zu werden.

Auch der Bus war voll. Keuchend bezog sie Stellung, wobei sie den Verfolgten nicht aus den Augen ließ, und nach ein paar Haltestellen fand sie sogar einen Sitzplatz. Endlich konnte sie sich ein wenig entspannen.

Der junge Mann sprach mit niemandem und spielte auch nicht irgendein Spiel auf seinem Handy wie die Hälfte der übrigen Fahrgäste. Irgendwann zog er das Buch unter der Jacke hervor und begann zu lesen.

Marta kochte innerlich und war drauf und dran, aufzuspringen und es ihm aus der Hand zu reißen, aber dann besann sie sich und zwang sich zur Ruhe, um nicht den gesamten improvisierten Plan zunichtezumachen.

Sicher würde Sara sich wundern, wo sie blieb. Ohne den Blick von dem Dieb abzuwenden, holte sie das Handy hervor und schrieb eine SMS an die Schwester: »Bin in ’ner Stunde zurück.«

Sara antwortete kurz darauf: »Spinnst du?«

Nun fuhr der Bus unter der Umgehungsstraße hindurch, und die alten dunklen Siebzigerjahrebauten von Prenestina mit ihren Balkonen voller Wäsche tauchten auf.

Die nächste Haltestelle befand sich genau vor einem der Stützpfeiler der Umgehungsstraße, ein architektonischer Schandfleck in unmittelbarer Nähe zur Altstadt.

Der junge Mann stieg aus, Marta folgte ihm. Langsam schlenderte er den Gehweg entlang, er hatte eine komische Art, die Füße hinter sich herzuziehen. Sie fühlte sich an ihre Großmutter Adelina erinnert, wenn sie mit Pantoffeln durchs Haus schlurfte.

Der junge Mann bog in eine Straße ab, dann in eine andere. Ein wenig ängstlich folgte Marta ihm. Sie kannte das Viertel nicht, kam sich wie ein Eindringling vor und hatte keine Ahnung, wie sie zurückfinden sollte.

Jetzt liefen sie durch eine schmalere Seitenstraße, der gesamte Häuserblock bestand aus einem einzigen lang gestreckten Gebäude. Marta sah nach oben: unzählige winzig kleine Balkone mit ebenso vielen Satellitenschüsseln, alle nach Osten ausgerichtet. Sie hatte das Gefühl, das Geräusch tausender permanent eingeschalteter Fernseher zu hören. Als sie den Blick wieder nach vorn richtete, war der junge Mann verschwunden … Sie beschleunigte ihre Schritte, bog um eine Ecke, und um ein Haar hätte er sie entdeckt. Denn nur wenige Meter von ihr entfernt saß er an einem Tisch in einer Bar.

Marta huschte zwischen zwei geparkte Autos und beobachtete ihn. Er war nicht allein. Drei Männer und zwei Frauen saßen mit ihm zusammen.

Jetzt habe ich dich erwischt, dachte sie, dich und deine Bande. Wahrscheinlich teilt ihr nun die Beute auf.

Der Dieb hob die Hand und winkte den Kellner heran. Als

dieser an den Tisch trat, zog er einen Block und einen Stift aus der Jackentasche, notierte etwas und hielt es ihm hin.

Geheimbotschaften, dachte Marta und kniff die Augen hinter ihrer Sonnenbrille zusammen. Wer weiß, vielleicht ist der Kellner ja ihr Hehler.

Sie schlich näher heran, suchte hinter den Autos Deckung und spitzte die Ohren. Sie wartete mehrere Sekunden: Nichts.

Als sie den Blick erneut zu der kleinen Gruppe schweifen ließ, bemerkte sie, dass wider Erwarten keiner von ihnen sprach. Sie lachten, allerdings stumm, und die Handbewegungen bildeten ihre Art der Unterhaltung.

Marta nahm die Sonnenbrille ab und traute ihren Augen nicht. Es war eine Gruppe Taubstummer, die sich mittels Gebärdensprache verständigten. Sie unterhielten sich angeregt, gestikulierten, bewegten flink die Hände und schienen sich bestens zu verstehen.

Marta seufzte, sie war verwirrt und erstaunt und wusste nicht, was sie machen sollte.

Einige Minuten blieb sie stehen, ohne auch nur das Geringste zu verstehen. Sie hatte als Kind zwar unglaublich gern Pantomime-Raten gespielt, aber das hier war kein Spiel, sie ahmten nicht irgendetwas nach, sondern unterhielten sich in einer »echten Sprache« wie Französisch oder Spanisch, oder vielleicht eher wie Chinesisch, überlegte sie, denn im Spanischen verstand sie immerhin ein paar Wörter wie zum Beispiel *Señorita.*

Sie fühlte sich schuldig und wusste nicht weshalb.

Unbemerkt verließ sie ihr Versteck und machte sich auf den Rückweg.

Sie studierte die Busfahrpläne an der Via Prenestina und nahm den ersten Bus ins Zentrum.

Pünktlich zur Mittagspause war sie zurück.

Sara las noch immer: *Jeremiah* von J. T. LeRoy.

Sie war so vertieft, dass sie nicht einmal fragte, wo die Schwester gewesen war.

Marta erzählte nichts.

Sie brauchte Zeit zum Nachdenken, oder zum »Verarbeiten«, wie ihr Vater gesagt hätte.

Francesco

Unruhig ging Emma im Wohnzimmer auf und ab, die Hände hinter dem Rücken verschränkt wie ein Rentner auf einem Spaziergang. Francesco las ein Buch, doch immer wieder wanderte sein Blick zu der aufgeregten Tochter.

»Was ist los? Bist du nervös?«, fragte er.

»Papa!«, rief sie, blieb stehen und sah ihn finster an. »Du hast mir versprochen ...«

Francesco schnaubte und verdrehte die Augen. Bei der Vorstellung, dass der Vater in Kürze mit Alessandro sprechen würde, drehte Emma schier durch.

»Du wirst dich beherrschen, ja? Er bedeutet mir sehr viel, vergiss das nicht.«

»Er bedeutet dir sehr viel. Wie könnte ich das vergessen«, erwiderte er mit müder Stimme.

»Ich glaube, er wird dir gefallen«, meinte sie zuversichtlich und ging wieder im Zimmer auf und ab.

Es klingelte an der Tür.

Francesco legte sein Buch auf den kleinen Tisch neben dem Sessel und erhob sich.

»Das ist er. Bitte denk dran und lass mich nicht völlig bescheuert dastehen«, sagte Emma hastig.

»Emma ... habe ich das jemals getan?«, gab er in entschlossenem Ton zurück.

»Ja«, erwiderte die Tochter und wand sich.

»Lass mich mit diesem Herrn sprechen.« Er seufzte. »Gib

mir nur zehn Minuten mit ihm unter vier Augen, mehr verlange ich nicht.«

Emma nickte und öffnete die Tür.

Unaufgefordert trat Alessandro ein. Er machte einige Schritte und blieb unmittelbar vor Francesco stehen.

Emma sah von einem zum andern. Sie spürte die Spannung zwischen ihnen wie eine elektrostatische Ladung. Mit sichtlichem Unbehagen schloss sie die Tür.

»Papa, dass ist Alessandro. Alessandro, das ist mein Vater.«

»Angenehm«, sagte Alessandro.

»Angenehm«, antwortete Francesco.

»Na schön, ich geh dann mal. Ich habe noch einen Berg an Hausaufgaben«, stieß Emma mit seltsamer, ihre Aufregung kaum verhehlender Stimme hervor, eilte die Treppe hinauf und verschwand im Obergeschoss.

Francesco schloss die Tür, und die zwei waren allein.

»Tja, sie hat Hausaufgaben auf, geht zur Schule, muss lernen …«, bemerkte er sarkastisch.

»Ich gebe unumwunden zu, dass das Ganze recht ungewöhnlich ist …«, begann Alessandro.

»Na, zum Glück«, erwiderte Francesco erleichtert.

Alessandro legte beim Sprechen eine selbstsichere, ungezwungene, fast freundschaftliche Art an den Tag und bemühte sich um Einigkeit.

»Wir haben uns diese Geschichte nicht ausgesucht«, fuhr er fort.

»Was heißt hier Geschichte?«, fragte Francesco benommen.

»Es ist einfach passiert. Emma ist eine wunderbare Frau, selbstständig, reif… vor allem reif… und das ist sicher nicht zuletzt deiner Erziehung zu verdanken. Emma hat mir alles erzählt, wie du sie und ihre Schwestern großgezogen hast.«

»Duzen wir uns?«, fragte Francesco entrüstet.

»Natürlich duzen wir uns«, beeilte sich Alessandro zu erwidern, wobei er ihm auf die Schulter klopfte. Dann fuhr er freundlich fort: »Darf ich dich Franky nennen?«

»Nein, nicht Franky«, stieß Francesco hervor.

»Im Grunde sind wir Kollegen … Franky.«

»Kollegen?«

»Alterskollegen, wir sind beide fünfzig, stimmt's?«

Francesco verdrehte die Augen. Die Wendung, die dieses Gespräch nahm, gefiel ihm nicht.

»Weißt du, es war bei uns die klassische Liebe auf den ersten Blick«, sagte Alessandro. »Das hast du doch bestimmt auch schon mal erlebt, oder?«

»Nicht mit einer Achtzehnjährigen …«

»Komm schon, mit so was beschäftigst du dich doch sogar beruflich!«, beharrte Alessandro und deutete auf die Bücherregale ringsum. »Das Peter-Pan-Syndrom ist mit fünfzig ganz normal.«

»Schon, aber es ist nicht normal, sich an die kleine Fee Glöckchen heranzumachen«, antwortete Francesco.

Alessandro lachte ein wenig gezwungen.

»Emma hat mir schon erzählt, dass du einen gern zum Lachen bringst.«

Francesco schüttelte den Kopf, ihm war absolut nicht zum Scherzen zumute. Während Alessandro gestikulierte, bemerkte Francesco ein Detail: »Du trägst ja einen Ehering?!«

»Ja, ich trage einen Ehering«, sagte Alessandro verlegen.

»Bist du etwa verheiratet?«, fragte Francesco besorgt.

»Formell, rein formell«, antwortete Alessandro.

»Was soll das heißen ›formell‹?«, fragte Francesco mit lauter Stimme.

»Die Beziehung ist am Ende, vorbei.«

»Lebt ihr getrennt?«

»So gut wie.«

»Lebt ihr getrennt oder nicht?«, fragte Francesco erbost.

»Getrennt, aber unter einem Dach.«

»Oh, mein Gott! Auch noch verheiratet! Vielleicht sogar Kinder?!«, rief er verzweifelt.

»Nein, nein … keine Kinder«, sagte Alessandro.

»Ja, natürlich, du nimmst lieber die der andern …«

Alessandro legte die Hände auf Francescos Schultern.

»Francesco … Francesco …«

»Lass das, fass mich nicht an!«

»Francesco, Emma macht mich glücklich«, sagte er, Verständnis heischend.

»Sie macht dich glücklich?«, wiederholte Francesco und entwand sich ihm. »Und hast du mal drüber nachgedacht, was sie glücklich macht? Morgen hat sie eine Prüfung in Geschichte, am Samstag ist sie zu einer Geburtstagsparty eingeladen und weiß nicht, was sie anziehen soll, im Juli macht sie Abitur und zittert davor, anschließend fährt sie mit ein paar Freundinnen zum Zelten nach Elba, und wenn sie nach Rom zurückkommt, wartet ein fünfzigjähriger Liebhaber auf sie, der sich heimlich, ohne Wissen der Ehefrau, mit ihr trifft. Was meinst du, welche dieser Dinge sie früher oder später nicht glücklich machen werden?«

Er klang entrüstet, entschlossen, aber nicht unbeherrscht.

»Was heißt hier heimlicher Liebhaber … das meinst du hoffentlich nicht ernst …«, versuchte Alessandro ihn zu beschwichtigen. »Ich will keinerlei Heimlichkeiten, denn ich hege ernsthafte Absichten. Ich muss nur den rechten Moment abpassen, um eine Geschichte zum Abschluss zu bringen, die bereits zu neunundneunzig Prozent abgeschlossen ist.«

»Zu neunundneunzig Prozent?«, fragte Francesco ungläubig.

Alessandro nickte.

»Gut, sehr schön. Dann gib mir dieses eine Prozent ...«

»Was willst du?«, fragte Alessandro, davon überzeugt, nicht richtig verstanden zu haben.

»Du willst meine Tochter, und ich will, dass du bei mir in Therapie gehst. Lass mich versuchen, deine Beziehung wieder in Ordnung zu bringen, indem ich von dem einen noch intakten Prozent ausgehe«, sagte Francesco, der nun wieder ein klein wenig Hoffnung schöpfte.

»Das ist völlig zwecklos«, meinte Alessandro.

»Das ist nicht zwecklos. Du hast keine Ahnung, wie viele scheinbar an ihr Ende gelangte Beziehungen danach besser laufen als je zuvor. Seit wann seid ihr verheiratet?«

»Seit sieben Jahren.«

»Typisch, das verflixte siebte Jahr.«

»Sechs, es sind nur sechs Jahre«, korrigierte Alessandro sich.

»Auch das sechste Jahr ist typisch.«

»Eigentlich sind es sogar erst fünf«, korrigierte sich Alessandro erneut, wobei er an den Fingern abzählte.

»Egal, nicht so wichtig, Krisen gehören dazu. Lass es mich versuchen, das bist du mir schuldig«, bat Francesco in beinahe flehendem Ton.

Ein wenig unschlüssig sah Alessandro ihn an.

»Ich ... ich weiß nicht, aber was soll ich Emma ...«

»Emma wird davon nichts erfahren«, unterbrach ihn Francesco. »Die Sache bleibt unter uns.«

Die beiden reichten sich die Hand und besiegelten die Vereinbarung.

Francesco gab Alessandro einen Klaps auf die Schulter und brachte ihn zur Tür.

Bevor er das Zimmer verließ, sah Alessandro zur Decke und rief laut, damit Emma es hören konnte: »Ciao mein Schatz, ich gehe!«

Francescos Gesichtsausdruck veränderte sich, und die wiedergefundene Ruhe wich mit einem Schlag heftigem Verdruss.

Emma kam im Laufschritt die Treppe hinunter und platzte ins Wohnzimmer.

»Ciao! Ich ruf dich morgen an«, sagte sie.

Alessandro lächelte, dann wandte er sich an Francesco und lächelte auch ihm höflich zu. Ohne ein weiteres Wort drehte er sich um und eilte hinaus.

Francesco schloss die Tür und seufzte tief.

»Und was ist dabei herausgekommen?«, erkundigte sich Emma vorsichtig, gleichzeitig jedoch war sie beruhigt, da sie bemerkt hatte, dass die Stimmung nicht so hitzig war, wie sie den ganzen Tag über befürchtet hatte.

»Es ist herausgekommen, dass er verheiratet ist«, sagte Francesco sarkastisch und nahm wieder auf seinem Sessel Platz.

»Geschieden«, widersprach Emma.

»Getrennt lebend in einer Wohnung«, präzisierte Francesco.

»Schon, aber die Wohnung ist ziemlich groß«, sagte Emma spöttisch und verschwand grinsend nach oben in ihr Zimmer.

Francesco schüttelte den Kopf und seufzte.

Abermals nahm er das Buch zur Hand und versuchte krampfhaft, sich zu erinnern, bis zu welcher Seite er gekommen war, aber vergeblich.

Ohne es überhaupt aufzuschlagen, legte er es weg und dachte, dass noch nicht alles verloren war.

Ein Prozent ist immerhin besser als nichts, sagte er sich, ich werde jedenfalls alles daransetzen, dass es gelingt.

Dann starrte er ins Leere, nickte stumm und lächelte. Er würde das Ganze schon hinbiegen.

Sara

Eigentlich hätte die römische Morgenluft sie auf ihrer flotten Laufrunde erfrischen sollen. Es war Saras Idee gewesen, joggen zu gehen, »bevor es richtig heiß wird«, und nun kämpften sich die drei Schwestern bei für die Jahreszeit verfrühten, bereits hochsommerlichen dreißig Grad über den Ponte della Musica.

Nur hin und wieder stießen Emma und Marta einzelne Silben aus oder murmelten etwas, während sie im Takt ihrer Schritte nach Luft schnappten. Sara war dagegen kaum zu bremsen und durch ihre Runden im New Yorker Central Park wesentlich trainierter. Dort liefen alle mindestens zweimal die Woche, manche sogar täglich, und es war durchaus denkbar, dass man Woody Allen oder Robert De Niro beim Grauhörnchenfüttern traf.

Die Frage ihrer sexuellen Orientierung war für Sara inzwischen zu einer fixen Idee geworden. Aber bevor sie sich auf unbekanntes Terrain vorwagen würde, wollte sie mehr darüber in Erfahrung bringen, sich sicher sein, Risiken und Möglichkeiten abwägen.

»… Ihr Heteros gebt alle eure Arbeit auf, verzichtet auf die Karriere, kümmert euch um die Kinder, den Haushalt, ums Einkaufen, den ganzen Kram … kurz, ihr erniedrigt euch … Wenn ihr zu alldem bereit seid, müssen die Männer ja großartig, echt fantastisch sein … andernfalls ergäbe das keinen Sinn …«, sagte sie.

»Sara …«, keuchte Marta ungläubig.

»Ich dagegen habe mich bisher immer für irgendwelche völlig blöden Frauen aufgegeben …«, fuhr sie unbeirrt fort.

»Sara … Sara … du machst es dir zu einfach …«, unterbrach sie Marta, nach Luft schnappend und das Tempo immer weiter verringernd.

Auch Emma blieb stehen, während Sara auf der Stelle lief.

»Schon gut, aber ihr beiden werdet mir helfen, oder?«, fragte sie.

»Natürlich wollen wir dir helfen ….«, begann Marta.

»… nur, dass wir nicht wissen, wie«, vollendete Emma den Satz, als wären die beiden Trick und Track.

»Es ist nicht so einfach, Unterricht in Heterosexualität zu erteilen«, meinte Marta völlig erledigt und außer Puste.

»Aber bist du dir überhaupt sicher?«, fragte Emma, während sie die Arme hob, um wieder zu Atem zu kommen.

»Ich bin sicher, dass ich mir nie wieder sagen lassen will: ›Du bist wunderbar, aber ich verlasse dich‹«, erwiderte Sara, noch immer in Bewegung wie eine Aufziehpuppe.

»Ein Mann könnte dir genau das Gleiche sagen«, bemerkte Marta und ließ sich auf eine Parkbank fallen.

»Nein, denn für einen Mann könnte ich niemals *so wunderbar* sein«, wandte Sara ein.

»Daran sieht man doch, dass du immer noch auf Frauen stehst«, sagte Emma und nahm neben der Schwester Platz.

»Schon, aber ich habe eingesehen, dass es mit Frauen nicht funktioniert«, erwiderte Sara, die nun nicht mehr auf der Stelle lief, sondern mit Dehnübungen beschäftigt war.

»Du hast es eingesehen?«, fragte Marta.

»Ich bin in mich gegangen. Ich mache gern mein eigenes Ding, und deshalb schlüpfe ich durch mein Verhalten am Ende immer in die Rolle derjenigen, die die Hosen anhat, die bestimmt, wo's langgeht, die alles organisiert, und so werde ich vielleicht ungewollt zu einer Art nervigem Ehemann. Wenn ich mit einem Mann zusammen bin, kommt diese Rolle von Anfang an ihm zu, und ich kann mich daran aufgeilen, mich über ihn zu beschweren, vielleicht könnte sogar zum ersten Mal im Leben ich es sein, die sich von jemandem trennt.«

»Na super, du wirst hetero, um dich von jemandem zu trennen«, bemerkte Emma spöttisch.

»Ich werde hetero, um zu begreifen, um mir eine Chance zu geben, ihr kennt mich doch, verdammt! Ich bin eine Lesbe, aber ich weiß eigentlich nicht weshalb. Als kleines Mädchen habe ich mit Puppen gespielt, ich hab gern getanzt, mochte Hello Kitty, wisst ihr noch? Trotzdem hatte ich meine erste sexuelle Erfahrung beim Zelten mit einem Mädchen. Es hat mir Spaß gemacht, und ich bin dabei geblieben, vielleicht aus Faulheit. Genau, wahrscheinlich bin ich aus Faulheit Lesbe, und jetzt wird es Zeit, die Ärmel aufzukrempeln und meine Stellung, oder besser gesagt Einstellung, neu zu überdenken«, erklärte Sara, die inzwischen im Lotossitz dasaß.

»Apropos Stellung«, sagte Emma verschmitzt, »wie willst du es eigentlich mit dem Sex halten?«

»Das ist vielleicht der einzig kritische Punkt«, räumte Sara ein, um gleich darauf mit gewohntem Optimismus fortzufahren: »Das wird sich noch zeigen, wozu die Eile? Erst einmal muss ich zusehen, mit wem, danach kann ich mir über das Wie Gedanken machen.«

Marta und Emma wechselten einen fassungslosen Blick.

»Ich glaube, wir sollten einen Fachmann zurate ziehen«, schlug Marta vor.

Emma nickte, und die beiden sahen zu Sara, die mit einem Satz aufgesprungen war und nun wieder auf der Stelle lief.

»Los, weiter, die Pause ist zu Ende«, sagte sie.

»Ja, aber zu Papa«, schlug Emma vor und erhob sich von der Bank.

»Wollen wir nicht ein Taxi nehmen?«, fragte Marta schnaufend.

Dann liefen die drei wieder los, allerdings nicht besonders schnell.

Sara redete weiter, aber ihre Worte wurden zum Monolog. Emma und Marta fanden nicht die Kraft, zu antworten.

Derweil saß Francesco in seiner Praxis und schlug sich mit einem jungen Pärchen um die fünfunddreißig herum: sie eine Hardcore-Veganerin, er ein armes Opfer.

»Ich kann nicht länger eine Beziehung zu jemandem aufrechterhalten, der sich von totem Tier ernährt«, sagte die Frau.

»Was heißt hier von totem Tier ernähren! Ab und zu mal ein kleines Schnitzel oder eine Hähnchenkeule!«, verteidigte er sich.

»Das ist totes Tier!«

»Man kann doch eine Ehe nicht nur wegen unterschiedlicher Essgewohnheiten zerbrechen lassen, oder, Dr.?«

»War Ihre Frau vorher auch schon so?«

»Veganerin schon, aber nicht so extrem … Wir haben mal zusammen gegrillt, ich Würstchen und sie Gemüsespieße.«

»Mir ist jetzt vieles bewusst geworden«, sagte sie.

»Was ist dir bewusst geworden?! Mir kochst du Karotten, und der Hund kriegt das Fleisch, das ist doch alles Absicht, das machst du mit voller Absicht!«, konterte er.

Unbewegt sah Francesco sie an. Er schien aufmerksam zuzuhören, aber in seinem Inneren gewannen andere Gedanken die Oberhand.

Emmas Beziehung, Saras sexuelle Revolution, Martas gescheiterte Liebesgeschichten, die Frau mit den langen schwarzen Haaren, mit der er so gern …

»Verstehen Sie, Dr.?«, rief der Mann und holte ihn zurück in die Realität. »Sie will keine Kinder!«

»Fühlen Sie sich noch nicht bereit?«, wandte sich Francesco verständnisvoll an die Frau.

»Nein, sie will keine Kinder, weil sie aus Fleisch sind!«, erklärte der Mann verzweifelt.

Francesco verdrehte die Augen und sah die Frau an.

»Sie will welche aus Soja«, setzte der Mann noch eins drauf.

Francesco war fassungslos. Er sah auf die Uhr und verabschiedete die beiden. »Wir machen nächsten Mittwoch weiter … mit den Kindern aus Soja.«

Das Pärchen erhob sich, verabschiedete sich und verließ die Praxis.

Francesco nahm hinter seinem Schreibtisch Platz und brachte die Patientenakten auf den neusten Stand.

Er war ein fähiger Therapeut, aber sich tagtäglich die Probleme anderer Leute anzuhören raubte ihm sehr viel Kraft, auch was seine eigenen Annäherungsversuche an das andere Geschlecht betraf. Er war davon überzeugt, dass seine Probleme der letzten Jahre daher rührten, dass er zu viel zugehört und allen – außer sich selbst – zu viele Ratschläge erteilt hatte. Es war nicht so einfach, selber in die Tat umzusetzen, was er andern ans Herz legte.

Er war noch in Gedanken vertieft, als es an die Tür klopfte.

»Herein«, rief er erstaunt, denn um diese Uhrzeit erwartete er niemanden.

Es waren seine Töchter, in Joggingkleidung, verschwitzt und hübsch wie immer. Er wusste genau, weshalb sie gekommen waren, Marta hatte ihn bereits um ein Beratungsgespräch für die Schwester gebeten, aber er wollte sich nicht darauf einlassen.

»Ihr wisst, wie ich darüber denke, es widerspricht meinem Berufsethos …«, erklärte er entschlossen.

»Ja, das wissen wir«, unterbrach ihn Marta.

»… und ich bin absolut dagegen …«

»Das wissen wir«, bekräftigte nun auch Sara.

»Na schön«, gab er sich geschlagen.

»Soll ich mich jetzt hinlegen?«, scherzte Sara.

»Könnten wir vielleicht mit Ernst die Sache angehen?«, erwiderte Francesco.

Die Schwestern nahmen auf der Couch Platz, eine neben der andern.

»Gut, in der kurzen uns zur Verfügung stehenden Zeit – um halb zwölf kommt der nächste Patient – wird es das Beste sein, dir, Liebling, begreiflich zu machen, dass die fantastische Welt der Männer, die zu erkunden du entschlossen bist, gar nicht so fantastisch ist.«

»Na ja, wenn du es so siehst«, meinte Marta.

»Ich will lediglich ein realistisches Bild entwerfen … oder wäre es dir lieber, wenn ich ihr sage: ›Männer sind alle großartig, stürze dich ins Abenteuer, ganz ohne Fallschirm‹?«

»Los, dann erkläre mal, wie dieses Bild aussieht«, drängte Emma.

»Nun, ich würde die Männer in vier Kategorien unterteilen, die mir rund fünfundneunzig Prozent der Männerwelt abzudecken scheinen …«, begann Francesco. Dann trat er an eine Wandtafel und schrieb: 1. DIE UNZUFRIEDENEN.

»Kategorie Nummer eins«, bemerkte er bissig, »oft auch die Deprimierten genannt. Sie wiederholen ständig: ›Mein Leben kotzt mich an, meine Frau liebt mich nicht, meine Kinder verachten mich‹, und nicht selten sind auch noch Drogen und Alkohol im Spiel. Die Frau, die in eine solche Beziehung gerät, wird zur Krankenschwester. Sie sagt nie: ›Ich liebe dich‹, sondern: ›Ich werde dich retten‹. Diese Beziehungen können auf zwei Arten enden: Entweder besagte Männer werden nicht errettet und du verlierst dich für immer, oder aber sie werden errettet und du … verlierst dich für immer. Für sie bist du ein Erste-Hilfe-Kasten, und niemand will was mit einem Erste-Hilfe-Kasten haben.«

Die drei Schwestern hörten aufmerksam zu.

»Dann gibt es DIE PETER PANS«, fuhr Francesco fort und schrieb die neue Kategorie an die Tafel. »Das Gute an ihnen ist, dass sie nie in die Midlife-Crisis geraten, da sie im Jugendstadium stehengeblieben sind. Für sie bist du keine Frau, sondern ein Joystick. Dich zu erobern bedeutet, den ersten Level erreicht zu haben; mit dir ins Bett zu gehen heißt, das Spiel zu gewinnen. Sie bevorzugen junge Frauen, bisweilen *übertrieben junge Frauen*«, sein strenger Blick wanderte zu Emma, die sich abwandte und tat, als sei nichts. »Ich habe gerade mit einer Reihe von ihnen zu tun. Meist dauert die Therapie nicht allzu lang, die Regression erfordert keine großen Anstrengungen. Sie sind bereits im Kindheitsstadium angelangt.«

Sara war hingerissen, als ob sie einer Privataudienz beim Papst beiwohnen würde.

Francesco trat erneut an die Tafel und notierte: 3. DIE ICH WÜRDE, WENN ICH KÖNNTE.

»Meist verheiratet mit Kindern, aber im Begriff, sich zu trennen, im Begriff, es zu sagen, im Begriff, auszuziehen. Sie sind stets im Begriff … aber sie tun nichts, sie müssen immer erst den richtigen Moment abpassen, denn die Ehefrau durchlebt gerade eine schwierige Phase, denn das Kind ist noch zu klein, denn das Kind würde es nicht begreifen. Irgendwann zur Examensfeier des Kindes begreifst du, dass der richtige Moment niemals kommen wird«, erklärte er, den vorwurfsvollen Blick ein weiteres Mal auf Emma gerichtet.

»Oh Mann, was willst du?«, schnaubte sie.

»Eure Schwester hat sich einen geangelt, der alle drei Kategorien umfasst, gratuliere«, bemerkte Francesco sarkastisch.

»Wir sind wegen Sara hier, nicht wegen mir«, erwiderte Emma kurz angebunden.

Francesco ließ es dabei bewenden und begann erneut: »Dann gibt es noch die Schönen, Intelligenten, Sympathischen.«

»Und was ist bei denen das Problem?«, erkundigte sich Sara.

»Die Mutter«, antwortete Francesco.

»Die Mutter?«

Francesco schrieb an die Tafel: 4. DIE MUTTERSÖHNCHEN.

»Die Mutter. Für diese Männer ist sie eine unabdingbare Konstante im Leben, von Kindheit an. In eben dieser Zeit beginnen die Mütter, unsere kleinen Männer in kleine Monstren zu verwandeln. ›Sieh nur, dieses Pimmelchen, wie groß es ist, dieses Pimmelchen … es ist das größte Pimmelchen der Welt …‹, und so geht es die ganze Zeit. ›Wie tüchtig du bist, wie schön, wie klug …‹ Nun ja, wenn dir ein halbes Leben eine Frau vermittelt, du seist Gott, weshalb dann eine andere Frau akzeptieren, die dir den Rest deines Lebens zu verstehen gibt, was für ein Depp du bist? Nun, so sieht's aus.«

Die drei Frauen sahen sich sprachlos an und hüllten sich in besorgtes Schweigen.

»Du kannst es dir immer noch anders überlegen«, schlug Marta schließlich vor.

Sara hob die Hand, und Francesco erteilte ihr das Wort.

»Das waren die fünfundneunzig Prozent, was ist mit den restlichen fünf?«, fragte sie.

»Das sind die Vernünftigen. Viel Erfolg bei der Suche, mein Liebling«, sagte Francesco lächelnd.

Die drei Schwestern verschwanden und überließen Francesco seiner Arbeit.

Auf dem Heimweg war Sara ungewöhnlich schweigsam. Die Aussichten waren nicht gerade rosig, aber sie würde alles versuchen, um endlich glücklich zu werden.

Emma

Auch an diesem Abend würde sie Alessandro treffen. Inzwischen hielt sie es kaum noch ohne ihn aus und setzte alles daran, so viel Zeit wie möglich mit ihm zu verbringen. Das Problem war, dass er nicht jeden Abend ausgehen konnte. Die einzige Ausrede gegenüber seiner Frau war die Arbeit, aber er konnte nicht immer behaupten, bis spätabends zu tun zu haben, und so trafen sie sich nur dann, wenn er es einrichten konnte.

Emma war eifersüchtig, weil er noch mit seiner Ehefrau zusammenlebte, auch wenn Alessandro mehr als einmal beteuert hatte, dass ihre Beziehung beendet sei. Allerdings liebte sie ihn so leidenschaftlich, dass ihre Befürchtungen in den Hintergrund traten.

Sie sah auf die Uhr, es war bereits neun, sie hatten soeben zu Abend gegessen.

Francesco stand in der Küche und spülte Geschirr, während sie und die Schwestern auf der Suche nach einem geeigneten Mann für Sara im iPad die Liste von Martas Facebook-Freunden durchstöberten.

Keiner schien in Frage zu kommen.

»Der da?«, fragte Sara, auf das Bild eines blonden Mannes deutend, der auf einer Klippe am Meer saß.

»Verheiratet«, antwortete Marta.

»Und der?«, schlug Emma vor, als ein junger Mann mit tätowierten Armen ihr vom Display zuzwinkerte.

»Könnte fürs Erste gehen, der lässt keine Gelegenheit aus. Serena hat mir erzählt, dass er echt gut im Bett ist«, sagte Marta.

»Darf ich euch daran erinnern, dass euer Vater anwesend ist«, donnerte Francesco von der Küche her.

»Ach, komm schon …«, sagte Emma.

»Und der da?« Diesmal war es ein Typ mit einem Cocktail in der Hand und einem Zahnpastalächeln.

»Schwul«, erwiderte Marta ein wenig verlegen.

»War das nicht der Typ, der dir eine Zeit lang nachgestellt hat?«, fragte Emma erstaunt.

»Ja, aber er hat mich nur benutzt, um an Papa ranzukommen. Er ist in ihn verliebt«, erklärte Marta.

»Wie, in mich?«, mischte sich Francesco beunruhigt ein, während er den Wasserhahn am Spülbecken zudrehte.

»Hast du es gar nicht bemerkt?«, fragte Marta.

»Das wird ja immer besser ….«, sagte Francesco und trocknete sich die Hände ab.

»Es bringt jedenfalls nichts, wenn ihr mir alle zeigt. Wir machen es so, ich zeige euch, welcher überhaupt in Frage kommt«, unterbrach ihn Marta und schnappte sich das iPad.

»Das ist Stefano, er ist sympathisch, arbeitet als Journalist.« Sara warf einen Blick auf das Foto und schüttelte den Kopf.

»Maurizio, einfühlsam, scharfzüngig …«

Wieder Kopfschütteln.

»Mensch, dir passt aber auch gar keiner«, platzte Marta heraus.

»Ihr zeigt mir ja nur lauter Monstren, okay, einfühlsam, sympathisch, aber allesamt hässlich, mit Bauch und Glatze. Ich habe keine Ahnung, ob ich es überhaupt fertigbringe, mit einem Mann zu vögeln, aber schustert mir wenigstens einen halbwegs ansehnlichen zusammen«, sagte Sara.

»Na denn man ran«, bemerkte Francesco, während er ins Wohnzimmer trat.

»Eigentlich muss ich ja nur einen Samstagabend mit ihm rumbringen«, überlegte Sara.

»Das Problem ist, wie es einem am Sonntag früh damit ergeht«, sagte Marta.

»Wieso haben alle irgendwelche Fehler?« Sara schnaubte.

»Anfangs sind wir Männer allesamt perfekt«, sagte Francesco.

»Sie sprechen nicht über Fußball ...«, fuhr Marta fort.

»... wir sprechen von Liebe, wir hören zu, sind unterhaltsam ....«

»Sie interessieren sich für alles, was wir tun ...«, ergänzte Emma.

Alle vier brachen in Gelächter aus.

»Um das Bild zu vervollständigen«, begann Francesco und nahm eine kleine Schiefertafel von der Küchenwand und trug sie ins Wohnzimmer, »solltest du dir folgende für Männer typische Sätze merken, denen du unter keinen Umständen jemals Glauben schenken darfst.«

Er schrieb mit Kreide:

ICH WILL DIR NICHT WEHTUN.

WIR BLEIBEN FREUNDE.

ICH TUE ES FÜR DICH.

ICH HABE DICH NICHT VERDIENT.

»Den letzten Satz gibt es auch in der Variante: ›Du hast mehr verdient.‹«, schloss er.

»Ich würde noch hinzufügen: ›Ich habe deine Telefonnummer verloren‹ und ›Ich brauch' noch ein bisschen Zeit.‹«, sagte Marta.

»Nicht zu vergessen: ›Sie ist bloß eine Freundin‹ und ›Ich bin ein bisschen durcheinander.‹«, fügte Emma lachend hinzu.

»Bis auf das mit der Telefonnummer habe ich alles selbst schon zu hören bekommen. Also seid ganz beruhigt«, sagte Sara amüsiert.

»Ich hab ihn!«, rief Marta, die weiter in ihrem iPad herumgestöbert hatte.

»Wen?«, fragte Sara.

»Den Dichter, Enrico, ein Freund von mir.« Marta reichte Sara das Tablet und zeigte ihr das Foto eines jungen Mannes mit Borsalino-Hut, der mit verlorenem Blick auf einer Wiese saß.

»Nicht schlecht«, meinte Sara.

»Morgen stellt er sein Buch bei Mondadori vor«, wagte sich Marta noch einen Schritt weiter.

»Also fangen wir mit ihm an«, sagte Sara ein wenig kokett.

»Wenn es mit ihm nicht klappt, können wir es mit Andrea, dem Vermessungstechniker, mit Claudio, dem Rahmenhersteller, oder mit Gino, dem geschiedenen Steuerberater, probieren. Von den vier wird ja wohl einer passen«, sagte Marta.

Emma betrachtete ihre Familie und war froh, solche Schwestern und solch einen Vater zu haben. Nur wenige konnten sich derart glücklich schätzen. Zwar war die Mutter nicht mehr da, für sie war sie niemals da gewesen, doch das, was ihr auf der einen Seite gefehlt hatte, hatte sie auf der andern Seite doppelt zurückbekommen.

Sie sah auf die Uhr, erhob sich, lief hinauf in ihr Zimmer, stattete dem Bad eine Stippvisite ab und kam mit Löwenmähne wieder die Treppe hinab.

»Ich bin weg«, verkündete sie im Hinausgehen.

»Heute Abend schon wieder?«, kam es prompt von Francesco.

»Gestern war ich zu Hause«, sagte Emma bereits in der Tür.

»Mit wem triffst du dich?«, fragte Francesco streng.

»Äh … mit ein paar Freundinnen«, antwortete Emma lachend, zog die Tür hinter sich zu und verschwand.

»Ich sag's euch, ich weiß nicht, wie lange ich das noch mitmache«, empörte er sich.

»Mensch, lass gut sein, deine Tochter ist volljährig und hat das Recht, mit dem ins …«, sagte Marta.

»Sprich es nicht aus!«, unterbrach sie Francesco ungehalten.

»Mann, bist du altmodisch, ausgerechnet du, der du so genau über unser Gefühlsleben Bescheid weißt«, stichelte Marta.

»Ich?«, gab er mit gespieltem Erstaunen zurück.

»Wie steht es mit der Frau mit Hund?«

»Welche Frau mit Hund?«, fragte er abwehrend.

»Verfolgst du sie nach wie vor nur, oder hast du inzwischen ihre Bekanntschaft gemacht?«, sagte Sara.

»Was wisst ihr schon darüber …«, antwortete Francesco merklich beunruhigt.

»Hast du sie wenigstens mal nach der Uhrzeit gefragt?«, wollte Marta wissen.

»Nein, ich hatte es vor … aber dann habe ich mich nicht getraut«, gestand er bekümmert.

Die beiden jungen Frauen brachen in Gelächter aus.

»Könnt ihr endlich damit aufhören?«

»Komm schon, Papa, mach dich an sie ran. Es wird langsam Zeit«, sagte Sara.

Francesco sah sie lächelnd an. Er kümmerte sich um sie, und sie kümmerten sich um ihn. Mehr brauchte er nicht, um glücklich zu sein.

An diesem Abend kam Emma spät nach Hause. Ein weiteres Treffen in der Schlafzimmerabteilung von Ikea.

Wie immer hatten sie miteinander geschlafen, dann ein wenig Geplauder, um sich besser kennenzulernen, obwohl sie bereits das meiste voneinander wussten. Emma wollte alle Einzelheiten über das Treffen zwischen ihm und ihrem Vater erfahren. Alessandro erklärte ihr, dass es sehr viel besser gelaufen sei als erwartet, ohne dabei ins Detail zu gehen.

»Was habe ich dir gesagt, was habe ich dir gesagt. Er ist großartig, ich war sicher, dass er keine Probleme bereiten würde«, jubelte Emma.

Alessandro schwieg wohlweislich.

Emma küsste ihn stürmisch.

Marta

Schon immer hatte Francesco ihr gesagt, sie wähle die falschen Partner und sei auf beiden Augen blind, ihre Typen kämen so merkwürdig daher, dass *merkwürdig* gar kein Ausdruck sei, und sie hätten derart unglaubliche Jobs, dass sie sich nicht einmal bei der Arbeitsvermittlung erfassen ließen. Marta, die sich an den Pranger gestellt, angegriffen, unter Beschuss genommen fühlte, brachte bemerkenswerte Rechtfertigungen hervor, sie gab sich entrüstet und wütend zugleich, und wenn sie sich in einem Zimmer befanden, knallte sie mit der Tür. Sobald sie allein war, musste sie sich eingestehen, dass der Vater recht hatte. Doch was sollte sie tun? Vielleicht war in früheren Jahrhunderten das Profil des Märchenprinzen klarer und er daher leichter erkennbar gewesen. Jedenfalls schlitterte sie von einem Liebeskummer in den nächsten, oft genug sogar, ohne dass die Person, in die sie verliebt war, davon wusste. Sie überlegte, wann sie dem Vater von dem taubstummen Bücherdieb erzählen sollte. Da sie keine Ahnung hatte, wie er reagieren würde, befand sie, dass es besser wäre, nichts zu überstürzen. Francesco hatte auch ohne ihren neuesten Liebeskummer schon genug Sorgen. Marta hatte versucht, die Tage zu rekonstruieren, an denen der Lupin der Druckerzeugnisse ihr einen Besuch abgestattet hatte, und war zu dem Schluss gekommen, dass er sich höchstwahrscheinlich an diesem Morgen erneut blicken lassen würde. Auch heute war Sara in den Laden mitgekommen. Kaum waren sie eingetreten, hatte sie die Regale nach ihrer neuen Lektüre abgesucht, und Marta hatte die Gelegenheit genutzt, ihr unverzichtbares Frühstück in der Bar einzunehmen. Es war ihre halbstündige Pause vor Arbeitsbeginn, ein bisschen wie bei den Amerikanern, die vor dem Büro erst einmal joggen gehen, duschen und dann bei Starbucks ihre Mails, die Zeitung oder ein Buch lesen. Erst danach kann man wirklich im Geschäft oder Büro loslegen. Marta las meistens ein Buch. Momentan war es Steinbecks *Von Mäusen und Menschen.* Sie wusste nicht, weshalb, aber die Figur von Lennie erinnerte sie ziemlich stark an ihren Ladendieb. Als sie ans Ende gelangte und von Lennies Tod las, schlug sie sich diesen Gedanken jedoch mit aller Macht aus dem Kopf und zwang sich, am Kiosk die letzte Ausgabe von *Diabolik* zu kaufen, um sich ihn als Gangster mit den eiskalten Augen vorzustellen.

Sie überquerte den Markt und kehrte in die Buchhandlung zurück, in der Hand den Comic und einen Kaffee für die Schwester.

»Frische Fische, frische Fische!«, rief Mauro, der Fischverkäufer über seine mit Eisstücken gekühlten Kisten voller Seebarsch und Goldbrasse gebeugt.

Sara war in die Lektüre eines Buches vertieft, das sie, wie sie glaubte, nicht nur aufgrund des Titels unmittelbar betraf: *Sarah*, ebenfalls von J.T. LeRoy, die Geschichte eines Jungen, den man für ein kleines Mädchen hielt.

Während die Schwester noch in der Bar war, betrat eine Frau den Laden, um ein Buch von Stephen King zu kaufen. Sara hatte nichts dagegen, ihre Lektüre zu unterbrechen, denn wie alle in der Familie mochte sie die Bücher von King. Sie empfahl der Kundin *Das Spiel,* da sie in deren Art, sich zu kleiden und zu sprechen, eine gewisse Neigung zum Abnormalen erkannte.

Zufrieden wandte sie sich wieder ihrem Roman zu, als der junge Mann hereinkam, der Marta so gefiel. Er trug einen schwarzen Lederrucksack auf dem Rücken.

Sara erkannte ihn sofort. Er sah sich um und lächelte ihr zu.

Anscheinend suchte er Marta. Wahrscheinlich hatte er etwas gemerkt, und ihm war ihr vielsagender, zärtlicher Blick vom letzten Mal nicht entgangen.

Sara erwiderte sein Lächeln.

»Meine Kollegin ist nur kurz unterwegs«, sagte sie.

Aber er antwortete nicht, sondern ging durch den Flur in die Sachbuchabteilung.

»Sie kommt gleich wieder«, beharrte Sara, doch der junge Mann machte keine Anstalten, zu antworten.

Ihrer Schwester gefiel er, das hatte sie deutlich zu verstehen gegeben, und da sie sich verspätete und Gefahr lief, ihn nicht mehr anzutreffen, beschloss Sara, die Sache in die Hand zu nehmen.

Ich werde ein Treffen arrangieren, dachte sie, und das Eis brechen.

Sie eilte zu ihm hinüber in den anderen Teil der Buchhandlung, und in diesem Augenblick sah sie es: Der junge Mann, der sich allein glaubte, schob sich das soundsovielte Opernlibretto unter die Jacke. Er war also der berüchtigte Dieb.

Gerade wollte er sich aus dem Staub machen, als er sie bemerkte.

»Gib sofort das Buch wieder her!«, schrie Sara.

Der junge Mann blickte sie erschrocken an. In der Raummitte befand sich ein Tisch mit den Neuerscheinungen. Sara bewegte sich auf den Bücherdieb zu, doch der wich geschickt zur anderen Seite aus, und als sie ihn aufzuhalten versuchte, flüchtete er durch den Flur.

»Halt … stehen bleiben!«, schrie sie.

Hektisch suchte er das Weite, wobei er gegen einen Büchertisch stieß und einige Bände zu Boden fielen, dann flitzte er durch die Tür hinaus.

In diesem Augenblick betrat Marta die Buchhandlung und war wie vom Schlag getroffen. Der junge Mann rempelte sie an, schmiss sie beinahe um, der Kaffeebecher flog ihr aus der Hand und landete auf dem Boden.

Marta schrie vor Schreck auf, Sara eilte herbei und schrie ebenfalls.

»Er ist der Dieb … halte ihn auf, halte ihn auf … er ist der Dieb!«

Marta berappelte sich und rannte hinter dem jungen Mann her.

»Heh … stehen bleiben … bleib stehen … hab keine Angst, es ist alles in Ordnung … bleib stehen … ich will dir nichts Böses …«, rief sie.

Einige Marktbesucher drehten sich um.

Marta lief weiter, aber allmählich ging ihr die Puste aus.

Der junge Mann hatte inzwischen einen ordentlichen Vorsprung. Ohne innezuhalten, wandte er sich um und schaute zurück. Marta schrie, doch er konnte sie nicht hören.

Von Panik ergriffen zog er das Libretto aus der Jacke und schleuderte es seiner Verfolgerin entgegen, dann rannte er weiter und bog in eine kleine Seitengasse in Richtung Monte di Pietà ein.

Erschöpft blieb Marta stehen, stützte die Hände auf die Knie und gab die Verfolgung auf.

Sie machte ein paar Schritte und hob das Libretto auf. Es war *Der Liebestrank* von Felice Romani, vertont von Gaetano Donizetti.

Das Treiben auf dem Marktplatz ging unverändert weiter.

Nach dem kleinen Zwischenfall war jeder an seine Arbeit, jeder zu seinen eigenen Gedanken zurückgekehrt.

Marta eilte zurück in die Buchhandlung. Sara stand in der Tür und kaute wütend auf den Nägeln.

»Dieser Dreckskerl«, rief sie, »beinahe hätte ich ihn geschnappt.«

»Lass gut sein, es lohnt sich nicht. Wenigstens das Buch habe ich wieder«, sagte Marta traurig.

»Wollen wir ihn nicht anzeigen?«, fragte Sara.

»Ach was! Das bringt nichts«, entgegnete die Schwester, und aus ihrer Stimme war nicht Resignation, sondern großes Bedauern herauszuhören, dass sie schon wieder eine Gelegenheit verpasst hatte, ihn kennenzulernen.

Francesco

Francesco lag ausgestreckt auf der Couch. Die Hände auf den Oberschenkeln, starrte er auf einen Punkt an der Decke, einen feuchten Fleck, wo der Putz bröckelte und den die Nachbarin Gervasi beim Ausbau ihres Badezimmers hinterlassen hatte. Heute wäre er gern selbst Patient gewesen, um jemandem sein Herz auszuschütten, um angehört, ernst genommen, verstanden zu werden und vielleicht sogar einen Ratschlag zu bekommen, denn bekanntermaßen begeht man bei den Kindern immer Fehler, vor allem bei drei Mädchen. Stattdessen musste er wie stets alles allein bewältigen. In Kürze würde es an der Tür klingeln, und dann musste er sein Bestes geben: Er musste Emma zurückgewinnen. Zwei Fünfzigjährige, die sich gegenüberstanden, einer, der sie haben wollte, und der andere, zu dem sie rein rechtlich gehörte. Francesco hatte diese Konstellation noch nicht ganz verdaut, aber ihm war klar, dass er mit größter List vorgehen musste, damit der von ihm ersonnene Plan nicht ans Licht kam. Vermutlich würde Emma sonst eine ganze Weile nichts mehr von ihm wissen wollen, und ohne die Liebe seiner Töchter stand er auf verlorenem Posten.

Um Punkt elf klingelte es.

Francesco drückte den Knopf der Stereoanlage, und die Musik, die den Raum erfüllte, war derart ohrenbetäubend, dass sich Alessandro, als Francesco ihm die Tür öffnete, die Ohren zuhielt. Alles wie geplant.

»Oh Mann, schalt das aus! Bist du verrückt? Was soll der Mist?«, schrie er, um die dröhnende Lautstärke zu übertönen.

»Gefällt es dir nicht? Es sind Epic«, brüllte Francesco.

»Klingt grauenhaft«, sagte Alessandro und betrat die Praxis.

Francesco schloss die Tür und drehte die Lautstärke runter.

»Es ist Emmas Lieblingsband. Manchmal hört sie sie bis zu dreißigmal am Tag«, erklärte Francesco.

»Na ja, ein bisschen leiser sind sie vielleicht gar nicht so übel«, räumte Alessandro ein.

»Für sie ist es so leise«, sagte Francesco und gab ihm ein Zeichen, auf der Couch Platz zu nehmen.

»Kann ich da hin?«, fragte Alessandro und deutete auf den Sessel.

»Bitte«, erwiderte Francesco.

»Weißt du, es ist das erste Mal«, gestand er, während er es sich bequem machte. »Ich bin ein bisschen aufgeregt.«

Francesco antwortete nicht und nahm, Stift und Notizblock in der Hand, auf einem Stuhl neben ihm Platz.

»Nun, wie rettet man eine Ehe?«, versuchte Alessandro die Situation zu entkrampfen.

»Das ist nicht so einfach«, verkündete Francesco.

»Wie, das ist nicht so einfach?«

»Will sagen, es gibt keine einfache Formel, es gelingt nicht immer, und nicht immer wollen sich alle helfen lassen. Die Leute haben oft Angst vor einer Therapie, weil sie fürchten, dass irgendetwas zutage kommen könnte… ich dagegen, weißt du, wovor ich Angst habe?«, fragte Francesco mit ernster Miene.

»Vor was?«, gab Alessandro ein wenig besorgt zurück.

»Davor, nichts zutage zu fördern und mir klar zu werden, dass nichts mehr zu machen ist.« Francesco seufzte.

»Und wenn es passiert?«

»Dann lasse ich sie ihrer Wege gehen, befreie sie. Ein Paar sollte nicht mit aller Macht zusammenbleiben, bisweilen sind Beziehungen verbraucht wie Batterien.«

Alessandro richtete sich auf. »Genau, du hast recht, sie verbrauchen sich wie Batterien, genauso ist es bei meiner Frau und mir«, sagte er betroffen.

»Wenn eine Geschichte zu Ende ist, ist sie zu Ende«, bemerkte Francesco.

»Zwecklos, daran festzuhalten …«

»Es wäre therapeutischer Starrsinn …«

»Für mich wäre es Heuchelei, wir sind nicht wiederaufladbar … um bei dem Bild zu bleiben«, setzte Alessandro noch eins drauf.

»Liebe hält leider nicht ewig.«

»Leider, aber man muss es zur Kenntnis nehmen«, sagte Alessandro, deutlich erleichtert. Dann erhob er sich und machte Anstalten, zu gehen.

Francesco hielt ihn auf und legte ihm die Hand auf die Schulter. »Und wir werden das gemeinsam tun.«

»Was?«

»Zur Kenntnis nehmen, dass die Beziehung zu deiner Frau am Ende ist. Ich werde dir helfen, zu einem Abschluss zu kommen.«

»Wie bitte? Du wolltest doch versuchen … wolltest von dem einen Prozent ausgehen …«, sagte er, wieder Platz nehmend.

»Egoismus, ein Anflug von väterlichem Egoismus … Ich wollte dich nur von Emma fernhalten. Aber dann habe ich nachgedacht. Wer bin ich, dass ich mir anmaße zu versuchen, eine bereits an ihr Ende gelangte Partnerschaft aufrechtzuerhalten? Wenn schon, so soll meine Tochter wenigstens mit einem ungebundenen Mann zusammen sein. Verstehst du?«

»Ja, natürlich«, erwiderte Alessandro unschlüssig, »aber ich kann die Sache auch allein in die Hand nehmen.«

»Das ist nicht so einfach, Alessandro … Alex … darf ich dich Alex nennen? Ich fühle mich verpflichtet, dir zu helfen!«

»Aber …«

»Sie ist meine Tochter!«, beharrte Francesco.

Alessandro antwortete nicht, und es blieb ihm nichts übrig, als beipflichtend zu nicken. Jegliche weitere Diskussion wäre unangemessen gewesen.

»Lass uns die Ärmel aufkrempeln, Alex, und uns von dieser Frau befreien, ein für alle Mal …«

»Und wie?«

»Mit der Ein-letztes-Mal-Therapie, ein Ansatz aus Amerika. Funktioniert großartig.«

»Und worin besteht sie?«

»Du musst all das noch einmal tun, was du getan hast, als du verrückt nach ihr warst«, antwortete Francesco, »also zum Beispiel sie zum Essen ausführen, ihr ein Geschenk machen, mit ihr auf Reisen gehen, zusammen einkaufen … all das, zum letzten Mal!«

Zweifelnd sah Alessandro ihn an.

»Ich weiß, dass du dazu keine Lust hast, aber es ist sehr wichtig, glaube mir. Auf diese Weise wird dir bewusst werden, wie belastend all diese Dinge für dich sind, wie gern du darauf verzichten würdest. Du wirst erleichtert sein bei dem Gedanken, sie nie wieder zu tun und wie schön ein Leben ohne sie sein wird. Los, fangen wir mit dem Abendessen an, ein Lokal aus euren goldenen Zeiten …«

»Ich … ich weiß nicht«, stotterte Alessandro, verwirrt von dieser unerwarteten Wendung.

»Wohin seid ihr öfters ausgegangen?«, fragte Francesco.

»Am liebsten zu Zi' Teresa in Maccarese, die Spaghetti

alle vongole mit Rucola und Cocktailtomaten waren ein Gedicht«, erinnerte sich Alessandro.

»Dann reserviere einen Platz bei Zi' Teresa!«, befahl Francesco.

»Für wann?«

»Heute Abend«, sagte Francesco.

Alessandros Protest war verhalten und wurde sogleich abgebügelt, die Sitzung war beendet. Francesco begleitete ihn zur Tür, während Alessandro noch Ausreden vorbrachte, um besagtes letztes Abendessen zu umgehen.

»Du wirst sehen, du wirst mir noch dankbar sein«, verabschiedete sich Francesco und schob ihn aus der Praxis.

Als er allein war, lehnte er sich an den Türrahmen und seufzte.

»Was man nicht so alles tut...«, sagte er mit lauter Stimme. Dann kehrte er an seinen Schreibtisch zurück und fertigte eine Karteikarte für den Namen Alessandro an. Den Nachnamen kannte er nicht.

Er notierte ein paar Punkte zur ersten Sitzung und steckte das Ganze in eine gelbe Patientenakte, die wiederum in einem Karteischrank unter dem Buchstaben A landete. Er schaute auf die Uhr. Es war noch ein wenig Zeit bis zum Mittagessen, und so beschloss er, zum Einkaufen in den Supermarkt zu gehen. Zuvor ging er jedoch einen Kaffee trinken. Er freute sich, als er in der Bar del Fico Marta traf, die mit einem langstieligen Löffel in einem frisch gepressten Orangensaft rührte.

»Hallo, mein Schatz«, begrüßte er sie.

Marta lächelte merkwürdig.

»Was ist denn mit dir los?« Francesco seufzte und malte sich den soundsovielten Liebeskummer aus.

»Nichts«, erwiderte sie, in Gedanken bei ihrem Dieb. »Und

mit dir? Wieso bist du so aufgekratzt? Doch nicht etwa schon wieder wegen der Frau mit dem Hund?«

»Welche Frau mit dem Hund …«, erwiderte Francesco in abwehrendem Ton. »Nein, es ist nur … wenn ich's dir sage, versprichst du mir, es für dich zu behalten?«

»Papa«, erwiderte Marta, als wolle sie sagen, dass sie es *natürlich* für sich behalten und höchstens mit Sara oder Emma darüber reden würde.

Francesco schien ihre Gedanken zu erraten.

»Emma darf davon *auf keinen Fall* erfahren, ist das klar?«

»Absolutes Ehrenwort«, erwiderte sie und spreizte zwei Finger zum Schwur.

»Also gut, ich hatte gerade eine Sitzung mit einem … ganz besonderen Patienten. Mit Alessandro, dem Fünfzigjährigen«, gestand er mit gedämpfter Stimme, als könne jeden Augenblick Emma auftauchen.

»Wie bitte?«, rief Marta erstaunt.

»Ja, ich spiele einen Trumpf aus. Ich helfe ihm, die Beziehung zu seiner Frau wieder ins Reine zu bringen.«

»Und du meinst, das klappt?«

»Ich hoffe es. Der Mechanismus ist ziemlich einfach: Begehren wird durch Mangel geweckt. Er muss hautnah das Gefühl erleben, seine Frau zu verlieren, sie für immer zu verlieren. Vielleicht löst das etwas aus. Andernfalls habe ich keine Hoffnung«, erklärte er in geradezu verzweifeltem Ton.

»Aber das scheint mir deinem Berufsethos zu widersprechen«, sagte Marta, ihn zitierend. Es war jedes Mal seine Lieblingsantwort, wenn sich eine der Töchter von ihm therapieren lassen wollte.

»Das stimmt«, entgegnete Francesco gereizt, »doch mindestens genauso verwerflich erscheint es mir, wenn einer sich an ein Schulmädchen heranmacht.«

»Wenn Emma davon erfährt, bringt sie dich um, das weißt du?!«

»Genau deshalb darfst du ihr nichts davon erzählen. Denk dran: Das ist ein Pakt unter Männern«, sagte er, auf Alessandro Bezug nehmend.

»Was habe ich dann damit zu tun? Ach ja, apropos Männer: Ich muss los, Sara ist allein im Buchladen«, sagte Marta und erhob sich.

»Sie wird sich schon nicht fürchten«, scherzte Francesco.

»Das nicht, aber in letzter Zeit liest sie viel und ist dann oft so vertieft, dass sie nicht mal merkt, wenn ein Kunde reinkommt. Sie wäre imstande, sich alles klauen zu lassen. Übrigens, wo ich schon beim Klauen bin ...«, begann Marta, in Gedanken erneut bei ihrem Libretti-Dieb.

»Was gibt's denn?«, fragte Francesco.

»Ach nichts, schon gut. Ich erzähl's dir ein andermal. Danke, Papa.«

»Wofür, mein Liebling. Ich muss jetzt auch gehen, es ist schon fast eins«, sagte er mit einem Blick auf die Uhr.

»Bist du verabredet?«, erkundigte sich Marta.

»Schön wär's ... ich muss noch einkaufen.«

Marta lächelte, drückte ihm einen Kuss auf die Wange und verschwand.

Als er allein war, sah sich Francesco um, dann fiel ihm ein, dass er auf einen Kaffee gekommen war, und trat an die Theke.

Fünf Minuten später stand er vor dem Supermarkt. Er holte einen Wagen, doch bevor er hineinging, hielt er inne. Sein Herz klopfte zum Zerspringen, der Hund der Frau, *seiner* Frau, der Cocker Spaniel, saß dort, in der Hundezone, friedlich und gelangweilt auf seine Herrin wartend.

Diesmal schaff' ich es, sagte er sich, diese Gelegenheit darf ich mir nicht entgehen lassen.

Mit tausend Gedanken im Kopf und weichen Knien betrat er das Geschäft.

Kaum hatte er einen Fuß hineingesetzt, wusste er nicht mehr, was er eigentlich kaufen wollte. Seine Aufgabe bestand nun darin, alle Gänge nach ihr abzusuchen, sie anzusprechen und ein für alle Mal mit ihr anzubändeln.

Er begann bei SNACKS UND SÜSSWAREN und durchkämmte dann MILCHPRODUKTE UND FRUCHTSÄFTE: nirgendwo eine Spur. Er gelangte in die Abteilung FRISCHFISCH und ging durch die Regale von OBST UND GEMÜSE, wobei er vorsichtig hinter einem Berg Äpfel hervorlugte: vergeblich.

Dann sah er sie.

Bei den Konserven.

Sie trug einen langen weißen Rock und einen weißen Pulli mit Puffärmeln, das Haar war zu einem Knoten gebunden und mit einer Holzspange festgesteckt.

Francesco war wie gelähmt, unschlüssig, was er tun sollte. Sie packte eine Konservendose in den Wagen und wandte sich plötzlich zu ihm um. Von Panik ergriffen, versuchte Francesco, so unscheinbar wie möglich zu wirken, und tat, als suche er das Weinregal ab, und griff nach dem erstbesten Chianti.

Als er sich erneut umsah, war die Frau verschwunden, sie musste weitergegangen sein.

Zögernd lief Francesco weiter und entdeckte sie gleich darauf bei den Waschmitteln. Jetzt war die Gelegenheit günstig, das war seine Chance, er würde sie nicht noch einmal verstreichen lassen.

Er trat zu ihr in den Gang und blieb hinter ihr stehen. Er atmete tief durch, während er fieberhaft darüber nachdachte, wie er beginnen könnte.

Dann hatte er eine Idee. Er nahm eine Waschmittelflasche

und begann, vor dem Regal stehend, nach der besten Formulierung zu suchen, um sie anzusprechen.

Er betrachtete die Reihe der Weichspüler und sagte zu der Frau, die auf dem Etikett abgebildet war, während er ihr die Waschmittelflasche hinhielt: »Verzeihung, ist das für Feinwäsche geeignet? Geht das für Feinwäsche? Kann man das für Feinwäsche nehmen? Eignet es sich für Feinwäsche?«

Eine ältere Dame, die direkt neben ihm stand und die Francesco überhaupt nicht bemerkt hatte, beobachtete ihn entgeistert und unterbrach seine Litanei: »Man kann es für Feinwäsche nehmen, seien Sie unbesorgt«, um sich dann kopfschüttelnd samt ihrem Einkaufstrolley im Schottenkaro-Design zu entfernen.

»Danke«, murmelte Francesco und drehte sich um. Die Frau stand noch immer da, unentschlossen, was sie wählen sollte.

Francesco atmete tief durch, packte das Waschmittel in den Wagen, überwand seine Scheu und trat auf sie zu.

»Verzeihung«, sagte er und griff, ohne es zu bemerken, statt nach dem Waschmittel nach dem Chianti, »ist das für Feinwäsche geeignet?«

»Na ja, ich glaube, Weißweinflecken lassen sich besser entfernen«, erwiderte sie in scherzhaftem Ton.

Francesco begriff nicht, dann betrachtete er die Flasche in seiner Hand und wurde rot vor Scham.

Die Frau lächelte ihm unverwandt zu, Francesco war hingerissen, doch seine Miene veränderte sich schlagartig, als er plötzlich Alessandro um die Ecke biegen sah. Er hielt eine braune Tüte in der Hand, aus der zwei Baguettes hervorlugten.

»Ungesalzenes Brot gibt es nicht«, sagte er zu der Frau, dann blieb er mit offenem Mund stehen. »Du? Hier? Ich…

ich fass es nicht! Francesco Taramelli!«, rief er, als hätten sie sich jahrelang nicht gesehen.

Francesco war vollkommen perplex und wusste nicht, was er denken sollte.

»Das ist Francesco … ein enger Freund aus Kindertagen«, sagte er zu der Frau, »und das ist Claudia … meine Frau.«

»Angenehm«, sagte sie und reichte ihm die Hand.

Francesco betrachtete das Paar. Er konnte und wollte einfach nicht glauben, dass *sie* Alessandros Frau war, die Frau mit dem Hund, die immer allein spazieren ging, deren Tagesablauf und Wege er auswendig kannte, von der er seit über einem Jahr träumte, die ihn innerlich in Wallung brachte … und deren Namen er nun kannte: Claudia.

»Sie ist also … deine Frau … ausgerechnet sie …«, stotterte er verwirrt, dann riss er sich zusammen und reichte ihr die Hand: »Angenehm!«

»Was für ein Zufall«, sagte Alessandro. »Wir waren schon Ewigkeiten nicht mehr zusammen einkaufen, wirklich Ewigkeiten nicht mehr!«

»Wohnen Sie auch hier in der Gegend?«, erkundigte sich Claudia.

»Aber doch nicht *Sie*, du wirst doch Francesco nicht siezen. Franky kannst du ruhig duzen«, korrigierte Alessandro sie.

»Ich wollte sagen … wohnst du auch hier in der Gegend?«, wiederholte die Frau ein wenig verlegen.

Francesco stand noch immer unter Schock. Er konnte nicht unterscheiden, ob die Menschen, die an ihm vorbeiliefen, Männer oder Frauen waren. Sie kamen ihm wie Schatten vor, alle Geräusche verschmolzen miteinander, waren wie verzerrt … Selbst die Stimmen der beiden kamen ihm vor wie aus einem schlechten Horrorfilm.

»Ich … ich habe meine Praxis gleich hier um die Ecke … gleich hier …«, murmelte er.

»War jedenfalls nett, dich zu sehen. Vielleicht können wir uns ja mal zum Abendessen treffen, was meinst du, Claudia?«, sagte Alessandro.

»Gern«, erwiderte sie, dann verabschiedeten sie sich voneinander, und das Ehepaar bog in den nächsten Gang ein.

Unbeweglich blieb Francesco vor den Waschmitteln stehen, unfähig, einen Gedanken zu fassen.

Er gab es auf und ging zur Kasse. Sein merkwürdiger Einkauf hätte jeden Marktforscher ins Schleudern gebracht: eine Flasche Chianti und eine Packung Lenor mit Jasmin-Aroma.

Er fuhr mit dem Auto nach Hause, ohne noch einmal in der Praxis vorbeizuschauen.

An diesem Nachmittag hätte er zwei Termine gehabt, aber er sagte beide ab.

Er wollte allein sein … oder höchstens in Gesellschaft des Weines, den er gerade gekauft hatte.

Sara

Es war ihre erste offizielle Verabredung mit einem Mann. Marta hatte sie in allen Punkten beraten: von der Kleidung bis hin, wie sie sich verhalten sollte.

Was die Kleidung betraf, hätte Sara eigentlich Jeans, Top und ein Paar Converse oder T-Shirt, Shorts und Flip-Flops gewählt, aber Marta war ganz anderer Ansicht gewesen. Am Ende war es ihr dank ihres psychologischen Gespürs und der typischen Unentschlossenheit der Schwester gelungen, sie davon abzubringen, und Sara hatte sich schließlich mit schulterfreiem Oberteil, ultrakurzem Minirock im Military-Look und High Heels in die Mondadori-Buchhandlung begeben. Solches Schuhwerk war sie nicht gewohnt, und so wurde dieser Auftritt zu einem der wackeligsten ihres Lebens.

Die Wirkung war atemberaubend; aber sie fühlte sich unwohl. Sie kam sich beobachtet vor und versuchte dauernd, den Minirock herunterzuziehen, um wenigstens ein wenig ihre Beine zu bedecken, was jedoch nur dazu führte, dass sie ihren Bauch entblößte und dadurch noch sexyer wirkte. Es ist unerträglich, dachte sie, sich dieser Tortur zu unterziehen, nur damit einen alle im Umkreis von fünf Metern mit Blicken durchbohren.

Im großen Saal waren bereits Dutzende Leute versammelt, keine so aufgebrezelt wie sie. Die meisten nippten an einem Drink. Dazu wurden Häppchen auf Tabletts gereicht, die sich im Handumdrehen leerten. Einige standen zusammen und unterhielten sich angeregt. Sara sah sich um, aber sie kannte niemanden. Marta hatte sie untergehakt und suchte in dem leichten Gedränge nach ihrem Freund.

»Da vorn ist er«, sagte sie, als sie ihn in einer Ecke, an einem Vol-au-vent mit Lachs kauend, entdeckte. »Ich stell dich jetzt vor. Denk dran, hör ihm zu, rede nicht dauernd, gib dich interessiert. Wenn er einen Punkt zu Ende ausgeführt hat, warte ein paar Sekunden, du musst beeindruckt wirken von dem, was er sagt. Darauf legen sie Wert, vor allem die Intellektuellen.«

Sara kam nicht dazu zu widersprechen, denn Marta hatte sie bereits zu dem Dichter gezogen.

»Hallo Enrico, das ist meine Schwester Sara.«

»Hallo Sara, freut mich sehr«, sagte er und musterte sie.

»Ich lass euch allein, wir sehen uns später«, sagte Marta und verdrückte sich.

Der Dichter trug ein kariertes Holzfällerhemd, eine etwas unförmige weinrote Jacke, dazu passende Hosen, die er durch ein Paar schmale schwarze Hosenträger aufgehübscht hatte, und außerdem eine überdimensionierte Brille, alles streng im Hipster-Style, mit andern Worten: ein zufälliger Mix der größten Geschmacklosigkeiten der Alltagsmode. Sara sah ihn an und fühlte sich noch unwohler. Erneut versuchte sie vergeblich, den Rock hinunterzuziehen. Er steckte die Hände in die Gesäßtaschen, was ihm eine unnatürliche Haltung verlieh, worauf Sara die Augen verdrehte.

»Grad aus New York zurückgekehrt, wie ich gehört habe? New York, Fifth Avenue, Central Park...«, schwadronierte der Dichter, verträumt nach oben blickend, »Big Apple, Brooklyn-Bridge, Soho...«

Er sprach Soho merkwürdig aus, hauchte das H derart

stark, dass es wie ein Röcheln klang, und Sara erschrak. Aber der Dichter kümmerte sich nicht darum.

»Empire State Building, King Kong, die Yankees …«, beim letzten Wort zog er blitzschnell die Hände aus den Hosentaschen und deutete eine Geste an, als würde er mit dem Baseballschläger ausholen. Die plötzliche, unerwartete Bewegung ließ Sara zusammenfahren, sie wich zurück, wäre um ein Haar getroffen worden.

»Faszinierend, oder?«, endete der Dichter. Sara, froh, der Gefahr entgangen zu sein, schwieg. Sie hatte vergessen, wie lange sie mit der Antwort warten musste. Sie entschied sich für zehn Sekunden und zählte im Kopf mit.

»Oder?«, drängte er, nachdem gerade einmal fünf Sekunden um waren, um nach sieben Sekunden erneut das Wort zu ergreifen.

»Sag mal, verkaufen sich meine Bücher dort? Sie sind nämlich übersetzt worden.«

Ein wenig unsicher beschloss Sara, diesmal besser gleich zu antworten.

»Ja … ja … sie verkaufen sich … Ich selbst habe mir auch einige besorgt.«

»Ich habe nur zwei geschrieben«, sagte Enrico.

»Genau, alle beide«, erwiderte sie hastig.

»Ah, schön … Ich geh dann mal, es fängt gleich an. *See you later*«, verabschiedete er sich.

»Gern«, erwiderte sie und winkte ihm zu, obwohl er sich nur wenige Meter von ihr entfernt hatte.

Sara fühlte sich entmutigt bei dem Gedanken, dass dieser Enrico das Ergebnis einer sorgfältigen Auswahl aus einem ganzen Sammelsurium unterschiedlichster Leute war und er theoretisch zu den Besten gehörte. Sie beschloss, sich am Büffett zu trösten. Um nicht vor aller Augen hinzufallen, näherte sie sich mit ihren hohen Absätzen extrem langsam, eher trippelnd den Prosecco-Gläsern. Als sie endlich am Ziel angelangt war, griff sie nach einem Glas und kippte es in einem Zug hinunter.

»Sara«, rief Marta plötzlich.

Vor Überraschung verschluckte Sara sich beinahe.

»Komm, es geht gleich los!«, sagte ihre Schwester und nahm ihr das Glas aus der Hand. »Setzen wir uns hin.« Sie hakte sich erneut bei ihr unter und führte sie zu den für die Zuhörer aufgestellten Sitzreihen.

Es gab nicht allzu viele Plätze, und da die meisten bereits besetzt waren, nahm Marta in der zweiten und Sara in der letzten Reihe Platz. Neben ihr saß eine gut aussehende Frau um die fünfunddreißig, schwarze Haare, Pagenkopf, die Haut so gebräunt, als hätte sie bereits zwei Monate Urlaub am Meer hinter sich. Sara konnte sie einfach nicht ignorieren. Sie musste an ihre Vergangenheit denken und daran, dass sie noch vor wenigen Wochen irgendeinen Vorwand gefunden hätte, um sie anzubaggern.

Die Präsentation begann, und bereits nach ein paar Minuten hatte Sara Mühe, die Augen offen zu halten. Man sprach von einer neuen Poetik, von der immanenten und intrinsischen Bedeutung des Wortes, von Synthese und gewagter Lautmalerei. Dann endlich las der Dichter aus seinem Werk. Er steckte die Hände in die Gesäßtaschen, schob das Becken vor, den Blick statt aufs Publikum zur Decke gerichtet. Sara fand, dass er aussah wie ein geistig Minderbemittelter.

Blätter, Blätter …
Seelen, Seelen …
Das Pflaster berührt euch, das Pflaster trennt euch ….
Wie das Ei: dottergelb, leuchtend, allein, einzigartig.

Oh Seelen, oh Blätter.
So offenbar, so klar.
Ihr bleibt und geht.
Geht und bleibt…

Tosender Applaus.

Sara dagegen schnaubte, und nicht gerade leise entfuhr ihr: »Was für ein Scheiß.« Ihrer Nachbarin erging es genauso, und sie drehten sich gleichzeitig zueinander um und kicherten hinter vorgehaltener Hand.

»Ich hoffe, du bist nicht mit ihm verwandt«, flüsterte die Frau. Die übrigen Zuhörer waren nun wieder mucksmäuschenstill.

»Zum Glück nicht, auch wenn andere das gern sehen würden«, erwiderte Sara amüsiert.

»Freut mich. Ich bin übrigens Laura.«

»Mich ebenso, ich bin Sara.«

Sie gaben sich die Hand.

»Etwa Sara, die Schwester von Marta?« Laura zog fragend die Augenbrauen hoch.

»Genau die.«

»Mein Gott… die Sara?«, rief die Frau, als hätte sie eines der Spice Girls vor sich.

»Wieso mein Gott?«, fragte Sara ein wenig verwirrt.

»Marta hat mir so viel von dir erzählt«, sagte Laura mit einem augenzwinkernden Lächeln. »Du bist wirklich unglaublich hübsch.«

»Du bist auch nicht gerade übel«, erwiderte Sara keck. Die Unterhaltung begann ihr allmählich zu gefallen. Sie war jedenfalls besser als all die Gespräche der letzten Tage.

»Weißt du, dass ich dich unbedingt kennenlernen wollte. Ich habe gehört, dass deine Freundin dich verlassen hat, aber tröste dich, die Männer sind auch nicht besser. Ich hab mich gerade von einem getrennt, und ich werde Jahre brauchen, mich von dem ganzen Desaster zu erholen. Sag mal, wollen wir nicht einfach abhauen?« Die letzte Frage kam ziemlich unvermittelt.

»Macht das keinen schlechten Eindruck?«, fragte Sara mit bereits funkelnden Augen.

»Ein bisschen schon … aber das kann uns wurscht sein«, entgegnete Laura mit einer Unverfrorenheit, die Sara nur noch mehr antörnte. Sie erhob sich, ergriff Saras Hand und zog sie auf die Straße.

Als Sara den Kontakt mit der zarten, samtweichen Haut spürte, musste sie laut niesen. So war es schon immer gewesen, seit ihrer Jugend. Sobald eine Frau sie erregte, musste sie niesen. Von allen in einem solchen Moment möglichen Symptomen, angefangen beim Erröten bis hin zum Schweißausbruch, überkam sie ein lautes, peinliches, nicht zu unterdrückendes Niesen.

»Bist du allergisch?«, säuselte Laura.

»Nein, keineswegs …«, erwiderte Sara schlagfertig.

Laura hatte ihren Wagen ganz in der Nähe geparkt. Es war Vollmond und der Himmel nahezu wolkenlos. Ein dichter frühsommerlicher Sternhimmel wölbte sich über Rom. Sie fuhren von Prati in Richtung Lungotevere.

Laura lächelte hinter dem Steuer und wandte sich hin und wieder zu Sara um, die neben ihr saß.

»Was hältst du davon, wenn wir zu mir gehen, um noch ein Gläschen zu trinken?«, fragte sie.

Sara war nun sicher, welche Absichten Laura hegte. Einerseits erregte sie der Gedanke an diese Unbekannte, die sie einfach so anbaggerte, andererseits ließ ihr Entschluss, heterosexuell zu werden, sie zweifeln und zögern. Sie hatte soeben einen neuen Weg eingeschlagen und wollte sich nicht davon abbringen lassen. Zumindest nicht so schnell.

Noch vor ein paar Tagen hättest du dich auf sie gestürzt, dachte sie.

Laura legte die Hand auf ihren nackten Schenkel.

»Was meinst du? Komm schon, nur ein Gläschen …«, beharrte sie verführerisch.

»Wenn du so weitermachst, könnte ich glatt weich werden«, antwortete Sara und schluckte.

»Du kannst auch bei mir übernachten, wenn du magst«, sagte Laura.

»Ich könnte … aber ich kann für nichts garantieren«, erwiderte Sara.

»Das Risiko nehme ich gern in Kauf.« Laura lachte, während sich ihre Hand langsam Saras Schenkel hinaufschob.

»Wohnst du weit von hier?«, fragte Sara, der inzwischen klar war, wie das Ganze enden würde.

»Zehn Minuten und wir sind in meinem Bett …«, antwortete Laura.

»Oder bei dir auf dem Küchentisch, wer weiß …«

Laura gab Gas und sah mit lüsternem Blick erneut zu Sara.

»Weißt du«, gestand sie, »ich wollte schon immer mal Sex mit einer Frau haben. Ich bin gespannt, was meine Freundinnen dazu sagen …«

Sara begriff nicht sofort, was sie damit meinte, dann sah sie, wie Laura nach ihrem Handy griff.

»Ich will Francesca eine SMS schreiben. Die wird platzen vor Neid, die Ziege. Seit sie sich diesen kubanischen Tänzer geangelt hat, gibt sie nur noch an … oder soll ich besser twittern?«

Laura wirkte ziemlich aufgedreht. Weniger wegen Sara als vielmehr wegen des ganzen Drumherums. Und das war für Sara unerträglich.

»Genau, besser twittern«, sagte Laura, »dann können sofort alle mitlesen, und ich habe gleich doppelt so viele Follower, meinst du nicht?« Dann fügte sie hinzu: »Kannst du mal kurz das Lenkrad halten?«

Sara legte die Hand ans Lenkrad und steuerte plötzlich auf den Gehweg zu. Zum Glück waren keine weiteren Autos in der Nähe, dennoch musste Laura scharf bremsen, um einen Aufprall zu vermeiden.

»Bist du bescheuert?«, schrie sie.

»Leck mich am Arsch«, erwiderte Sara, stieg aus dem Auto und knallte die Wagentür mit ganzer Kraft zu.

»Was ist jetzt los?«, fragte Laura bestürzt. »Wir hatten doch unsern Spaß, komm schon …«

Sara eilte den Gehweg entlang, in Gedanken bereits woanders. Laura verfolgte sie mit dem Auto, das Wagenfenster hatte sie geöffnet.

»Steig wieder ein, los …«

Sara beschleunigte ihre Schritte.

»Lass uns wenigstens ein Foto von uns beiden schießen«, versuchte es Laura ein letztes Mal.

Sara bog in eine Seitenstraße ab.

»Und dann regt ihr euch auf, dass ihr nicht akzeptiert werdet«, schrie ihr Laura hinterher, bevor sie den zweiten Gang einlegte und mit quietschenden Reifen davonfuhr. Sara hätte ihr am liebsten einen Stinkefinger gezeigt, aber sie beherrschte sich. Stattdessen hob sie die Hand und winkte ein Taxi heran.

Ein einziger Gedanke ging ihr immer wieder durch den Kopf: Egal ob Männer oder Frauen, sie geriet nie an jemanden, mit dem sie glücklich werden und sie selbst sein konnte.

Das Experiment mit dem Dichter war gescheitert, ebenso

wie ihr erneuter Versuch als Lesbe. Gleich zwei an einem Abend, das war einfach zu viel.

Man hatte ihr schon oft gesagt, dass Liebe blind mache. In ihrem Fall, dachte sie, traf das tatsächlich zu, denn bisher hatte sie noch keinen Blick auf sie erhascht.

Emma

Die nächtliche Verkaufshalle hatte ihren eigenen Reiz. Die Zeit hielt inne. Alle Geräusche wirkten gedämpft. Neuntausend Quadratmeter Wohnraum nur für sie, und wenn sie Hunger bekamen, lagen all diese schwedischen Scheußlichkeiten griffbereit.

Emma saß an einem ausziehbaren Malm-Arbeitstisch, im Schein einer Tisdag-LED-Lampe, während Alessandro es sich auf einer taubengrauen Kivik-Chaiselongue bequem gemacht hatte, wie beim Psychotherapeuten auf der Couch; gewissermaßen, um nicht aus der Übung zu kommen.

Hin und wieder sah Emma auf. Er war merkwürdig still, wenn er fernsah.

»Ich bin gleich fertig«, bemerkte sie.

»Brauchst du Hilfe?«, fragte er.

Gefahr gebannt, denn Emma fürchtete sich vor seinem Schweigen. Sie wusste, dass die »richtigen Erwachsenen« immer dann nicht sprachen, wenn sie über irgendein Problem nachdachten. Ihr Altersunterschied gehörte garantiert nicht zu diesen Problemen, aber so verliebt Emma auch war und so großartig alles zwischen ihnen lief, plagte sie doch immer wieder die Sorge, ihre Beziehung könne genauso enden, wie sie begonnen hatte: Knall auf Fall.

Sie war an jenem Tag zu Ikea gefahren, um sich eine Schreibtischlampe zu kaufen, eine Tisdag, ihr Lieblingsmodell, und hatte ihn gesehen. Er erläuterte gerade mit freundlicher, liebenswerter Stimme einem frisch verheirateten Pärchen die verschiedenen Kombinationsmöglichkeiten bei der Einrichtung eines Schlafzimmers. Emma war mit ihrer Freundin Chiara unterwegs. Beim Anblick von Alessandro blieben beide wie angewurzelt stehen; sie konnten kaum glauben, dass ein Typ um die fünfzig eine derartige Ausstrahlung hatte. Alessandro war groß, breitschultrig, und sein Haar hatte genau die richtige Länge, so dass es ihm ein etwas verwegenes Aussehen gab. Emma hatte sich hinter dem Pärchen angestellt und darauf gewartet, an die Reihe zu kommen. Die beiden Freundinnen wollten ihn provozieren, fest davon überzeugt, dass ihnen das gelingen würde. Nachdem Emma zehn Minuten lang gewartet und unablässig die Lippenbewegungen des Mannes beobachtet hatte, was ihm nicht entgangen war und ihn ziemlich in Verlegenheit brachte, war sie endlich dran.

Emma nahm ihm gegenüber Platz, schaute ihm in die Augen und fragte, welche Matratze sich am besten für Sex eigne. Alessandro räusperte sich, und ihm fiel nichts Besseres ein als: »Mögen Sie lieber Latex oder Federkern?«

Emma hielt seinem Blick stand und erwiderte mit nunmehr leiser, verführerischer Stimme: »Das spielt keine Rolle. Wichtig ist nur, dass sie sich für Sex eignet. Verstehen Sie? Oder muss ich weiter ins Detail gehen?«

»Achtzehn Zentimeter, Latex, allergiegetestet, sehr widerstandsfähig. Die ideale Matratze!«, verkündete er, wobei er rot anlief. Dann hatte sie ihm ihre Handynummer gegeben, und drei Tage später hatte er sie angerufen.

Nun schrieb Emma an ihrer Abschlussarbeit.

»Was ist vollendete Zukunft?«, fragte sie ihn.

Alessandro machte ein Gesicht, als hätte ihn ein chinesischer Tourist in seiner Muttersprache angesprochen. Lässig erhob er sich, sah nachdenklich zur Decke und trat betont selbstsicher auf Emma zu.

»Also, vollendete Zukunft bedeutet … vollendete Zukunft ist, wenn eine zukünftige Sache bereits … vollendet … vergangen ist …«, stammelte er.

»Schon gut, ich schau bei Wikipedia nach«, unterbrach sie ihn.

»Ja, das ist besser …«

»Apropos Zukunft, wenn wir beide zusammenziehen, sollten wir uns Ikea-Möbel zulegen, meinst du nicht?«, sagte sie, die Gelegenheit beim Schopf ergreifend.

»Auf jeden Fall, ich bekomme dreißig Prozent Rabatt«, erwiderte er lachend.

»Dann lass uns ein Spiel spielen«, schlug sie mit strahlender Miene vor.

»Was für ein Spiel?«

»Du zeigst mir, wie du die Wohnung gern einrichten würdest, und ich zeig dir, wie ich sie gern hätte«, sagte Emma.

Alessandro sah sie unschlüssig an.

»Und deine Hausaufgaben?«

»Es ist die Abschlussarbeit … die hat noch ein bisschen Zeit«, beruhigte sie ihn.

Alessandro lächelte amüsiert. Emma legte die Regeln fest: Es gab eigentlich keine Regeln, man durfte alles aus den Verkaufsräumen benutzen und hatte zwanzig Minuten Zeit. Dann rief sie: »Fertig … los!« und sauste in die Wohnzimmerabteilung.

»Das gilt nicht!«, schrie er ihr hinterher, glücklich darüber, dass sie so ausgelassen waren.

Sie streiften durch die verschiedenen Abteilungen, jeder mit seinen eigenen Vorstellungen. Sie wählten Sofa, Möbel, Stoffe, verschoben Stellwände und in wenig mehr als der vereinbarten Zeit vollendeten beide ihr Werk.

Nachdem Alessandro eine große Stehlampe in dem Raum positioniert hatte, der ihm als Vorführzimmer diente, erklärte er das Spiel für beendet.

»Stopp. Die Zeit ist um!«, rief er.

Zufrieden trat Emma näher und sagte: »Ich bin gerade eben fertig geworden.«

Alessandro bedeutete ihr mit einer Armbewegung, es sich in seinem Wohnzimmer bequem zu machen.

Es war ein klassisch eingerichteter Raum, mit brauner Glasvitrine, einem Ledersofa, Teppich, Stehlampe und einem nichtssagenden Fernsehtisch.

Emma riss erstaunt die Augen auf.

»Das ist also dein Traumwohnzimmer? Ich wette, es sieht genauso aus wie bei dir daheim.« Sie lachte. Bei diesem Satz überkam Alessandro ein Anflug von Traurigkeit, aber er ließ sich nichts anmerken.

»Ja, mehr oder weniger«, räumte er zerstreut ein. »Hübsch, nicht wahr? Es fehlt nichts, aber das ist klar, schließlich arbeite ich hier und bin im Vorteil. Los, zeig mir deines«, sagte er, stolz auf sein Werk.

Emma nahm ihn bei der Hand und zog ihn in den Nebenraum.

Alessandros erschrockener Blick sagte mehr als Worte.

»Das ist meine Version«, verkündete sie feierlich.

Emmas Wohnzimmer war das vollkommene Gegenteil von Alessandros Entwurf: weißes Regal, ein gelbes Sofa auf geblümtem Teppich, bunte Sitzkissen überall verteilt, supermoderne Lampen, eine merkwürdige Zusammenstellung, die in kein Schema passte und dennoch irgendwie sympathisch wirkte.

»Gefällt es dir?«, fragte Emma gespannt.

»Ja … schon …«, murmelte er, wenig überzeugt.

»Dann werde ich also die Möbel aussuchen!«, rief sie außer sich vor Freude.

Alessandro war sprachlos.

Emma bemerkte es nicht. Sie warf sich ihm an den Hals und küsste ihn leidenschaftlich.

Dann löste sie sich von ihm, sah ihm in die Augen und flüsterte: »Wollen wir mein Schlafsofa testen oder dein französisches Bett?«

Dieser Abend endete genauso wie alle Abende, an denen sie sich trafen.

Marta

Der Sommer rückte näher, und wie jeden Sommer würde sie der Hitze bis zur Woche vor Ferragosto trotzen, bevor sie, ungeachtet der Touristen, drei Wochen lang schließen würde. Sie hasste die einsamen Vormittage, an denen nur alte Leute zum Einkaufen auf den Markt kamen, während halb Rom in die Ferien fuhr und die Besucher aus dem Ausland, die ohnehin fast nie was kauften, lediglich hereinkamen, um nach irgendwelchen Informationen oder Stadtplänen zu fragen.

Es war zehn Uhr, ihre gewohnte Öffnungszeit.

Als Marta die Rollläden hochzog, entdeckte sie ein Päckchen vor der Glastür.

Sie hob es auf, um es genauer zu betrachten. Es standen weder Adresse noch Absender darauf.

Nachdem sie im Laden das Licht angeschaltet hatte, packte sie das geheimnisvolle Paket aus

Darin befanden sich sechs der sieben Opernlibretti, die der taubstumme junge Mann ihr in den letzten Wochen entwendet hatte. Sie befanden sich in gutem Zustand, obwohl sie offenbar gelesen worden waren. Auch ein in Schönschrift abgefasstes Kärtchen lag dabei.

Bitte verzeihen Sie, es tut mir leid,
ich verspreche Ihnen, mich nie wieder blicken zu lassen.

Keine Unterschrift.

Marta drehte die Karte um, aber es stand nichts auf der Rückseite.

Auf der Suche nach einem Hinweis blätterte sie die Bücher durch. In einem lag ein zusammengefaltetes Blatt, das vermutlich als Lesezeichen gedient hatte. Es war das Sommerprogramm der römischen Oper.

Sie betrachtete es mehrere Minuten lang, während ihr alle möglichen Vermutungen durch den Kopf gingen. Dann legte sie es neben die Kasse und begann abzustauben.

Eine Stunde später traf Sara ein, um ihr Gesellschaft zu leisten. Bisher hatte sie sich noch nicht um eine Arbeit bemüht, zuerst wollte sie einen Mann finden.

Sara trug eine Sonnenbrille. Sie blieb auf der Schwelle stehen und musterte ihre Schwester, die unbeirrt weiter Staub wischte und keine Notiz von ihr nahm.

»Du sagst gar nichts?«, fragte Sara.

»Es gibt nichts zu sagen«, erwiderte Marta achselzuckend, während sie mit dem Staubwedel hantierte. Dann fügte sie bissig hinzu: »Willst du gar nicht wissen, wie das Abendessen gelaufen ist, das ich extra organisiert habe, damit du Enrico kennenlernen kannst?«

»Du hast ja recht, tut mir leid, war mein Fehler…«, sagte Sara beschwichtigend. Sie nahm die Sonnenbrille ab und setzte sich neben die Kasse.

»Du hast dich von Laura im Auto mitnehmen lassen?«

»Ja…«, gestand Sara verlegen.

»Das hätte ich mir ja denken können.«

»Wie meinst du das?«

»Dass diese ganze Sache mit dem sexuellen Identitätswechsel Blödsinn ist. Du stehst nach wie vor auf Frauen, stimmt's? Erzähl wenigstens, wie es gelaufen ist.«

»Wie es gelaufen ist? Deine Freundin ist eine dumme Ziege, und ich bin überzeugter denn je … Sie wollte den Kick erleben, mal was mit einer Lesbe zu haben. Du hast keine Ahnung, wie viele von dieser Sorte ich schon kennengelernt habe, sie sind schlimmer als alle andern. Sie benehmen sich wie Staubsaugervertreter: allzeit bereit, jedem, der es nicht wissen will, zu demonstrieren, wie geil es ist, Sex mit einer Frau zu haben. Ich habe ihr gesagt, dass sie mich am Arsch lecken kann.«

Marta konnte sich kaum halten vor Lachen.

»Sie wollte sogar twittern, dass sie eine Nacht mit mir verbringen würde«, fuhr Sara fort.

»… um mehr Follower zu bekommen«, ergänzte Marta.

»Woher weißt du das?«, fragte Sara erstaunt.

»Laura ist versessen auf Follower. Wenn du weniger als tausend hast, bist du in ihren Augen ein Loser.«

»Und wie ist es dir ergangen?«, fragte Sara, nun, nachdem die Situation sich gelockert hatte.

»Ich bin zu Enrico, um mich dafür zu entschuldigen, dass du einfach abgehauen bist, und er hat zu mir gesagt, dass ich ihm direkt und ohne meine Schwester vorzuschieben sagen soll, wenn ich was von ihm will. Dann hat er mich auf den Hals geküsst und sich mit einem ›Ciao Kleines, ruf mich an‹ verabschiedet.«

»Nicht zu fassen«, rief Sara lachend.

»Kein Mann sollte das Recht haben, eine Frau ›Kleines‹ zu nennen«, meinte Marta. Dann legte sie den Staubwedel beiseite und umarmte die Schwester.

»Weißt du, was ich glaube?«, sagte Sara. Sie löste sich aus der Umarmung und blickte der Schwester in die Augen.

»Was denn?«

»Dass ihr Frauen euch mit ziemlich wenig zufriedengebt.«

»Vielleicht, weil nichts Besseres zu haben ist«, sagte Marta.

»Gut möglich, dass du recht hast. Wollen wir in die Bar gehen?«, schlug Sara vor.

Marta war sofort dabei: Sie schlossen die Tür ab und hängten ein Schild auf: BIN GLEICH ZURÜCK.

Sie nahmen an einem Tisch Platz, aßen ein Tramezzino und tranken Orangensaft.

»Er ist also taubstumm?«, fragte Sara, nachdem Marta ihr die Geschichte mit dem Dieb und seinem Entschuldigungsschreiben erzählt hatte.

»Es heißt nicht taubstumm, sondern nur taub oder gehörlos, ich habe mich informiert«, erläuterte Marta. »Aber egal, er ist jedenfalls taubstumm, und deshalb habe ich ihn nicht angezeigt, er hat mir leidgetan.«

»Na prima«, bemerkte Sara.

»Du hast es doch selbst gesehen. Am Ende hat er die Bücher zurückgebracht.«

»Wenigstens etwas ...«

»Ich finde, er ist ein anständiger Kerl«, sagte Marta.

»Woher willst du das wissen?«

»Ich habe so meine eigene Theorie, und du solltest dir vielleicht auch mal überlegen ... so könntest du lernen, die brauchbaren von den unbrauchbaren Männern zu unterscheiden.«

»Davon hab ich doch keine Ahnung ...« Sara schnaubte.

»Ich werde dir jetzt das mit der Nachspeise erklären«, sagte Marta halb verschwörerisch, halb belustigt.

»Wie funktioniert die?«, erkundigte sich Sara neugierig.

»Ganz einfach, nach dem Essen bestelle ich mir nie Nachspeise, sondern koste von seinem Teller.«

»Du kostest von seinem Teller?«, fragte Sara skeptisch, während sie in ihr Tramezzino biss.

»Genau. Die Reaktion darauf spricht Bände: Es gibt den Unsympathen, der dich völlig schräg anschaut«, sagte sie, wobei sie die Szene mit ihrem Teller nachspielte. »Der Gierschlund fängt dagegen gleich an, schneller zu essen, bevor du ihm alles wegfutterst. Außerdem ist da noch der Großkotz, der schreit: ›Dasselbe noch mal, bitte!‹« Marta hob zur Veranschaulichung den Arm.

»Möchten Sie noch ein Tramezzino?«, fragte der Kellner hinter ihr.

Marta fuhr zusammen. »Nein, danke«, erwiderte sie entschuldigend. Dann wandte sie sich wieder lächelnd an Sara und fuhr fort: »Es gibt auch noch den Egoisten, der den Teller zu sich zieht, oder den Zimperlichen, der um einen weiteren Löffel bittet. Bei dem Schriftsteller hat alles mit einer Panna Cotta angefangen, die er sich nicht mit mir teilen wollte, das hätte ich mir gleich denken können.«

Sara lachte herzlich.

Sie beendeten ihre kurze Pause und kehrten in die Buchhandlung zurück. Der restliche Vormittag verstrich ruhig wie selten, lediglich eine Handvoll Kunden, die dazu beitrugen, die leere Kasse wieder aufzufüllen.

Am Nachmittag blieb Marta allein, und es lief ein wenig besser. Dank der Geburtstagsfeier eines Kindes aus der Nachbarschaft kamen mindestens sieben Spielkameraden, um ein Buch als Geschenk auszusuchen: von Roald Dahl über Astrid Lindgren bis zu Michael Ende. Marta war mit den erzielten Verkäufen zufrieden, und natürlich auch mit den von ihr erteilten Lesetipps.

Sie verstand sich sehr gut darauf, je nach Kundengeschmack die passenden Autoren zu empfehlen, wobei es bei Kindern besonders einfach war. Sie waren noch unverdorben, und so überhäufte Marta sie mit den besten verfügbaren Kinder- und Jugendbüchern, in der Hoffnung, dass wenigstens jedes dritte sich für die Lektüre begeistern und zum potenziellen zukünftigen Bücherkunden werden würde.

Um halb acht schloss sie die Buchhandlung und duschte in dem kleinen, im hinteren Teil der Ladenräume gelegenen Bad. Sie zog eines der Kleider an, das sie für alle Fälle dort deponiert hatte, trat frisch zurechtgemacht um kurz nach acht hinaus und machte sich auf zur Oper.

Sie hatte keine Ahnung, was sie sich davon erhoffte, aber außer der Bar in Prenestina hatte sie keine weiteren Anhaltspunkte.

Sie nahm den Bus am Largo di Torre Argentina, und kaum zehn Minuten später stieg sie an der Piazza della Repubblica wieder aus. Kurz darauf stand sie vor dem eindrucksvollen weißen Gebäude.

Vor dem Eingang wimmelte es von gut gekleideten Leuten, die auf Einlass warteten. Marta entdeckte ein Plakat, das die Premiere des *Don Pasquale* ankündigte.

Sie trug ein ärmelloses schwarzes Kleid, einen Fetzen, den sie für zehn Euro auf dem Markt vor ihrem Haus erstanden hatte, der an ihr jedoch als Meisterwerk der Haute Couture durchgehen konnte, und dazu eine schillernde Modeschmuckkette.

Auf der Suche nach dem tauben jungen Mann durchstreifte Marta die Menge. Da das Durchschnittsalter ziemlich hoch lag, dachte sie, dass sie ihn leicht entdecken würde. Aber nichts, nirgendwo eine Spur von ihm. Die Wahrscheinlichkeit, ihn zu finden, schien recht gering. Ein als Lesezeichen verwendetes Programm war nicht gerade ein Personalausweis mit Name und Adresse. Marta zögerte noch, ob sie bleiben oder lieber heimgehen sollte, als die Leute hineinströmten, erst vereinzelt, dann in immer größerer Zahl. Sie musterte die

Gesichter der Besucher, die voller Vorfreude auf die Oper an ihr vorbeizogen, aber der junge Mann war nicht unter ihnen.

Es war bereits stockdunkel, und die letzten Gäste gingen hinein, als sie ihn sah. Sie war so sehr mit dem Taxieren der Zuschauer beschäftigt gewesen, dass sie das Personal des Opernhauses nicht beachtet hatte. Der Mann, nach dem sie gesucht hatte, war ein Platzanweiser und riss gemeinsam mit einigen Kollegen die Eintrittskarten am Eingang ab.

Marta spürte ihr Herz höherschlagen. Jetzt, wo sie ihn gefunden hatte, wusste sie nicht, was sie tun sollte. Sie schaute sich um, aber ihr kam keine Idee. Inzwischen waren fast alle Zuschauer hineingegangen, und bald würde sie allein auf dem großen Platz zurückbleiben. Sie entfernte sich ein Stück und versteckte sich hinter einer Säule. Dann sah sie ein älteres Ehepaar, das sie bereits zuvor bemerkt hatte, wieder herauskommen.

»Es tut mir so leid, Otello«, wiederholte die Frau, beinahe den Tränen nahe, immer wieder.

Ihr Mann stützte sie mit einem Arm. Langsam gingen sie zu den in einer Reihe parkenden Taxis.

»Mach dir keine Gedanken, Flavia. Wir fahren jetzt nach Hause und kommen ein andermal wieder«, sagte er in ruhigem, beschwichtigendem Ton.

Marta wandte sich zu dem jungen Gehörlosen um. Er war verschwunden, vermutlich hineingegangen.

Ihr kam eine Idee. Es war Premiere und somit vermutlich alles ausverkauft. Wahrscheinlich waren viele von der Direktion geladene Gäste anwesend.

Sie zögerte nicht länger, eilte auf das Ehepaar zu und blieb vor ihnen stehen, so dass die beiden erschrocken zusammenfuhren.

»Entschuldigen Sie vielmals, guten Abend … Unfreiwillig

bin ich Zeuge Ihres Gespräches geworden und … nun ja … ich bin auch zur Premiere geladen, aber ich habe meine Karte daheim vergessen, und jetzt wollen sie mich nicht reinlassen. Wenn Sie so freundlich wären, mir eine Ihrer Karten zu verkaufen …« Sie öffnete die Handtasche, um das Portemonnaie herauszuholen.

»Junge Frau«, erwiderte der Herr, der sie von Kopf bis Fuß musterte, »wir können Ihnen nichts verkaufen, wir haben die Karten schließlich nicht bezahlt. Meine Frau fühlt sich nicht gut, deshalb müssen wir leider verzichten. Wenn es Ihnen nichts ausmacht, würde ich sie Ihnen gern schenken.« Er setzte ein Lächeln auf.

Marta traute ihren Ohren nicht.

»Mir etwas ausmachen? Ich …, nein, aber nein doch, im Gegenteil … ich fühle mich geehrt … oder besser gesagt, vielen Dank für die Einladung«, antwortete sie überrascht und ein wenig durcheinander.

Der Herr reichte ihr die Eintrittskarte, die in der Innentasche seines Jacketts gesteckt hatte.

»Ich weiß wirklich nicht, wie …«, stotterte sie.

»Viel Freude damit«, verabschiedete sich die Frau, dann gingen die beiden mühsam zum Taxistand.

Marta betrachtete die Karte in ihrer Hand: »Graf und Gräfin De Giovanni«.

»Mannomann.« Sie musste grinsen.

Dann stürzte sie zum Eingang. Der letzte noch verbliebene Platzanweiser nahm die Karte entgegen und fragte: »Guten Abend, Frau Gräfin, der Graf ist daheim geblieben?«

Marta setzte ihr bezauberndstes Lächeln auf.

»Wir haben uns gestritten«, antwortete sie, »Sie gestatten …«

Das Opernhaus war brechend voll. Marta war zum ersten Mal hier. Der Anblick war überwältigend. Der halbkreisförmige Saal, in dem alles mit rotem Damast verkleidet war, wirkte feierlich und altmodisch, gleichzeitig aber auch lebendig und pulsierend. Noch während sie den Blick schweifen ließ, gingen die Lichter aus.

Sie hatte keine Ahnung, wo sich die Plätze von Graf und Gräfin De Giovanni befanden und wie sie dorthin gelangen sollte. Sie erspähte einen freien Platz in der letzten Reihe im Parkett und sah sich um: Niemand kam, ihn in Anspruch zu nehmen, und so setzte sie sich.

Die Vorstellung begann nach einem lang anhaltenden Applaus.

Marta gewöhnte sich allmählich an die Dunkelheit und schaute sich auf der Suche nach dem Grund ihres Opernbesuches um. Nach wenigen Minuten entdeckte sie ihn an eine der Eingangstüren gelehnt.

Er stand reglos und unauffällig da, als wolle er möglichst niemanden stören. Voller Inbrunst verfolgte er die Oper und warf hin und wieder mithilfe einer kleinen Taschenlampe einen Blick in das Libretto, in *ihr* Libretto. Gleich darauf sah er wieder zu den Schauspielern auf der Bühne, wobei seine Lippen die Worte des Tenors nachformten, als wolle er sie auswendig lernen. Marta beobachtete ihn fasziniert, und ihr wurde klar, dass sie richtig daran getan hatte, herzukommen. Sie hatte sich auf diese Geschichte eingelassen und würde nun bis zum Äußersten gehen. Aufmerksam verfolgte sie die Oper vom Anfang bis zum Ende, denn so bald würde sie nicht wieder zu einer Premiere eingeladen werden. Ab und zu wandte sie sich um, um sich zu vergewissern, ob der junge Mann noch da war. Er bewegte sich die gesamte zweieinhalbstündige Vorstellung nicht von der Stelle.

Marta war gerührt, als Ernesto der geliebten Norina und

vermeintlichen Sofronia ein Ständchen brachte. Die Szene ließ ebenso wie das Ende keinerlei Zweifel an der auf dem Spiel stehenden Liebe: Don Pasquale erteilte seinen Segen zur Hochzeit des Neffen, nicht zuletzt, weil er auf diese Weise sein Vermögen retten konnte.

Der Applaus wollte nicht enden, und Marta nutzte die Gelegenheit, um hinaus ins Freie zu schlüpfen und darauf zu warten, dass er Feierabend hatte.

Wenig später strömten die Zuschauer hinaus, und nach kaum zwanzig Minuten blieben nur noch sie und wenige andere zurück, die sich über die Oper unterhielten. Eine weitere halbe Stunde verstrich, und Marta begann sich allmählich zu fragen, ob der geheimnisvolle Dieb vielleicht durch einen Nebenausgang verschwunden war. Bis sie ihn endlich erblickte: Er hatte sich umgezogen, trug nun ein Sweatshirt mit Kapuze, die er sich über den Kopf gezogen hatte, und dazu dieselbe Jacke wie beim letzten Mal, die, in der er das gestohlene Libretto versteckt hatte.

Marta ging auf ihn zu, aber als er sie sah, starrte er sie erschrocken an und nahm Reißaus. Diesmal ließ die junge Frau sich jedoch nicht beirren und blieb ihm auf den Fersen. Der Libretti-Dieb bog um eine Ecke des Gebäudes und rannte Richtung Via Nazionale, während im selben Augenblick zwei Polizisten aus der entgegengesetzten Richtung kamen. Als er sich umzingelt fühlte, flüchtete er kurzerhand in einen Seiteneingang der Oper, genauer gesagt, in einen Notausgang. Marta kam bei ihm an, als er gerade die Tür zuzog.

»Ich habe hohe Absätze und kann nicht so gut rennen. Schließlich will ich dich ja nicht verhaften«, rief sie mit fester Stimme und in Anspielung auf die beiden Polizisten, die noch zu weit entfernt waren, um sie eines Blickes zu würdigen.

Marta versuchte, die Tür zu öffnen, aber sie war von innen

verschlossen. Als die Polizisten vorbeigingen, tat sie so, als warte sie auf jemanden. Dann klopfte sie.

»Los, mach auf, ich tu dir nichts«, bettelte sie.

Dann fiel ihr ein, dass er sie nicht hören konnte. Sie kramte in der Tasche, zog einen Kalender und einen Stift heraus und schrieb auf eine Seite: »Ich tue dir nichts«. Sie riss das Blatt heraus und schob es unter der Tür durch.

Nach einigen Sekunden kam das Blatt wieder zum Vorschein. Mit Bleistift stand darauf: »Dann hau ab«.

Marta wog die Worte ab, nickte, und nun begann eine rasche Korrespondenz durch den Spalt unter der Tür:

Erst musst du herauskommen. Du schuldest mir noch ein Libretto.
Ich brauchte es heute Abend.
Jetzt kannst du es mir zurückgeben.
Es passt nicht unter der Tür durch.
Dann öffne sie!
Nein.
Na schön. Ich hab's nicht eilig.

Marta setzte sich auf den Boden, lehnte den Rücken an die Tür und machte sich darauf gefasst, dass sie lange warten musste.

Nach einer Minute kam erneut das Blatt zum Vorschein. Darauf stand: »Rück beiseite«.

Marta sprang auf, und die Tür öffnete sich. Der junge Mann erschien, hatte den Arm ausgestreckt, um ihr das Libretto zu reichen, aber sie machte keine Anstalten, es zu nehmen. So griff er nach dem Blatt in ihrer Hand, tauschte es gegen das Buch, schrieb dann: »Ich bin taub« und gab es ihr zurück.

Marta las und schrieb: »Ich habe Hunger.«

Er lächelte.

»Ich heiße Marta«, schrieb sie; »Fabio«, schrieb er.

Schließlich reichten sie sich die Hand.

Es war fast Mitternacht, und sie schlenderten über die Via Nazionale, eine Eiswaffel in der Hand.

Ab und zu sahen sie sich an, und Marta verspürte das Bedürfnis, etwas zu sagen, aber dann ließ sie es bleiben. Endlich fasste sie Mut. Sie fixierte ihn und begann langsam zu sprechen, so dass er die Bewegungen von ihren Lippen ablesen konnte.

»Fühlst du dich unwohl?«

Er gab ihr mit einer Handbewegung zu verstehen: »Ein bisschen«.

»Weil du ein Dieb bist?«

Er reichte Marta seine Eiswaffel und fasste sich ans Ohr, wobei er versuchte, ein Kind nachzuahmen, das auf frischer Tat ertappt wurde.

»Weil ich dich erwischt habe?«, fragte Marta.

Er nickte lächelnd. Sie war glücklich, ihn verstanden zu haben.

Marta lachte, er ebenso, und sie gab ihm sein Eis zurück.

»Weshalb ausgerechnet meine Buchhandlung?«

Er reichte ihr erneut sein Eis. Dann strich er sich mit den Händen über den Kopf, zerzauste sich die Haare. Ratlos sah sie ihn an. Er versuchte es noch einmal, leerte seine Taschen und tat so, als suche er etwas.

»Weil ich zerstreut bin?«, sagte sie.

Er nickte zufrieden und nahm wieder das Eis.

»Ja«, rief Marta triumphierend, glücklich darüber, dass sie abermals ins Schwarze getroffen hatte. Dann dachte sie über die Bedeutung des Satzes nach und tat, als sei sie eingeschnappt.

»Von wegen zerstreut. Ich habe dich ganz genau beobachtet.«

Er machte eine unmissverständliche Geste: »Das glaube ich dir nicht.«

»Aber es stimmt. Du hast *Der Liebestrank* unter deine Jacke geschoben, und *Don Pasquale* und *Turandot*.«

Er riss die Augen auf. Sie hatte ihn also tatsächlich gesehen. Weshalb hatte sie ihn dann nicht aufgehalten? Weshalb ihn nicht angezeigt?

Der junge Mann verknüpfte all diese Fragen auf seine Weise, reichte ihr erneut das Eis und malte ein großes Fragezeichen in die Luft. Als hätte Marta ihr Leben lang nichts anderes getan, als Pantomime-Raten zu spielen, antwortete sie prompt:

»Wer ein Buch klaut, muss einen guten Grund haben. Deshalb!« Sie blickte ihm in die Augen, als sie ihm das Eis zurückgab. Nach kurzem Zögern fügte sie hinzu: »Und welchen hattest du?«

Er hielt sie mit einer Hand fest, schaute sich um, trat an ein staubiges Schaufenster und schrieb: »Lässt du mich mein Eis essen?«

Die beiden grinsten und schlenderten weiter. Nach einer halben Stunde erreichten sie das hinter dem Hauptbahnhof gelegene Viertel San Lorenzo, wo Fabio wohnte.

Er gab ihr zu verstehen, dass er eine eigene Wohnung hatte, klein, aber gemütlich. Allerdings lud er sie nicht ein, mit hineinzukommen.

Der Augenblick des Abschieds nahte, und sie wagte den Schritt, ohne allzu lange nachzudenken.

»Hör mal«, sagte sie noch immer betont langsam, »hast du morgen Abend Zeit?«

Er schüttelte mit dem Kopf, sah sich um und deutete auf

ein Straßenschild an einer von Absperrbändern gesicherten Baugrube. Es war dreieckig, weiß mit rotem Rand und zeigte einen Mann, der Erde schippte.

»Musst du arbeiten?«, fragte sie lächelnd.

Er nickte.

»Und hast du morgen Vormittag frei?«, versuchte sie es erneut.

Fabio bejahte. Er wollte sie also wiedersehen, ihr Herz hüpfte vor Freude.

»Schön. Ich würde dich gern an einen Ort führen ...«

Er erkundigte sich mittels Gesten: »Wohin?«

»An einen Ort, an dem man weder sprechen noch hören muss, nur schauen ...«, erklärte sie.

Er drehte ihr beide Handteller zu.

»Um zehn wäre gut«, antwortete sie. Lange sahen sie sich verlegen an.

»Also dann ... morgen früh um zehn«, wiederholte sie.

Er nickte erneut.

Sie wussten nicht, wie sie sich verabschieden sollten. Ein Kuss kam nicht in Frage, auch zwei Wangenküsse schienen unpassend, und sich die Hand zu geben war zu unpersönlich. Schließlich sagte Marta: »Gute Nacht.«

Fabio hob die Hand zum Abschied, dann trat er an die Scheibe eines parkenden Autos und schrieb: »Nacht«.

Sie sah ihm nach, bis er im Haus verschwunden war, dann schlug sie den Weg in Richtung Bahnhof ein. Von dort würde sie ein Taxi nehmen. Sie bemerkte nicht, dass sie lächelte.

Francesco

War die Situation am Anfang *verzwickt* gewesen, so musste sie jetzt als *verzweifelt* gelten, oder als *zwar lösbar, aber um welchen Preis?*

Francescos Plan war es, Alessandro glauben zu machen, dass durch die psychoanalytische Behandlung alles beschleunigt würde: weg mit der Frau, weg mit den Problemen.

In Wahrheit war das genaue Gegenteil sein Ziel. Am Ende des Prozesses, so die Idee, würde die Beziehung wieder geflickt sein, er selbst jedoch unentdeckt bleiben.

Am Anfang hatte ein achtzehnjähriges Mädchen gestanden, das in einen Fünfzigjährigen verliebt war, und da es sich bei diesem Mädchen um die eigene Tochter handelte, war die Taktik gerechtfertigt: stabiler Stand, dann ein Jab mitten ins Gesicht … Knockout!

Das Jetzt war zwar noch immer ein Mädchen mit einem Fünfzigjährigen, aber die Frau, die es zurückzugewinnen galt, war nun die, hinter der er selbst seit über einem Jahr her war, die er für einen Single oder eine Sitzengelassene gehalten hatte, über die er unzählige Vermutungen angestellt und die er tagtäglich zu erobern versucht hatte. Und ausgerechnet, als er endlich den ersten Schritt gewagt hatte, war die grauenhafte Wahrheit ans Licht gekommen. Wollte er seine Tochter retten, würde er sie verlieren, würde er sie erobern, ließe er seine Tochter in den Klauen des anderen. Ergebnis: so oder so technischer Knockout.

Was also tun?

Er würde den einmal eingeschlagenen Weg zu Ende gehen. Der Ausgang war ungewiss, aber wie auch immer es kommen mochte, er würde es akzeptieren.

Es klingelte, und Francesco öffnete die Tür. Alessandro kam zur zweiten Sitzung.

Er war weniger verlegen als beim ersten Mal und machte es sich gleich auf der Couch bequem.

»Bist du an dem Abend also mit deiner Frau ausgegangen?«, fragte Francesco gleich zu Beginn mit fachkundiger Stimme.

»Ja.«

»Und wie war's?«

»Gut«, erwiderte er.

»In dem Sinne, dass du bei dem Gedanken, es könnte euer letztes gemeinsames Essen im Restaurant sein, Erleichterung verspürt hast?«

»Ja, ja, … Erleichterung«, antwortete Alessandro ein wenig unsicher.

»Denk dran, nie wieder solch ein Ort wie dieser, Schluss mit den kleinen Vorspeisen, den Spaghettini und Risottini, Schluss mit den Fischrestaurants und den Sterneköchen. Bald gibt's nur noch Kneipen, Bier und Fritten, Big Burger und Energydrinks!«, erklärte Francesco enthusiastisch.

»Energydrinks?«, fragte Francesco zweifelnd.

»Na klar, diese Knaller aus Alkohol und Red Bull, von denen du einen trinkst und dann die ganze Nacht nicht schläfst. Tja, und wenn du in einen dieser Schuppen gehst, kommst du oft nicht vor vier, fünf Uhr morgens wieder raus, dann noch rasch ein Cornetto bei Sonnenaufgang auf dem Gianicolo«, fuhr Francesco fort.

Alessandro nickte, aber aus seinem Gesicht sprach eine Mischung aus Ungläubigkeit und Besorgnis.

»… vor allem aber ist dann endlich Schluss mit diesen schweigsamen Abendessen, bei denen man nie weiß, was man reden soll.«

»Wir haben uns schon unterhalten«, widersprach Alessandro.

»Übers Essen, übers Wetter oder irgendeinen andern belanglosen Mist, oder?«

»Über die Vergangenheit, als wir noch öfters in dieses Restaurant gegangen sind. Uns sind so viele Dinge aus dieser Zeit eingefallen. Es war schön. Ist das ein Grund zur Sorge?«

»Nein, nein, der Melancholie-Effekt, das ist ganz normal, vor allem, wenn es zwischen Paaren endgültig zu Ende geht«, versicherte Francesco, den Kopf schüttelnd.

»Ehrlich gesagt …«

»Es wird ja wohl nicht gerade ein Abend voller Erinnerungen sein, der dem Ganzen eine neue Wendung gibt, oder? Ich glaube vielmehr, dass der Zeitpunkt gekommen ist, sie endgültig auszulöschen«, meinte Francesco mit einem Anflug von Sadismus.

»Wie das?«

»Ich meine es im übertragenen Sinne.«

»Ah«, rief Alessandro, verwirrt von dem, wozu Francesco ihn drängte, und dem, was er selbst dabei empfand.

»Nimm einen Karton und pack alles hinein: Fotos, Filme, Briefe, Postkarten, all dieses Zeug. Wenn eine Frau aus unserem Leben verschwindet, muss auch ihre Vergangenheit verschwinden. Und zwar endgültig!«

»Endgültig …«, wiederholte Alessandro immer verunsicherter.

»Endgültig …«, beharrte Francesco und starrte ihm in die Augen, als wolle er ihn hypnotisieren.

»Endgültig ...«, wiederholte Alessandro und erhob sich von der Couch.

»Endgültig ...«, bekräftigte Francesco, ohne den Blick abzuwenden.

»Endgültig, ich hab's verstanden!«, stieß Alessandro hervor.

»Sehr gut. Dann tu es und komm dann her und erzähl mir, wie es gelaufen ist.«

Alessandro nickte und verließ die Praxis unschlüssiger, als er gekommen war.

Francesco schloss die Tür, innerlich noch weitaus aufgewühlter als er.

Es galt noch etliche Runden auszufechten, aber er hatte das Gefühl, als seien seine Boxhandschuhe zu klein. Er fürchtete, die Schläge, die er austeilte, könnten zurückprallen, verstärkt durch das, was auf dem Spiel stand.

An der Wand hing das Porträt von Freud. Francesco hätte ihn gern gefragt, was zu tun, wie vorzugehen sei. Voller Bewunderung sah er zu seinem Lehrmeister auf, dem Genie, dessen Theorien ihm jahrelange Studien und Opfer abverlangt hatten.

Dann begann er rasch zu rechnen ...

»Meine Frau hat mich verlassen, ich irre seit siebzehn Jahren auf der Suche nach einer neuen Partnerin herum, und meine drei Töchter haben mal mehr, mal weniger Liebeskummer. Kannst du denn nichts, wirklich gar nichts dafür, Sigmund?«

Der weise Freud hielt seine Zigarre und zwinkerte ihm, zum Zeichen des Einverständnisses, mit einem Auge zu.

»Nein, stimmt's?«, fragte Francesco zweifelnd.

Natürlich erhielt er keine Antwort.

Marta

Der Tag hatte mal wieder mit der klassisch merkwürdigen Kundin und einer ebenso merkwürdigen Frage begonnen. Sie war mit gelangweilter Miene hereingekommen, typisch für die, die sich einbilden, immer und überall den vollen Durchblick zu haben.

Ihre Frage hatte sowohl Marta als auch Sara fast die Sprache verschlagen. Sie waren an die Verrücktheiten der Leute gewöhnt, mussten allerdings tagtäglich aufs Neue erfahren, dass sie noch längst nicht alle kannten.

Sie wollte ein Buch für *zwei Stunden und fünfzig.*

»Wie bitte?«, fragte Marta, in dem Glauben, nicht richtig verstanden zu haben.

»Ich brauche ein Buch, das man in zwei Stunden und fünfzig Minuten durchhat. Ich muss mit dem ICE nach Mailand.« Ihre Stimme klang, als habe sie soeben erwähnt, dass sie erster Klasse auf der Titanic reiste.

»Besondere Vorlieben?«, erkundigte sich Marta, nachdem sie die Kundin taxiert hatte.

»Es darf nicht langweilig sein und soll zwei Stunden und fünfzig Minuten dauern«, erwiderte die Frau bestimmt.

»Lesen Sie langsam oder schnell?«, fragte Marta, die beschlossen hatte, das Katz-und-Maus-Spiel mitzuspielen.

»Sehr schnell. Manchmal überspringe ich auch ein paar Zeilen, denn …« Sie deutete mit der Hand eine Geste an, als wolle sie sagen: »Ist ja ohnehin nur Zeitverschwendung …«

»Was halten Sie von einem Band von Alberoni?«

»Schaff ich den in der vorgegebenen Zeit?«

»Wenn Sie es nicht ganz schaffen, können Sie das letzte Stück ja daheim lesen«, sagte Marta.

»Nein, ich habe keine Lust, es mit herumzuschleppen«, gab die Frau affektiert zurück.

»Verzeihung, wie meinen Sie das?«

»Ich bin immer so vollgepackt mit Taschen und Tüten. Wenn ich das Buch durchhabe, schmeiße ich es weg.«

»Sie schmeißen es weg?«, fragte Marta in einem Ton, als habe die Frau ihr soeben einen Mord gestanden.

»Ja, warum nicht? Mit Zeitungen macht man das doch auch, oder?«.

»Gehen Sie!«, sagte Marta, sich mit Mühe beherrschend.

»Wie bitte?«

»Gehen Sie!«, schrie sie diesmal.

Die Frau verzog den Mund, als wolle sie jeden Augenblick in Tränen ausbrechen, oder als suche sie krampfhaft nach den passenden Worten, um ihr die Meinung zu geigen. Doch Martas Miene hielt sie davon ab, und sie verschwand hastig, ohne etwas zu erwidern. Um ein Haar wäre sie mit Fabio, der gerade den Laden betrat, zusammengeprallt.

»Du weißt, dass wir heute noch kein einziges Buch verkauft haben«, sagte Sara.

»Sei unbesorgt, ich geh gleich«, entgegnete Marta und suchte ihre Sachen zusammen. »Dann kannst du verkaufen, was du willst und an wen du willst. Übrigens, das ist Fabio.« Sie nickte dem jungen Mann zu und sprach betont langsam, damit er sie verstehen konnte. »Das ist meine Schwester Sara.«

Er grüßte mit einer Handbewegung, und sie erwiderte den Gruß mit einem leicht gezwungenen Lächeln. Der junge

Mann fühlte sich ein wenig unwohl und umklammerte die Riemen seines Rucksacks. Letztlich hatte diese Frau ihn beim Stehlen erwischt wie einen armseligen Ladendieb.

Als Marta hinter Fabio zur Tür hinausgehen wollte, rief die Schwester sie zurück.

»Pass auf dein Portemonnaie auf«, sagte sie.

Marta zog eine Grimasse, als wolle sie sagen: »Halt die Klappe!«

»Mensch, der hört das doch eh nicht«, bemerkte Sara und grinste die Schwester an, die ihr einen finsteren Blick zuwarf.

Sie gingen zu der Stelle, wo Marta ihr Moped geparkt hatte. Ihr Vater hatte es ihr zum Achtzehnten gekauft, als sie in den Urlaub nach Santa Marinella gefahren waren. Sie mochte es sehr, obwohl sie es selten benutzte, weil sie ein wenig den Verkehr in Rom fürchtete. Doch jetzt schien eine gute Gelegenheit gekommen, ihre Ängste zu überwinden.

Sie reichte Fabio den Helm, der ihn lange betrachtete, bevor er ihn aufsetzte. Er wirkte wie ein Kind, das sein neues Geschenk begutachtet, unschlüssig, ob es ihm gefiel. Dann setzte er ihn auf und stieg hinter Marta aufs Moped, wobei er sanft ihre Hüften umfasste. Sie fuhren los. Marta beobachtete ihn im Rückspiegel. Neugierig blickte er sich um, drehte ständig den Kopf von links nach rechts und brachte das Moped aus dem Gleichgewicht. Dann schloss er die Augen und ließ sich vom Morgenwind streicheln. Marta kam der Gedanke, dass Fabio vielleicht zum ersten Mal auf einem Moped saß. Diese Vorstellung ließ ihr Herz einen Augenblick lang höherschlagen.

Am Abend zuvor hatte sie ihm versprochen, ihn an einen Ort zu bringen, an dem man weder zu hören noch zu reden brauchte. So gelangten sie nach kurzer Zeit zum MARCO, dem Römischen Museum für zeitgenössische Kunst.

Sie parkten das Moped, und keiner der beiden hatte das

Bedürfnis, etwas zu sagen. Marta besorgte zwei Eintrittskarten, und sie gingen hinein.

Sie liefen nebeneinander her, hin und wieder streiften sich ihre Hände, ihre Blicke verloren sich in den Werken an den Wänden. In dieser Stille genügte eine Bewegung der Lippen oder der Augen, um die Gefühle des jeweils anderen zu verstehen. Was sie beim Anblick eines Gemäldes oder einer Skulptur empfanden, ohne dass jemand das Dargestellte beschreiben oder erklären musste, kam einer kindlichen Entdeckung gleich. Das Prinzip war dasselbe: Dieses Museum bildete eine unbekannte Welt, und etwas zum ersten Mal zu sehen, war gleichbedeutend mit der Wahrnehmung seiner Existenz, dort entsprangen die Empfindungen.

Ab und zu schaute Marta zu Fabio und fragte sich, wie seine Welt beschaffen sein mochte. Sich der »Klangwelt« zu entziehen, so wie sie es im Augenblick tat, war eine Sache, aber ein ganzes Leben lang absolut nichts zu hören, war etwas ganz anderes.

Nun befanden sie sich in einem langen, mit unzähligen Fenstern versehenen Gang.

Sie wollte ihn gern besser kennenlernen und fand, dass es der passende Augenblick sei, um ihm zwei Fragen zu stellen.

»Hast du jemals versucht, deine Stimme zu benutzen?«, fragte sie, die Lippen für ihn deutlich bewegend.

Fabio nickte und gab ihr durch Gesten zu verstehen: »Vor langer Zeit, als ich noch klein war.«

»Vor langer Zeit. Als kleiner Junge? Und dann?«

Fabio verschränkte die Arme, um zu verdeutlichen: »Dann nicht mehr.«

»Und warum?«, drängte sie ihn.

Unter einigen Schwierigkeiten gelang es Fabio, pantomimisch darzustellen, was er sagen wollte.

»Ob ich jemals einen Tauben sprechen gehört habe? Nein, noch nie«, gab Marta zu.

Fabio öffnete den Rucksack und holte einen Filzschreiber hervor, kramte aber vergeblich nach einem Blatt Papier.

Vorsichtig schaute er sich um, trat an eine Fensterscheibe und schrieb mit dem Filzschreiber auf das Glas: »Meine Stimme klingt nicht schön. Ich weiß das! Ich habe schlechte Erfahrungen gemacht…«

Marta las. Dann ergänzte Fabio: »… und beschlossen, sie nie wieder zu benutzen.«

Als Fabio Marta ernst ansah, lächelte sie ihm zu.

»Aber viele lernen, perfekt zu sprechen«, sagte sie.

Fabio schrieb: »ICH NICHT«, und unterstrich es.

Dann gingen sie weiter und ließen die Worte als eine Art Erinnerung zurück.

Sie schlenderten von einem Saal zum nächsten und gelangten schließlich in einen Ausstellungsraum für Modelle futuristischer Wohnhäuser.

»Das da gefällt mir richtig gut«, sagte Marta, auf ein vollständig verglastes Haus deutend, das über einem See schwebte.

Fabio antwortete mit einer Geste: »So lala«, und zeigte auf ein Haus, das in einen Eisberg eingelassen war.

»Das? Da würde ich erfrieren. Außerdem sieht es scheußlich aus. Was hältst du davon, wenn ich unser Haus auswähle, okay?«, fragte sie in scherzhaftem Ton.

Fabio mimte: »Ich, du, Haus zusammen, nein.«

»Du und ich könnten nicht in einem Haus wohnen? Wieso nicht?«, fragte sie amüsiert.

Fabio stellte erneut seine Antwort dar.

»Weil ich dich zum Sprechen anhalten würde?«, riet Marta.

Fabio machte mit Nachdruck eine Geste, als würde er etwas schieben.

»Weil ich dich zwingen würde?«, versuchte es Marta ein weiteres Mal.

Fabio nickte.

Martas Lächeln erstarb, und sie sah ein wenig bekümmert aus. Sie würde doch niemals etwas von ihm verlangen, das er selbst nicht wollte, aber dann fiel ihr ein, dass sie ihn, wenn auch unfreiwillig, mit einigen ihrer Äußerungen in Verlegenheit gebracht hatte. Abermals lächelte sie und zuckte mit den Schultern, er tat es ihr gleich. Dann stellte er durch Bewegungen und Gesten einen langen Satz dar.

»Jetzt bringst du mich … an einen Ort, … wo man nicht sprechen und nicht sehen, … sondern nur hören muss, stimmt's?«, fragte Marta.

Der junge Mann nickte, und sie ließ sich fröhlich von ihm an die Hand nehmen und aus dem Museum führen.

Sie brauchten eine Viertelstunde mit dem Moped bis zu Fabios Haus. Er wohnte in einer kleinen Einzimmerwohnung unter dem Dach.

Mitten im Raum stand ein Sofa, das vermutlich gleichzeitig als Bett diente. Das Zimmer hatte eine winzige Kochnische. Auf einem Regal stapelten sich gefährliche Mengen an Büchern, an einem Kühlschrank waren unzählige Fotos mit Magneten befestigt, und neben zwei Holzregalen mit alten Langspielplatten lehnte ein Saxophon an der Wand. Auf einem Gipssockel in einer Ecke thronte eine alte, ziemlich professionell wirkende Stereoanlage einschließlich Plattenspieler.

Das Sofa war mit rotem Samt bezogen. Marta bemerkte erstaunt, dass darüber zwei große, altmodische Holzboxen angebracht waren, die aussahen wie ein altes, jeder auf seinem Platz sitzendes Ehepaar. Die Schutzgitter fehlten, und die beiden großen Lautsprecher waren gut zu sehen.

Marta betrachtete das alles, behielt aber die meisten ihrer zahllosen Fragen für sich.

»Hast du die alle gestohlen?«, fragte sie, auf die Bücher deutend.

Er lächelte ihr zu und erkundigte sich durch Gesten, ob sie etwas trinken wollte.

Marta nickte, und Fabio öffnete den Kühlschrank. Er durchstöberte ihn, als wisse er nicht, was er wählen sollte. Schließlich zog er eine Flasche Wasser und eine Flasche Mandelsirup hervor. Beschämt sah er Marta an, es war das Einzige, was er ihr anbieten konnte. Aber Marta gab ihm zu verstehen, dass Wasser genau das Richtige war.

Fabio schloss den Kühlschrank, und Marta trat näher und betrachtete die Fotos. Es waren sehr viele, und immer war Fabio inmitten einer Gruppe junger Leute zu sehen, Männer und Frauen. Auf einem Foto hielt er zwei blonde junge Mädchen im Arm.

Fabio gestikulierte, als wolle er sich rechtfertigen.

»Das sind deine gehörlosen Freunde?«, vermutete sie.

Fabio nickte.

»Und wo sind die, die hören können?«, fragte sie scherzhaft.

Fabio deutete an die Wand neben dem Fenster. Neben einigen Opern-Plakaten hingen drei Fotos: ein junger Mann, eine junge Frau und eines von der Frau, die er auf dem andern Foto im Arm hielt.

»Nicht viele, wer ist die Frau da?«, wollte Marta wissen.

Fabio vollzog eine merkwürdige Geste, die Marta nicht verstand. Dann trat er in die Kochnische und füllte die Gläser. Marta begriff, dass er keine Lust hatte, darüber zu reden.

»Und wo ist nun der Ort, an dem man nur hören muss?«, fragte sie, um die verlegene Stimmung aufzulockern.

Fabio reichte ihr ein Glas mit Wasser und deutete auf das Sofa.

»Das Sofa?«

Er nickte und bat sie, Platz zu nehmen.

Sie setzte sich zwischen die beiden Boxen und sah sich ein wenig schüchtern um. Fabio wählte eine Schallplatte aus und legte sie auf den Plattenspieler. Aus den Boxen ertönte ein rhythmischer Sound mit starken Bässen.

Fabio trat hinter Marta an das Sofa. Mit einer sanften Bewegung schloss er ihr die Augen. Ihre Hände verschränkten sich, und Fabio legte sie auf den Woofer. Die Lautsprechermembran vibrierte jedes Mal, wenn die Bässe ertönten, und dieses Vibrieren übertrug sich auf ihre Hände, ihre Arme und schließlich auf den ganzen Körper.

Marta hielt die Augen geschlossen und hatte das Gefühl, als würde jemand ihren Körper schütteln, ohne ihn zu berühren. Sie fühlte sich vollkommen leicht, als schwebe sie über dem Sofa. Einen Augenblick lang verschwanden das Haus, die Mauern, die Grenzen, ihr Bewusstsein verlor sich in den Klängen, die nicht nur ihren Körper, sondern auch ihren Geist zu tragen schienen. Sie spürte nur noch Fabios Hände, die sich um die ihren schlossen, und je mehr Zeit verstrich, desto fester wurde ihr Händedruck, als sei diese Berührung die entscheidende Voraussetzung, um nicht zu fallen, um weiter, für immer, zu schweben.

Marta wandte den Kopf um, ohne die Augen zu öffnen, sie spürte Fabios Atem. Die Bässe des Liedes wummerten weiter, und die beiden Woofer bewegten sich derart stark, als wollten sie die beiden jungen Leute zu einem Kuss bewegen, als Fabio sich plötzlich vom Sofa erhob, an den Plattenspieler trat und den Song anhielt. Mit einem Mal verstummte alles, die Lautsprecher verschanzten sich in ihren Boxen, und die letzten Töne fielen zu Boden. Fabio stand vor Marta und betrachtete sie, sein Blick, wie so oft, unergründlich. Marta versuchte, den Sinn dieses nicht erfolgten Kusses zu begreifen, doch nach ein paar Augenblicken gab sie es auf, lächelte und sagte einfach: »Es war unglaublich.«

Und genau so hatte sie es empfunden.

Emma

Emma hielt es kaum aus. Noch fünf Minuten bis Unterrichtsende und dann nichts wie raus aus der Schule: Picknick am Strand, ein romantischer Spaziergang, abends ein Snack im Pub an der Via Ostiense und anschließend ein Konzert von Epic in derselben Location.

All das gemeinsam mit Alessandro: erst bei ihm hinten auf dem Motorrad, dann Hand in Hand und schließlich eng umschlungen im Gedränge vor der Musikbühne.

Es war das erste Mal, dass er sie von der Schule abholte. Sie malte sich bereits die Kommentare der Freundinnen am nächsten Tag aus. Ein, zwei wussten von der Geschichte und hatten ihn bereits bei anderer Gelegenheit gesehen, einige kannten ihn nur von Fotos. Live war es etwas ganz anderes, und dann noch mit dem Motorrad, einfach traumhaft, ihr Liebesleben.

Diego saß zwei Reihen vor ihr. Hin und wieder wagte er neue Annäherungsversuche, aber Emma ließ sich nicht umstimmen. Ihre halbherzige Affäre war zu Ende, und für sie war es so, als hätte es sie nie gegeben. Ihr Leben begann mit Alessandro, und zwar in jeder Hinsicht, und sie hoffte, dass es immer so bleiben möge.

Sie seufzte, während ihr Blick aus dem Fenster schweifte, dann ertönte die Klingel zum Unterrichtsschluss. Alle erhoben sich, stießen gegen die Bänke, und lautes Stimmengewirr beendete mit einem Schlag die zuvor durch den Lehrer auferlegte Stille.

»Ciao, mach's gut. Wir sehen uns morgen. Hast du nachher schon was vor?«, hallte es zwischen den Wänden des Klassenraumes und anschließend in den Fluren wider.

Emma verließ das Schulgebäude und erspähte den auf der anderen Straßenseite parkenden Alessandro.

Er trug eine braune Lederjacke, Jeans und Turnschuhe.

Sie eilte zu ihm, und die beiden küssten sich auf den Mund.

Ihre Freundinnen auf der anderen Straßenseite kicherten und konnten sich den ein oder anderen lauten Kommentar nicht verkneifen.

»Ciao Liebling«, begrüßte Emma ihn.

»Ciao«, erwiderte Alessandro lächelnd.

»Heute Abend wirst du doch hoffentlich was anderes anziehen, oder?«, bemerkte sie mit abschätzendem Blick.

Alessandro sah an sich hinunter. Er hatte keine Ahnung, worauf Emma anspielte, war vielmehr der Überzeugung gewesen, gute Arbeit beim Stylen geleistet zu haben.

»Und rasier dich bloß nicht, ein bisschen wild steht dir viel besser«, fügte sie hinzu. »Mann, ich kann's gar nicht erwarten! Wir sollten übrigens nicht zu spät hin, wer vor Mitternacht kommt, kriegt den ersten Energydrink gratis«, sagte sie begeistert.

Alessandro verdrehte die Augen. Er dachte an Francescos Worte über Ausgehzeiten und dieses merkwürdige Gesöff.

»Liebling...«, er schluckte, »heute Abend habe ich leider keine Zeit. Ich weiß, wie sehr du dich drauf gefreut hast, aber ich kann nicht. Wir werden den Nachmittag zusammen verbringen, aber...«

»Keine Zeit? Wieso keine Zeit?«, fragte Emma.

»Ein Abendessen, mit Kollegen, genauer gesagt, eine Belegschaftsversammlung am Abend, ich darf nicht fernbleiben. Weißt du, die sind so typisch deutsch.«

»Ich dachte, es sind Schweden?«

»Ja, Schweden, Deutsche … ist so eine Redensart«, erwiderte er.

»Und danach? Vielleicht kannst du danach kommen? Deiner Frau sagst du einfach, dass es länger dauert.« Emma zwinkerte.

»Schwierig«, sagte er und reichte ihr den Helm.

»Wie doof.«

»Komm schon, zieh nicht so eine Schnute«, sagte Alessandro und gab ihr mit halb heruntergezogenem Helm einen Kuss.

Sie erwiderte den Kuss, stieg aufs Motorrad, setzte ihren Helm auf, und los ging's Richtung Ostia.

Zu der kleinen Schar Freundinnen hatte sich auch Diego gesellt, gerade noch rechtzeitig, um seine Exfreundin mit diesem Kerl verschwinden zu sehen. Angewidert schüttelte er den Kopf.

Emma und Alessandro verbrachten zumindest einen angenehmen Nachmittag. Er kannte einen Strand, der Ende Mai noch ganz leer war. Dort aßen sie ein Panino, legten sich Arm in Arm in die Sonne und zogen sich gegen vier in den Schatten des Pinienwaldes von Ostia zurück.

Gegen sieben ließ Emma sich heimfahren. Als sie sich vor dem Haus zum Abschied küssten, versuchte sie erneut, ihn zu dem Konzert am Abend zu überreden. Er wehrte ab, wenn auch schweren Herzens, aber er versprach, sie anzurufen und sein Möglichstes zu tun.

Zu Hause machte sich Sara gerade für ein weiteres Date zurecht. Die beiden Schwestern wechselten ein paar Worte, dann waren beide wieder mit sich selbst beschäftigt.

Emma verschwand gegen neun, um ihre Freunde im Pub zu treffen.

Vor Epic spielten ein paar lokale Rockbands. Zwischen jedem Song kontrollierte die junge Frau ihr Handy, aber es kam keine Nachricht von Alessandro.

Nach einem Hamburger und dem ein oder anderen Cocktail war es inzwischen dreiundzwanzig Uhr geworden, und so beschloss Emma, ihn ihrerseits anzurufen.

»Liebling …«, meldete er sich mit gedämpfter Stimme.

»Hallo Schatz! Hast du noch immer Versammlung?«, schrie sie inmitten des Kneipenlärms.

»Was? Ja, ja, es dauert noch ein Weilchen …«, antwortete er ausweichend.

»Hier ist es echt supergeil … Bald spielen Epic … im Moment ist noch eine andere Band dran, die ein paar hammerharte Stücke auf Lager hat«, entgegnete sie aufgekratzt.

»Ich hör's, die Lautstärke erschlägt einen regelrecht …«

»Im Moment machen sie eigentlich Pause, wir essen grade was. Egal, wann kommst du?«, fragte sie.

»Liebling, ich hatte dir doch schon erklärt, dass ich es vielleicht nicht schaffen werde …«, erwiderte er zögernd.

»Wie? Es ist bald Mitternacht! Du wirst doch nicht die ganze Zeit …?« Sie schnaubte.

»Du hast ja recht, aber es geht um eine Anhörung des Wirtschaftsausschusses. Du weißt, wie das ist …«

»Ich weiß nicht, wie das ist, und ich weiß noch nicht mal, was das ist«, unterbrach sie ihn genervt.

»Aber ich werde es versuchen … ich verspreche dir, ich werde es versuchen«, bemühte sich Alessandro, sie versöhnlich zu stimmen.

»Wieso sprichst du so leise?«, erkundigte sich Emma eher aus Neugierde, denn aus Misstrauen.

»Ich habe dir doch gesagt, dass hier eine Anhörung stattfindet.« Emma fand zwar, dass diese Antwort wenig Sinn ergab, aber sie hatte keine Lust auf weitere Diskussionen und beendete das Gespräch. Alessandro drückte auf die Klospülung und kehrte ins Wohnzimmer zurück. Claudia schaute gerade *Verdammt lecker! Nachschlag für Adam Richman* auf Sky. Er setzte sich neben sie. Auf dem Tischchen stand ein Dutzend Schälchen mit irgendwelchem mexikanischem Knabberzeug. Claudia sah an diesem Tag noch hübscher aus als sonst, und im Fernsehen brachten sie eine ihrer Lieblingssendungen. Und all das wollte er einfach so aufgeben. Er fühlte sich plötzlich müde und verwirrt. Während ein Fettwanst aus Alabama versuchte, seinen täglichen Bedarf an Chicken Wings bei einem McDonald's mittlerer Größe zu stillen, ertönten im Pub an der Via Ostiense die ersten Klänge der E-Gitarre. Epic standen auf der Bühne, und zumindest bis zum Ende des Konzertes verdrängte Emma den Gedanken an Alessandro einigermaßen.

Um eins war die Band fertig und Emma noch immer aufgedreht. Eigentlich hatte sie geplant, sich von Alessandro nach Hause bringen zu lassen, aber seit dem Telefonat vor zwei Stunden hatte er kein Lebenszeichen mehr von sich gegeben, nicht einmal eine SMS.

Ihr blieb nichts übrig, als Francesco zu simsen: »Papa, kannst du mich abholen? Bin in der Via Ostiense 92.«

Francesco las die Nachricht mit einem Auge, während das andere bereits schlief.

Er seufzte und erhob sich resigniert aus dem Bett, bevor der Schlaf die Oberhand gewinnen konnte.

Eine Viertelstunde später war er zur Stelle, in einem eilig übergezogenen Trainingsanzug und Turnschuhen.

Er wartete zehn Minuten, dann sandte er seiner Tochter eine SMS, aber in dem Strom an Leuten, die zum Rauchen herauskamen oder sich auf den Heimweg begaben, war sie nirgendwo zu entdecken. Francesco schnaubte, die Müdigkeit war längst verflogen.

Plötzlich trat ein junger Mann mit drohender Gebärde aus dem Eingang des Lokals. Es war Diego, Emmas Ex-Freund, aber das konnte Francesco nicht wissen. Er kam direkt auf seinen Wagen zu.

»Warten Sie etwa auf Emma?«, fragte er.

»Ja, genau. Du kennst sie?«

»Ja«, erwiderte er barsch, aber Francesco achtete nicht weiter darauf und fuhr fort: »Tust du mir einen Gefallen und sagst ihr Bescheid? Ich steh hier nämlich schon seit zwanzig Minuten.«

»Echt 'ne miese Nummer, die du da bringst, ey«, blaffte der junge Mann ihn an.

»Wie bitte?«, fragte Francesco erstaunt.

»Ich hab gesagt, echt 'ne miese Nummer, Mann«, wiederholte Diego.

»Tut mir leid, ich verstehe nicht ganz ...«, erwiderte Francesco, der die Lage noch nicht durchschaut hatte.

Der junge Mann legte die Hände aufs offene Wagenfenster.

»Pädophiles Schwein! Geiler Drecksack! Lass sie gefälligst in Ruh! Sie könnte deine Tochter sein«, schrie er wütend.

Francesco versetzte ihm einen Schubs aus dem Wageninneren, öffnete die Tür und stieg aus.

»Komm zur Vernunft«, sagte er und versuchte, möglichst ruhig zu bleiben.

»Scheißkerl, echt voll die miese Nummer.« Der junge Mann baute sich vor ihm auf.

Francesco atmete tief durch und riss sich zusammen, aber als er sah, dass dieser Flegel keine Anstalten machte, zurückzuweichen, packte er ihn mit einer flinken Bewegung am Ohr, verdrehte es und zwang ihn auf die Knie. Der Kerl schrie vor Schmerz, schaffte es jedoch nicht, sich zu befreien. Francesco beugte sich nach unten und sprach mit betont ruhiger Stimme:

»Hör zu, mein Lieber, ich nehme ja vieles hin, aber Scheißkerl, das geht zu weit! Was bildest du dir eigentlich ein?« Allmählich geriet er in Rage.

»Aua … autsch … lass mich los … bitte«, jammerte der junge Mann.

In diesem Augenblick erschien Emma.

»Papa?!«, rief sie erstaunt.

»Ist das dein Vater?«, hauchte Diego noch erstaunter als sie.

Francesco betrachtete seine Tochter, dann den jungen Mann. Er riss die Augen auf und ließ ihn los.

Diego legte beide Hände auf das schmerzende Ohr und blieb betreten schweigend auf dem Boden hocken.

»Nicht zu fassen …«, sagte Francesco. Dann stiegen er und die Tochter in den Wagen und fuhren nach Hause.

Mit finsterer Miene blickte Francesco vor sich auf die Straße.

Emma betrachtete ihn und versuchte, ernst zu bleiben. Schließlich brach sie in Gelächter aus.

»Niemand hat das Recht, mich Scheißkerl zu nennen!«, beharrte er noch immer wütend.

Emma drückte ihm einen Kuss auf die Wange.

»Ich hab dich lieb, Papa«, sagte sie und schmiegte den Kopf an seine Schulter.

Allmählich entspannte sich auch Francesco und lächelte.

Sara

Es war der Abend mit Andrea, dem Vermessungstechniker.

Den Vormittag hatte Sara in der Buchhandlung verbracht. Sie war für Marta eingesprungen, weil die irgendetwas mit diesem tauben Typen vorhatte. Das war sie ihr schuldig, die Schwester riss sich ein Bein aus, um den Richtigen für sie zu finden.

Die Geschichte mit dem Dichter war allerdings bereits zu Ende gewesen, bevor sie überhaupt angefangen hatte, und mit Laura hätte sie beinahe einen Unfall gebaut.

Nun würde sie einen neuen Versuch starten, wieder mit einem von Martas Freunden. Fünfunddreißig, Seitenscheitel, markantes Kinn, insgesamt ein recht ansehnlicher Kerl.

Er hatte eine Trattoria im Zentrum ausgewählt, nicht besonders fein, aber auch nicht die letzte Spelunke der Stadt. Das war schon mal ein gutes Zeichen dafür, dass er nicht allzu hohe Ansprüche stellte und sich auch mit Einfachem zufriedengab.

Ein Pluspunkt, dachte Sara, als sie das Restaurant betrat.

Ein halber Liter Wein der Hausmarke und schon begann eine angenehme Unterhaltung.

»Viele halten mir meinen starken Charakter vor und dass ich immer die Hosen anhaben will … Vielleicht stimmt das, aber ist es wirklich ein Fehler?«, fragte Sara.

»Ich würde sagen, nein«, antwortete ihr Begleiter, während er an seinen Ofenkartoffeln knabberte.

»Was die Liebe betrifft, bin ich immer sehr großherzig gewesen und habe mich immer ganz und gar hingegeben. Ich mag keine halben Sachen, entweder ganz oder gar nicht.«

»Und ist deine Liebe erwidert worden?«, erkundigte er sich aufrichtig interessiert.

»Eigentlich schon«, antwortete Sara und trank den letzten Schluck Wein, »aber letztendlich war immer ich diejenige, die konkrete Schritte unternommen hat, und die sind oft unbemerkt geblieben.«

»Inwiefern?«

»Niemand hat mitbekommen, dass ich Opfer gebracht habe. Wer ist stets in eine andere Stadt gezogen? Ich. Wer hat jedes Mal seinen Job aufgegeben? Ich. Wer hat immer seine Freunde zurückgelassen? Ich«, erklärte sie ein wenig bedauernd.

Auch wenn sie es sich nicht eingestehen mochte, schmerzte sie die Geschichte mit Jodie, die ja eigentlich längst abgeschlossen war, noch immer, vor allem das Ende … »Adio«.

Sara lächelte Andrea zu, und er, die Arme auf dem Tisch verschränkt, lächelte zurück.

Ein merkwürdiges Schweigen breitete sich aus, das beinahe peinlich zu werden drohte, als der Kellner mit einem Wägelchen voller Süßspeisen herantrat und die Stimmung sich lockerte.

»Ein Dessert gefällig?«, fragte er.

»Für ihn«, erwiderte Sara ohne Zögern und deutete auf ihr Gegenüber.

Andrea war erstaunt, um nicht zu sagen, amüsiert über ihre entschlossene Art. Er blickte zum Kellner, dann zu dem Wägelchen und wählte ein Tiramisu.

»Und die Rechnung, bitte«, fügte er hinzu.

Der Kellner brachte die Nachspeise, und Andrea begann zu essen.

Sara beobachtete ihn, um den richtigen Moment abzupassen.

»Sehr lecker«, sagte er, legte den Löffel beiseite und wischte sich mit der Serviette den Mund ab.

Eilig griff Sara nach dem Besteck. Sie kostete von dem Tiramisu und sah zu Andrea, um seine Reaktion zu testen.

Andrea sah sie ernst an, und einen Moment lang befürchtete sie bereits das Schlimmste. Doch er verzog nur den Mund zu einem Lächeln, schob ihr aufmunternd das Tellerchen hin, und Sara spürte, wie sich die Spannung legte. Sie kostete einen weiteren Löffel, dann noch einen und noch einen.

Mit seelenruhigem Blick ließ Andrea sie gewähren.

Sara nahm einen weiteren Happen und lächelte. Wenn Martas Theorie stimmte, war das der Mann ihres Lebens. Sie fand keine Worte. Während der letzten Minuten hatte sie sich wie in einer Art Seifenblase gefühlt, außerhalb der Zeit und jenseits aller Geräusche. Keiner der beiden sprach. Ihre Blicke sagten alles.

In diesem Augenblick kam der Kellner mit der Rechnung. Andrea nahm sie in echter Gentleman-Manier entgegen und studierte sie aufmerksam.

»Also, mal schauen … mal schauen … Ich hatte die Bruschetta, die Wirsingrouladen mit Kartoffeln. Du hattest den Pata Negra, die Fettuccine mit Pilzen und die Nachspeise.« Er deutete auf das Tiramisu. »Den Wein teilen wir uns, macht vierundvierzig für dich und zweiunddreißig für mich.«

Saras Lächeln erstarb. Sie konnte nicht glauben, was sie gerade gehört hatte. Mit offenem Mund starrte sie ihn an.

»Bisschen teuer, was?«, bemerkte er, als er die Enttäuschung in ihrem Gesicht sah. »Ich habe auch gestaunt, es ist der Pata Negra, der so zu Buche schlägt. Hast du den Preis nicht gesehen? Egal, sei's drum. Gib mir vierzig, den Wein zahl ich.«

Sara erhob sich, griff nach ihrer Tasche, zog hundert Euro aus dem Portemonnaie und schleuderte sie auf den Tisch.

»Der Rest ist Trinkgeld«, sagte sie barsch, drehte sich auf dem Absatz um und verließ das Lokal.

Mit unergründlichem Blick sah Andrea ihr hinterher, vielleicht verwundert, vielleicht erschrocken, vermutlich jedoch gleichgültig. Dann zog er das Tellerchen zu sich heran und aß, was Sara übrig gelassen hatte.

Sara lief durch die laue römische Nacht. Sie war außer sich. Ihr Blick schweifte umher, wieder war sie allein in der Dunkelheit, und wieder einmal hatte sie denjenigen, mit dem sie ausgegangen war, zurückgelassen.

Gibt es unter all den Männern und Frauen irgendeinen, der kein Vollidiot ist?, dachte sie.

Sie hatte bereits hundert Euro ausgegeben, ein Taxi kam nicht in Frage.

Deshalb ging sie zu Fuß. Sie würde zwar fast eine Stunde brauchen, aber vielleicht würde derweil die Wut verfliegen.

Kaum zehn Minuten später zog sie die Schuhe mit den Absätzen aus und lief barfuß weiter. Auch in Manhattan hatte sie das ab und zu getan, aber dort gab es weder Sampietrino-Pflaster noch Splitt auf den Gehwegen und erst recht keine Kippen auf dem Boden.

Todmüde kam sie daheim an und ging, ohne sich auszuziehen, zu Bett.

Francesco

In dieser Nacht hatte Francesco einen schlechten Traum: Er saß mitten auf einem Platz, offenbar in Rom, wobei die Stadt nicht alle klassischen Merkmale der Metropole aufwies, ringsum standen Dutzende leerer Bänke. Es war Tag, aber plötzlich, innerhalb weniger Minuten, wurde es Nacht. In diesem Augenblick hörte er, dass jemand nach ihm rief. Es war Emma. Suchend sah er sich nach ihr um, aber das schwache Licht der Straßenlaternen reichte nicht aus, um etwas zu erkennen. Er ließ den Blick schweifen, ohne sich zu bewegen, denn er wusste, dass er dieses Gebiet nicht verlassen konnte. Der Platz war von einer Straße eingefasst, die sich plötzlich in einen Wassergraben verwandelte. Dahinter tauchte Marta auf. Erneut rief jemand nach ihm, es war Saras Stimme. Von Panik ergriffen, schrie Francesco ihre Namen, bis er sie alle drei jenseits des Grabens entdeckte.

»Papa, hilf uns«, riefen sie im Chor und streckten ihm die Hände entgegen.

Er erhob sich mühsam von seinem Platz und streckte ebenfalls eine Hand aus, wohl wissend, dass er viel zu weit weg war und sie niemals erreichen würde. Deswegen vertraute er auf seine Willenskraft und rannte zum Graben, entschlossen, hinüberzuspringen, aber kaum hatte er zum Sprung angesetzt, merkte er, dass er die Entfernung falsch abgeschätzt hatte.

Keuchend und mit einem mörderischen Durst erwachte er,

bevor er, begleitet von den Stimmen seiner verzweifelt nach ihm rufenden Töchter, ins Wasser plumpste.

Er stand auf, obwohl es noch vor sieben war, trank ein Glas Wasser, setzte dann aber doch lieber einen Kaffee auf und wartete, wobei er den Kopf auf den Tisch legte, um noch ein bisschen auszuruhen.

»Spät ins Bett gekommen, gestern Abend?« Es war Sara, die an diesem Morgen ungewöhnlich zeitig wach war.

Francesco zuckte zusammen.

»Schon auf den Beinen, Sara?«, sagte er.

»Sieht so aus. Ich wollt 'ne Runde laufen gehen.«

»Bei mir ist es spät geworden«, erklärte Marta, die gähnend zur Küchentür hereinkam.

Erstaunt sah Francesco sie an.

»Bei mir nicht«, antwortete Sara und nahm am Tisch Platz.

»Wie ist es mit dem Vermessungstechniker gelaufen?«, erkundigte sich Marta und griff nach dem Zwieback auf der Anrichte.

»Bis zur Hälfte des Essens perfekt. Es scheint ganz einfach, einen Typen glücklich zu machen. Man muss ihn nur reden lassen, und er ist zufrieden, ohne sich jemals zu fragen, ob dich das, was er erzählt, auch nur im Geringsten interessiert. Er hat mir alles über Katasterwerte im Verkaufsfall erklärt«, berichtete Sara.

»Könnte irgendwann von Nutzen sein«, bemerkte Francesco ironisch.

»Die Sache wurde etwas komplizierter, als das Gespräch auf unsere Verflossenen kam. Ich musste alle Namen verändern und in Echtzeit durch die männliche Form ersetzen, aber ich habe es einigermaßen hingekriegt, nur mit ein paar Namen wie Monico, Margherito oder Lauro hat es nicht so ganz hingehauen ... klang irgendwie komisch ...«

Marta lachte und setzte sich neben die Schwester.

»Wieso kommt ihr Heteros eigentlich immer gleich beim ersten Date auf eure Ex-Partner zu sprechen?«, fragte Sara.

»Klassischer Fall, wir wollen einfach erfahren, mit wem wir von nun an verglichen werden«, erklärte Emma, die mit ihrem Hello-Kitty-Pyjama, einem Relikt aus vergangenen Zeiten, hereinkam.

»Man merkt, dass du die Tochter eines Psychoanalytikers bist«, sagte Francesco zufrieden.

Emma lächelte und holte den Orangensaft aus dem Kühlschrank.

Die Espressokanne zischte.

»Du bist gerade rechtzeitig gekommen. Schalt mal den Herd aus«, bat Marta. Dann wandte sie sich an Sara: »Und weiter?«

»Dann kam das große Finale: Der Vermessungstechniker hat die Rechnung entgegengenommen und ausgerechnet, wer was gegessen hat.«

»Nicht zu fassen«, sagte Emma, während sie die ersten beiden Tassen Kaffee brachte.

»Er hat noch nicht mal halbe-halbe gemacht, sondern jeder hat seins bezahlt. Für mich wurde es teurer, weil ich Pata Negra bestellt hatte«, sagte Sara.

»Man gönnt sich ja sonst nichts!«, meinte Francesco.

»Genau das hat er mir auch gesagt.«

»Was ist das denn für einer?«, empörte sich Emma. Mit dem restlichen Kaffee in der Hand nahm sie wieder am Tisch Platz.

»Andrea, ein Freund von mir …«, gestand Marta und erhob sich und holte die Marmelade und ein Messer, »aber ich kann's wiedergutmachen …«

Sie setzte sich wieder, nahm ihr Handy und zeigte der

Schwester das Foto eines sympathischen Mannes, sein Bart war ein wenig wild, und er hatte grüne Augen.

»Und wer ist das?«, fragte Sara.

»Roberto! Er ist perfekt«, antwortete die Schwester begeistert.

»Ich habe mir geschworen, mich auf keinen deiner Freunde mehr einzulassen.«

»Aber bei dem kann nichts schiefgehen. Er hat sich gerade von seiner Freundin getrennt«, sagte Marta, während sie Marmelade auf ein Stück Zwieback strich.

»Ist das ein Vorteil?«, fragte Sara und pustete auf ihren Kaffee.

»Mir erscheint es eher als Manko«, bemerkte Francesco ironisch.

»Ach was, er befindet sich in einer Übergangsphase. Singles in seinem Alter muss man sich gleich schnappen, bevor einem eine andere zuvorkommt«, fuhr ihm Marta über den Mund, während sie an ihrem Frühstück kaute.

Sara schaute den Vater fragend an.

»Du musst dich beeilen, Liebling, bevor ihn dir eine andere wegschnappt«, bestätigte er.

»Am besten gleich heute Abend. Er brennt darauf, dich kennenzulernen«, verkündete Marta aufgeregt.

»Heute Abend?«, fragte Sara besorgt.

»Ich sag dir doch, du solltest ihn dir nicht entgehen lassen.«

»Wenn ihr meint…«, sagte Francesco.

»Wie ist es inzwischen eigentlich dir ergangen?« Sara wandte sich an Marta.

Diese sah auf die Uhr.

»Ich muss zeitig los heute Morgen, noch zur Bank und zur Post. Wir sprechen uns später«, erwiderte sie knapp, trank den Rest Kaffee aus und erhob sich vom Tisch.

»Will niemand wissen, wieso Papa Diego am Ohr gezogen hat?«, fragte Emma und nippte an ihrem Orangensaft.

Sara riss die Augen auf.

»Er hat mich ›Scheißkerl‹ genannt«, erwiderte Francesco, erhob sich ebenfalls und ließ die Töchter in der Küche allein zurück.

Sara lachte, und Emma zuckte die Schultern, als wolle sie sagen: »Was willst du machen?«

An diesem Tag hatte Francesco seinen ersten Patienten um neun Uhr. Er bereitete sich in aller Ruhe vor, trank einen zweiten Kaffee und machte sich auf in die Praxis.

Es wurde ein arbeitsintensiver Vormittag, und Francesco freute sich auf eine Mittagspause nach seinem Geschmack, um all die Partnerprobleme bis zum nächsten Patienten gegen drei Uhr für ein Weilchen hinter sich zu lassen.

Er saß an einem Tischchen der Bar del Fico im Schatten eines zum Namen passenden Feigenbäumchens und hatte bereits vor über zehn Minuten bestellt, als endlich der Kellner erschien: »Bitte sehr, ein doppelter Cheeseburger mit Ei, Zwiebeln und Salat und dazu ein eisgekühltes Bier.«

»Haben Sie auch Speck rangetan?«, fragte Francesco.

»Reichlich«, versicherte der Kellner.

»Prima. Ich habe einen Mordshunger.«

Francesco nahm seinen Riesenburger in die Hand. Gerade als er hineinbeißen wollte, sah er Claudia auf der anderen Straßenseite. Er ließ die Hand sinken und rutschte unruhig auf seinem Platz hin und her.

Er hätte gern mit ihr gesprochen, aber er wusste nicht, wie er es anstellen, was er sagen sollte. Endlich raffte er sich auf und erhob sich. Ihm würde schon etwas einfallen.

Als er sie um eine Hausecke biegen sah, kam ihm plötzlich die Erleuchtung, und er schlug die entgegengesetzte Richtung ein und ging um den Häuserblock herum. Die Begegnung mit Claudia musste ganz zufällig wirken, er hatte keine Lust, mit seinen fünfzig Jahren noch als Stalker abgestempelt zu werden.

Er wählte den perfekten Zeitpunkt, verlangsamte zehn Meter vor der nächsten Hausecke seine Schritte, bog ab und stand direkt vor ihr: geblümtes Kleid, Schuhe mit Absatz, Handtasche von Chanell, aber ohne Hund.

»Guten Tag«, grüßte sie, überrascht, ihn zu sehen.

»Guten Tag«, erwiderte er nach Luft schnappend.

»Sind Sie gerannt?«, fragte sie.

»Ich bin ein paar Treppen rauf. Ich glaube übrigens, wir waren schon beim Du«, antwortete er noch immer außer Atem.

»Stimmt. Wissen Sie, weißt du, ... dass du der einzige Freund aus Kindertagen bist, den ich von meinem Mann kenne?«

»Ja, ... äh, nein, das wusste ich nicht«, gestand Francesco keuchend.

»Hast du schon zu Mittag gegessen?«, fragte Claudia.

»Nein«, erwiderte er rasch.

»Wollen wir zusammen was essen?«, schlug sie vor.

»Gern ...« Er konnte seine Freude kaum verhehlen.

»Es gibt eine nette Bar hier ganz in der Nähe«, erklärte sie mit einem Augenzwinkern.

»Schön«, antwortete er, ganz begeistert von der Vorstellung, bis ihm klar wurde, dass sie direkt auf die Bar zusteuerte, aus der er kurz zuvor gekommen war. Aber es war bereits zu spät.

Francesco tat, als sei nichts, und die beiden suchten sich einen Platz. Der einzige freie Tisch war der neben seinem, mit dem inzwischen kalten, unangerührten Cheeseburger.

Claudia warf einen Blick auf den Teller.

»Erst bestellen sie sich dieses Zeug, und dann lassen sie es stehen«, sagte sie.

Francesco nickte lächelnd.

Der Kellner, der ihn kurz zuvor bedient hatte, trat heran und begriff nicht, weshalb Francesco nun an einem anderen Tisch saß.

»Sie setzen sich hierhin?«, fragte er erstaunt.

»Wir setzen uns hierhin … oder besser gesagt, wir sitzen bereits«, erwiderte Francesco in der Hoffnung, das Gespräch abwürgen zu können.

»Ich bringe Ihnen …«, erbot sich der Kellner auf den Cheeseburger und das Bier deutend.

»Nein«, unterbrach Francesco ihn energisch.

»Für mich eine Portion gedünstetes Gemüse«, sagte Claudia, nachdem sie die Karte durchgeblättert hatte.

»Für mich einen kleinen Salat«, sagte Francesco mit nachdrücklicher Stimme.

»Bloß einen kleinen Salat?«, vergewisserte sich der Kellner immer erstaunter.

»Verzeihung, muss ich jetzt auch noch über meine Bestellung verhandeln?«, fuhr Francesco ihn an.

»Nein, bewahre … gegartes Gemüse und ein kleiner Salat … Soll ich das wegwerfen?«, fragte der Kellner, auf den Burger deutend.

»Was fragen Sie mich das?«, erwiderte Francesco und sah um Zustimmung heischend zu Claudia, die ihn anlächelte.

Der Kellner nahm seine alte Bestellung mit, und Francesco entspannte sich.

Sie verbrachten eine angenehme halbe Stunde in der Bar und plauderten über dies und das. Dann schlug er ihr einen Verdauungsspaziergang vor.

Claudia ließ sich bereitwillig darauf ein, und gemeinsam schlenderten sie durch den Stadtteil Monti.

»Als junge Frau war ich Idealistin, niemals nachgeben, keine halben Sachen, nichts schuldig bleiben«, sagte sie. »Die Suppe muss heiß sein und das Bier eiskalt.«

»Leider fangen die Ideale ab einem bestimmten Punkt im Leben an zu nerven und zu verblassen«, ergänzte er.

Claudia lächelte.

»Genau, etwas passiert. Aber du merkst gar nicht, wann es passiert, und dein Verhältnis verändert sich, du siehst nicht, wie es dazu kommt, das ist der Knackpunkt. Du bemerkst nur die Veränderung.«

»Wenn man will, kann man es schon sehen, vielleicht geben wir uns nur zu wenig Mühe, darauf zu achten«, wandte Francesco ein.

Sie runzelte die Stirn, dann entspannten sich ihre Gesichtszüge wieder.

»Was hältst du von einem Kaffee?«, schlug sie vor.

»Gute Idee«, erwiderte er freudig.

Sie unterhielten sich weiter, und nach einer Weile kamen sie an einen Kiosk.

Claudia hatte begonnen, ihre Partnerschaft zu analysieren, Francesco hörte ihr interessiert zu, und wenn sich die Gelegenheit bot, erteilte er Ratschläge oder ließ eine Bemerkung fallen.

»Weißt du, was ich im Grunde glaube?«, fragte sie, an ihrem Espresso nippend.

»Was?«

»Dass die menschliche Natur nicht für die große Liebe geschaffen ist, sondern eher für die Durchschnittsliebe.«

»Die Durchschnittsliebe?«, wiederholte Francesco erstaunt, während er die beiden Kaffees bezahlte.

»Wir sind Lügner, Egoisten, Verräter, wir sind launisch und unstet. Große Liebe ist zerbrechlich und leidet zu sehr unter unseren Fehlern. Eine Durchschnittsliebe ist wesentlich stabiler und übersteht all unser Fehlverhalten viel besser«, erklärte Claudia. Sie hakte sich bei ihm ein, als sie den Spaziergang fortsetzten.

Angenehm überrascht von dieser Geste fragte Francesco: »Und hat dich dieser Gedanke beeinflusst?«

»Sehr.«

»Er hat dich gehindert, dich einfach gehen zu lassen«, folgerte er.

»Richtig. Dass du das so genau weißt!«, rief sie und sah ihm in die Augen.

»Na ja, auf dem Gebiet bin ich zu Hause, ist schließlich mein Beruf«, sagte Francesco verlegen.

»Stell dir vor …«, begann sie, um gleich darauf innezuhalten.

»Was?«

»Na ja … also … ich habe Alessandro nie gesagt: ›Ich liebe dich‹«, gestand sie und hielt den Blick zu Boden gesenkt, als suche sie dort nach einer Ermutigung für ihre Worte.

»Aha, und er?«

»Er hat sich anfangs richtig Mühe gegeben, mich nie zu etwas genötigt … immer versucht auszugleichen … Irgendwann hat er mir einen Hund geschenkt und ihn ›Ich-liebedich‹ genannt. So habe ich es ihn ab und zu sagen hören …«

Francesco zwang sich zu einem Lächeln, aber in Wahrheit spürte er eine große Verletzlichkeit im Inneren dieser Frau, eine Verletzlichkeit, die er gerne therapiert hätte, mit vollem Einsatz.

»Du denkst jetzt bestimmt, dass ich zynisch bin«, fuhr sie fort.

»Wie kommst du darauf? Ich denke lediglich, dass sich irgendwo im Getriebe etwas verhakt hat«, erklärte er.

Die beiden lächelten sich an, dann liefen sie einige Minuten schweigend nebeneinander, Claudia hatte sich noch immer bei ihm eingehakt.

»Hier ist meine Praxis«, sagte Francesco und deutete auf die Eingangstür.

»Kaum zu fassen. Ich komme jeden Tag hier lang, und noch nie sind wir uns begegnet«, stellte sie lachend fest.

»Unglaublich«, bekräftigte er.

»Jedenfalls vielen Dank für die Unterhaltung, der Nachmittag ist wie im Flug vergangen.« Sie strahlte.

Francesco sah auf die Uhr: zwanzig vor vier.

»Verdammter Mist! Ich habe einen Patienten, er wird sauer sein«, sagte er.

Sie lachte und drückte ihm einen Kuss auf die Wange.

Mit offenem Mund sah Francesco ihr hinterher.

Dann fasste er sich und eilte hinein.

Er war noch nie zu spät zu einem Patiententermin erschienen. So etwas durfte nicht passieren, schon gar nicht mit *diesem* Patienten. Alessandro saß sichtlich verärgert im Wartezimmer.

»Entschuldige bitte, ich bitte dich tausendmal um Entschuldigung, es ist mir furchtbar peinlich«, sagte Francesco zerknirscht.

»Was heißt hier peinlich. Ich warte seit fast einer Stunde auf dich«, erwiderte der Freund seiner Tochter.

»Schön, aber deshalb wirst du mich doch nicht gleich kreuzigen wollen«, wandte er ein und steuerte auf das Behandlungszimmer zu.

»Du hast dich mit irgendeiner Frau getroffen, gib's zu«, bohrte Alessandro neugierig nach.

»Ach was«, stritt Francesco ab.

»Hör mal, mir kannst du es ruhig sagen. Erzähl schon, wie war's?«, beharrte Alessandro.

»Ich habe dir doch gesagt, dass es nicht stimmt. Los, lass uns anfangen.«

Alessandro gab sich geschlagen und streckte sich auf der Couch aus.

»Heute nicht auf dem Sessel?«, fragte Francesco.

»Ich fühle mich inzwischen ganz wohl hier.«

»Schön ...«

»Gestern habe ich ihr ein Geschenk gemacht«, begann Alessandro unvermittelt.

»Und der Gedanke, dass es das letzte Mal war, hat dir gutgetan.«

»Um ehrlich zu sein, ja ... eine Chanel-Handtasche für tausendsechshundert Euro!«

»Ja, stimmt, ich habe sie ges ... Du siehst, dass meine Theorie funktioniert? Emma brauchst du stattdessen nur eine Mappe zu kaufen und kommst mit dreißig Euro davon«, sagte Francesco, der sich um ein Haar verraten hätte. Er griff nach Alessandros Patientenakte und notierte einige Überlegungen. In diesem Augenblick entdeckte er den großen Karton auf seinem Schreibtisch: In dem anfänglichen Durcheinander hatte er ihn gar nicht bemerkt.

»Und das da?« Er war sicher, dass er vor der Mittagspause noch nicht da gestanden hatte.

»Ich habe reinen Tisch mit meinen Erinnerungen gemacht«, erklärte Alessandro wehmütig, »genau, wie du gesagt hast.«

Francesco spähte hinein: gerahmte Fotos, Briefe, Videofilme, Nippes ...

»Du solltest sie vernichten.« Francesco seufzte.

»Ich habe es nicht fertiggebracht, übernimm du das«, bat Alessandro.

Francesco nahm ein Foto von Claudia und betrachtete es.

»Es ist allerdings etwas Merkwürdiges passiert«, fuhr Alessandro fort.

»Was?«

»Die Hochzeits-DVD. Ich habe sie mir angeschaut.«

»Und was ist daran so merkwürdig?«

»Einiges. Ich hatte sie bis dahin noch nie gesehen!«

»Und weshalb?«, erkundigte sich Francesco neugierig.

»Ich kann mit so was nichts anfangen. Aber gestern Abend, nachdem Claudia schlafen gegangen und ich allein war, habe ich den Film eingelegt.«

»Und?«

»Und er hat mich ziemlich bewegt, mir sind regelrecht die Tränen gekommen. Claudia war wunderschön«, antwortete Alessandro.

»Sie ist es nach wie vor …«, entfuhr es Francesco.

»Wie bitte?«, fragte Alessandro und drehte sich zu ihm um.

»Na ja, ich wollte nur sagen, dass sie noch immer eine sehr schöne Frau ist. Und du hast jedenfalls einen höchst nachvollziehbaren Anflug von Nostalgie verspürt. Das kommt vor, wenn man vor entscheidenden Veränderungen steht.«

»Meinst du?«, fragte Alessandro, nicht ganz überzeugt.

»Ich meine es nicht nur, ich weiß es. Du hast begriffen, dass deine Ehe praktisch vor dem Ende steht, und hattest das Bedürfnis, ein Abschiedsritual zu begehen«, fuhr Francesco fort.

»Ach so, und als ich sie im Bett ganz fest an mich gedrückt habe, geschah das auch nur deshalb, weil ich begriffen habe, dass es endgültig zu Ende geht?«, fragte er.

»Genau, das ist ganz normal.«

»Und ist es ebenfalls normal, dass ich Lust hatte, mit ihr zu schlafen?«, drängte Alessandro weiter.

»Habt ihr es getan?«, fragte Francesco beunruhigt.

»Nein … nein …«

»Ah … gut so …« Er war erleichtert.

»Wieso gut so? Ich denke, ich soll alles zum allerletzten Mal tun?«

»Schon, aber dazu ist später noch Zeit«, antwortete Francesco.

»Wenn ich bedenke, dass wir es früher andauernd gemacht haben. Ich hab sie genommen … immer wieder, von hinten, von vorn, oben und unten, und sie hat gestöhnt, hat sich gewunden …«

»Schon gut, das reicht … ich hab's verstanden. Und dann?«

»Dann haben wir ewig lang ausgeschlafen.«

»Ich meine, was ist dann passiert?«, erkundigte sich Francesco nachsichtig.

»Das, was allen passiert, vermute ich, Routine, Gewohnheit, Normalität …«, erwiderte Alessandro bedauernd, dann fasste er sich und fuhr fort: »Jedenfalls bin ich jetzt gespannt, wie es das letzte Mal mit Claudia und mir werden wird.«

»Wer hat denn gesagt, dass es dazu kommt? Du darfst es jedenfalls nicht erzwingen … musst ihr genügend Zeit lassen!«, ereiferte sich Francesco mit Nachdruck, was Alessandro erstaunte. Dann riss er sich zusammen.

»Hör zu, tut mir echt leid, dass ich zu spät gekommen bin, aber das Wesentliche haben wir eigentlich besprochen. Wir sehen uns in ein paar Tagen wieder, abgemacht?«

»Perfekt. Ich mache wohl Fortschritte, was?«, fragte Alessandro zufrieden.

»Tja, beinahe ein bisschen viele …«, antwortete Francesco. Dann verabschiedete er sich von ihm und ließ sich mit einem

Seufzer in den Sessel sinken. Endlich konnte er die Erlebnisse der letzten Stunden einen Augenblick Revue passieren lassen.

Eine solche Begegnung hätte er sich jedenfalls niemals träumen lassen.

Wenn er seinen Töchtern davon erzählen würde, wären sie stolz auf ihn.

Allerdings wurden die Dinge von Tag zu Tag komplizierter, und für Eigenlob war momentan keine Zeit.

Jetzt kam es darauf an, das Richtige zu tun.

Nur, dass Francesco nicht den blassesten Schimmer hatte, was das Richtige war.

Sein Blick fiel auf den Karton auf seinem Schreibtisch, mit den Erinnerungen an die Liebe zwischen Alessandro und Claudia … und er seufzte erneut.

Sara

Korrekturstift, um die Augenringe abzudecken, mattblauer Lidschatten, ein Hauch Make-up, ein bisschen Wangenrouge für ein frischeres Aussehen, Lippenkonturenstift und zum Schluss etwas Wimperntusche.

Sara hatte die *Tipps für einen ganz besonderen Abend*, die sie in einer Zeitschrift im Bad gefunden hatte, aufs Genaueste befolgt. Normalerweise schminkte sie sich nicht, oder höchstens ganz wenig. Doch angesichts ihrer letzten Dates konnte ein etwas veränderter Look nichts schaden, dachte sie. Im schlimmsten Fall würde sie erneut scheitern, letztlich konnte es nur besser werden.

Während sie sich im Spiegel betrachtete und das Ergebnis begutachtete, fiel ihr ein, wie sie mit sechs Jahren unbedingt den Barbie-Schminkkoffer hatte haben wollen. Francesco war nicht müde geworden, ihr zu erklären, dass sie noch zu klein sei. Damals war er noch ganz anders gewesen: sportlicher, vitaler, nicht so düster und an die Enttäuschungen des Lebens gewöhnt. Die Mutter hatte dagegen gesagt: »Wenn sie ihn unbedingt haben will, kaufen wir ihn eben, oder?« Sie verkörperte den Frauentyp, der immer die einfachste Lösung wählt – oder vielleicht die bequemste. Sara konnte sich kaum an Situationen erinnern, in denen die Mutter mit ihr gespielt hatte. Wenn sie sich sehr anstrengte, fiel ihr die ein oder andere Szene ein. Bilder von Francesco, der ihre Puppen hin und her bewegte oder ausgestreckt auf dem Sofa lag und Geschichten vorlas, waren ihr dagegen zuhauf im Gedächtnis geblieben. Schon damals war er, trotz Arbeit und Frau, immer für sie da gewesen, genauso wie jetzt, trotz Arbeit und einem Leben, das es neu zu gestalten galt, das jedoch stets das alte blieb. Sie war dankbar, einen solchen Vater zu haben. Nicht jeder wäre unter ähnlichen Umständen in der Lage gewesen, eine Familie wie die ihre zusammenzuhalten.

Nachdem sie sich im Spiegel betrachtet hatte, zog sie das am Nachmittag erstandene kurze Kleid und ein paar ziemlich sommerliche Sandalen mit Absatz an. Dann ging sie hinunter ins Wohnzimmer, um das Urteil ihrer Familie zu hören.

Marta und Francesco saßen beide mit einem Buch in der Hand im Sessel.

»Was sagt ihr dazu?«, fragte Sara, sich keck ein paarmal hin und her drehend.

Die beiden sahen von ihrer Lektüre auf und tauschten einen schweigenden, rätselhaften Blick.

»Ich sag's euch gleich«, sagte Sara. »Ich werde keine Modenschau abhalten und dauernd mit irgendeinem andern Fetzen angerannt kommen wie in einer amerikanischen Comedyshow. Mir gefällt es, ich fühle mich darin wohl und werde es anlassen.«

»Und was willst du dann von uns?«, erkundigte sich Francesco ein wenig bissig.

Marta betrachtete die Schwester und runzelte die Stirn.

»Ist diese Art sich zu schminken nicht ein bisschen außer Mode? So habe ich mich als Schulmädchen zurechtgemacht.«

»Gefällt es dir nicht?«, fragte Sara besorgt. »Ich habe mich genau an die Anweisungen aus einem Artikel in *Die moderne Frau* gehalten.«

»Wo hast du die Zeitschrift her?«

»Sie lag im Bad, neben der Waschmaschine.«

»Da liegt sie schon seit zehn Jahren. Du kamst mir so merkwürdig vor.« Marta kicherte.

»Und wieso schmeißt ihr die nicht weg? Was wollt ihr mit einer Zeitschrift aus den Neunzigern?«, platzte Sara heraus, nahm ein Taschentuch und wischte sich über die Lippen. »Besser?«

Marta gab ihr ein Zeichen, sich auch über die Augen zu wischen.

»Dieser Lidschatten sieht einfach scheußlich aus«, sagte sie.

»Schon gut, ich geh mich abschminken«, erwiderte Sara. »Aber gib mir wenigstens noch einen praktischen Tipp«, sie deutete auf ihr Handy, »was soll ich ihm sagen, wann ich ihn abhole?«

»Es sind immer die Typen, die dich abholen, und nicht du. Sie wählen auch das Restaurant, zumindest die ersten Male, das habe ich dir doch schon erklärt«, sagte Marta geduldig.

»Stimmt! Also wird er es mir mitteilen!«, erwiderte Sara strahlend und wählte die Nummer.

Francesco hatte wieder angefangen zu lesen. Marta beobachtete die Schwester. Sie hoffte sehr, diesmal den Richtigen für sie gefunden zu haben. Auch weil ihr Vorrat an *Vorzeigebekanntschaften* allmählich erschöpft war.

»Hallo Roberto, ich bin's, Sara. Gut, um halb zehn, perfekt.«

»Gib ihm das Gefühl, dass er dir viel bedeutet«, flüsterte ihr Marta zu.

»Ich kann es kaum erwarten und werde mich keinen Millimeter vom Türöffner entfernen«, sagte Sara mit sanfter Stimme.

»Nicht ganz so dick auftragen, nicht ganz so dick«, mischte sich Francesco ein und blickte von seinem Buch auf.

»Ciao, bis später«, beendete Sara das Gespräch. »Mensch, wieso quatscht ihr mir ständig rein, während ich telefoniere, ihr bringt mich völlig durcheinander. Also ungeschminkt, oder?«, vergewisserte sie sich.

»Wäre besser«, befand Marta.

»Ich vertrau dir. Was macht übrigens dein Schlachtplan, Papa? Hattet ihr heute nicht eine Sitzung?«

»Du kannst auch nie was für dich behalten, was?«, wandte sich Francesco in vorwurfsvollem Ton an Marta.

Sie tat, als sei nichts, und sagte: »Genau, wie läuft es mit Emmas Verlobtem? Du hast mir gar nichts mehr von ihm erzählt.«

Francesco seufzte. Den ganzen Tag schon schleppte er diese Sorge mit sich herum.

»Nenne ihn nicht so. Gestern war er jedenfalls drauf und dran, mit seiner Frau zu schlafen«, sagte er traurig.

»Echt? Ist doch super. Du schaffst es!«, jubelte Sara, aber aus Francescos Blick sprach nicht die geringste Begeisterung.

»Schon ...«, sagte er.

»Du bist richtig gut. Wobei die Beziehung offenbar doch noch nicht so dicht vor dem Aus steht wie gedacht«, bemerkte Marta.

»Vermutlich ...«, erwiderte Francesco.

»Sag mal, freust du dich gar nicht? Du bist im Begriff, deine arme, unschuldige Tochter zu retten. Ist das kein Grund zum Feiern?«, sagte Marta.

»Da gibt es nicht viel zu feiern«, meinte er.

Die Töchter sahen ihn verwundert an. Er hatte sein Ziel fast erreicht und wirkte dennoch bekümmerter als zu dem Zeitpunkt, als Emma ihm die Neuigkeit mitgeteilt hatte.

»Was ist los, Papa?«, fragte Sara besorgt und zog einen Hocker zu ihm heran.

»Erinnert ihr euch an die Frau mit Hund?«, fragte er, von einer zur anderen blickend.

»Sag bloß, du hast sie endlich angesprochen?«, rief Marta hoffnungsvoll.

»Wir waren zusammen essen … heute. Dann sind wir spazieren gegangen, haben uns über zwei Stunden lang unterhalten«, berichtete er mit gewichtiger Stimme.

Die beiden jungen Frauen frohlockten.

»Oh Mann! Und dann?«, fragte Sara aufgeregt.

»Sie ist verheiratet.« Francesco seufzte.

»Na ja, damit war doch zu rechnen. Vielleicht ist ihre Ehe ja kurz vor dem Ende«, sagte Marta.

»Sehr dicht davor …«, präzisierte Francesco.

»Schön …«

»… nur dass ich zufällig alles daransetze, sie zu retten.«

Marta dachte einen Augenblick lang nach, dann begriff sie.

»Nein! Ich fasse es nicht!«, rief sie.

»Könnt ihr mich mal aufklären?«, mischte sich Sara ein.

»Die Frau mit dem Hund ist Alessandros Frau, stimmt's?«, fragte Marta, noch immer ungläubig.

Francesco nickte bekümmert.

Sara verdrehte die Augen. »Verflixt noch mal, das gibt's doch nicht!«

»Nicht mal die Brontë-Schwestern hätten sich so eine verzwickte Geschichte ausdenken können«, bemerkte Marta.

»Danke, mein Schatz, das sind wirklich sehr tröstliche Worte«, gab Francesco zynisch zurück.

»Ein ziemlich harter Schlag. Ich geh mich jetzt trotzdem mal ein bisschen umstylen«, verkündete Sara, und bevor sie erneut im Bad verschwand, lächelte sie Francesco zaghaft zu. Liebeskummer war ihr tägliches Brot, doch es tat ihr sehr leid, dass nun auch er da hineingeschliddert war. Seit Monaten drängten sie ihn, die Initiative zu ergreifen, und jetzt, wo er endlich seine Scheu überwunden hatte ... Sie hoffte, dass sich alles noch zum Besseren wenden würde.

Kaum eine halbe Stunde später saß sie neben Roberto im Auto.

Während der Fahrt zum Restaurant stellte sie fest, dass der Anfang schon einmal nicht schlecht war. Er lächelte unentwegt, hörte ihr aufmerksam zu, wenn sie sprach, und, was noch entscheidender war, er kam mit keinem Wort auf seine Ex zu sprechen, auf die soeben beendete Geschichte, von der Marta erzählt hatte.

Roberto war noch zu haben, und wenn es weiter so lief, würde Sara alles daransetzen, ihn sich zu angeln.

Das Lokal, in das er sie ausführte, war deutlich schicker als die Trattoria vom Vorabend.

Ein freundlicher Kellner hielt ihnen die Tür auf und führte sie zu dem reservierten Tisch. In dem Raum herrschte eine gedämpfte Atmosphäre. Die Gäste, meist Pärchen, unterhielten sich leise, hin und wieder wurden Gläser angestoßen. Sara sah sich um und fühlte sich ein wenig unwohl. Auf den ersten Blick gefiel ihr das Ambiente, aber da sie derlei nicht gewohnt war, befürchtete sie, sich zu blamieren.

Roberto war der perfekte Kavalier, doch das verstärkte nur noch ihre Unsicherheit. Gewohnt, den männlichen Part zu übernehmen, rückte Sara, sobald sie den Tisch erreicht hatten, den Stuhl ab, auf den er sich gerade setzen wollte. Roberto landete auf dem Boden, was die im Lokal herrschende Ruhe störte. Sara verging vor Scham, wäre am liebsten im Boden versunken oder hätte die Flucht ergriffen, aber er schaute sie an, unterdrückte ein Lachen und grinste sie verschwörerisch an, als wollte er sagen: »Da haben wir uns aber ganz schön blöd angestellt.« Wir. Nicht *ich*, nicht *du*, *wir.* Und das gefiel ihr. Der Kellner half ihm beim Aufstehen, und der Abend konnte von vorn beginnen.

Sara nahm ihm gegenüber Platz.

Der livrierte Kellner reichte ihnen die Weinkarte.

Roberto streckte die Hand aus, aber Sara war flinker als er und nahm sie entgegen. Bei ihren Partnerinnen war immer sie es gewesen, die den Wein ausgewählt hatte. Als sie bemerkte, dass sie im Begriff war, einen weiteren Fauxpas zu begehen, reichte sie die Karte an Roberto weiter und versuchte, alles wie eine einzige fließende Bewegung erscheinen zu lassen.

»Erst zu mir … dann zu dir«, sagte sie.

Roberto nahm ihre merkwürdige Geste mit gerunzelter Stirn zur Kenntnis, sagte jedoch nichts und überflog die Karte.

»Wenn ich Wein bestelle, trinkst du dann ein Schlückchen mit?«, fragte er.

»Ein kleines Schlückchen schon«, erwiderte Sara lächelnd, obwohl sie insgeheim dachte, dass sie in Begleitung einer Frau mindestens eine ganze Flasche allein leeren würde.

In diesem Augenblick musste sie an Jodie und ihren letzten gemeinsamen Abend denken.

Sie spürte das Bedürfnis, zu trinken und sich zu entspannen. Sie hatte keine Lust, den ganzen Abend diesen traurigen Erinnerungen nachzuhängen.

Nachdem der Kellner ihnen Wein eingegossen hatte, hob Sara das Glas, um anzustoßen.

»Auf uns«, sagte er.

»Auf diesen Abend«, erwiderte sie und leerte das halbe Glas.

Roberto sah sie entgeistert an.

Meeresfrüchte als Vorspeise, Spaghetti mit Muscheln, Goldbrasse mit Zitrone … Als die Beilage, Ofenkartoffeln, gebracht wurde, thronten neben den Resten des Abendessens auch zwei Flaschen Gewürztraminer auf dem Tisch.

Gerade kippte Sara ein weiteres Glas hinunter, während Roberto sie ziemlich verwirrt betrachtete.

Am Ende waren sie doch auf das Thema Ex-Partner zu sprechen gekommen, aber sie hatte damit angefangen.

»Meine letzte Beziehung war mit Jodie, aber die Sache ist endgültig vorbei«, erklärte sie mit belegter Stimme und müdem, schmachtenden Blick.

»Jodie? Aber das ist doch ein Frauenname?«, bemerkte er.

»Ein Frauenname?«, erwiderte Sara verlegen, als sie merkte, dass sie aufs Glatteis geraten war.

»Ja, wie Jodie Foster zum Beispiel.«

»Schon, aber es ist sowohl ein Männer- als auch ein Frauenname«, versuchte sie sich herauszureden. »Wie Jodie Maggio«, fügte sie zufrieden hinzu.

»Jodie DiMaggio«, wiederholte er ein wenig benommen.

»Genau«, sagte Sara und goss sich ein weiteres Glas Wein ein. »Ich war jedenfalls ein ganzes Jahr mit Jodie zusammen, und dann war urplötzlich Schluss.«

»Ist es gut oder schlecht ausgegangen?«

»Schlecht. Jede Beziehung endet so, andernfalls würde sie nicht enden«, erwiderte sie unbeherrscht, beinahe schon aggressiv.

»Schon klar«, entgegnete Roberto ein wenig erschrocken, »und er hat dich also verlassen?«

»Ja, genau an dem Tag, an dem ich ihn gefragt habe, ob er mich heiraten will«, erklärte sie und sah ihm in die Augen, als sei es seine Schuld.

»Du hast ihn gefragt, ob er dich heiraten will?«

»Er hat mich gefragt …«, verbesserte Sara sich hastig, »an dem Tag, an dem *er* mich gefragt hat, ob ich ihn heiraten will.«

Ihr Denkvermögen wurde derweil einer harten Prüfung unterzogen. Sie merkte, dass sie ihre Worte nicht mehr unter Kontrolle hatte und nuschelte.

»Er hat dich also gefragt, ob du ihn heiraten willst, und dich dann verlassen?«, hakte Roberto entgeistert nach.

»Genau, diese blöde Ziege«, bemerkte sie und kippte den restlichen Wein hinunter.

»Blöde Ziege?«, fragte er, nahezu am Ende seiner Weisheit.

»Was für eine blöde Ziege ich doch war…«, besann sie sich, »ich hab ihm sogar mein Jawort gegeben.«

»Und wieso ist es dann zu Ende gegangen?«, erkundigte er sich verwundert.

»Weil er unbedingt ein Kind wollte, er war regelrecht besessen davon. Das heißt, ich wollte nicht, höchstens vielleicht nach der Hochzeit, er dagegen wollte unbedingt ein Kind, wollte unbedingt schwanger werden«, strömten ihr die Worte aus dem Mund.

»Schwanger werden?«, fragte Roberto, der kaum noch mehr als einzelne Worte hervorzustoßen in der Lage war.

»Schwanger machen«, korrigierte Sara sich, während sie den letzten Rest Wein aus der Flasche in ihr Glas leerte.

»Schwanger machen?«, wiederholte er erstaunt und verwirrt.

»Ja… wie sagt, verdammt noch mal, wenn ihr eure Dingsda zu unsern Eiern tut…«, erwiderte sie laut und deutete eine unmissverständliche Geste an, so dass die Tischnachbarn sich zu ihnen umdrehten.

Eine Frau beobachtete sie mit offenem Mund, sichtlich erschüttert.

Verlegen sah Roberto sich um, fuhr mit der Hand durchs Haar und senkte den Blick vor sich auf den Tisch.

Sara blieb seelenruhig. Der Wein zeigte die erhoffte Wirkung, aber sie konnte einfach nicht aufhören, von Jodie zu erzählen.

Dann kam ihr ein letzter Geistesblitz.

Sie griff nach Robertos Hand und raunte ihm mit verführerischer Stimme zu: »Lass uns das Thema wechseln. Was hältst du von einer Nachspeise?«

»Es ist schon ziemlich spät … ich würde lieber gehen«, erwiderte er mit zaghaftem, gezwungenem Lächeln und zog langsam seine Hand zurück.

Er erhob sich noch vor ihr, eilte zur Kasse und zahlte in bar, ohne sich herausgeben zu lassen.

Der Kellner verabschiedete sich mit einer Verbeugung, während Sara mit Mühe und Not den Ausgang erreichte. Sie schwankte, und ihr Kopf fühlte sich schwer an.

Sie sagte nichts weiter, schenkte nur allen Anwesenden zum Abschied ein Lächeln.

Roberto wartete vor dem Restaurant auf sie. Sie hakte sich bei ihm ein, und gemeinsam liefen sie zu dem in der Nähe parkenden Wagen.

Sara stieg ein, murmelte etwas, schloss einen Moment lang die Augen, und als sie sie wieder aufschlug, hatte Roberto sich über sie gebeugt.

Im ersten Augenblick dachte sie, er würde sie streicheln, in Wahrheit schlug er sie leicht auf die Wangen, damit sie aufwachte.

»Sara … Sara …«

Sara spürte, dass ihr Mund trocken war. Dann sah sie sich um.

»Sind wir da? Bei dir zu Hause?«, hauchte sie.

»Nein, wir sind bei dir. Ich glaube, du solltest ein wenig schlafen. Schaffst du es allein rauf?«

»Ja … ja …«, erwiderte sie mit schwerer Zunge. Sie nahm

ihre Tasche, öffnete die Wagentür und stieg mit einiger Anstrengung aus.

Noch einmal beugte sie sich vor und lächelte ihm zu.

»Wir sehen uns dann später, was?« Sie zwinkerte, wobei ihr die Augen fast zufielen.

»Bestimmt …«, erwiderte er mit starrem Lächeln.

Sara winkte ihm zu, drehte sich um, trat mit dem Absatz gegen die Wagentür, um sie zu schließen, wobei sie vermutlich den Lack beschädigte, und ging auf die Eingangstür zu.

Ein weiteres Mal legte sie sich, ohne sich auszuziehen, schlafen, und als sie am Morgen erwachte, konnte sie sich beim besten Willen nicht daran erinnern, wie sie es bis in die Wohnung geschafft hatte.

Sie erinnerte sich noch an den Wein. Und an Jodie. Doch kaum an Roberto.

Sie wusste nur eins: Das Treffen war mal wieder, wie so oft, ein Schlag ins Wasser gewesen.

Emma

Emma hörte gern harten, richtig lauten Sound, der einen anheizte und gleichzeitig benebelte. Mit eingängigen Gitarrensoli und hämmernden Bässen, die das Hirn vibrieren ließen.

Als Alessandro ihr *Notte prima degli esami* von Venditti vorspielen wollte, hatte sie, ohne ein Wort zu sagen, die Anlage im Auto ausgeschaltet.

»Gefällt es dir nicht?«, hatte er erstaunt gefragt.

Um ihn nicht zu enttäuschen, hatte sie lediglich gesagt: »Es erinnert mich an meine Prüfungen, das macht mich nervös.« Sie hielt es für sinnlos, ihm zu erklären, wie viele Milliarden Lichtjahre sie von diesem Lied trennten. Immerhin hatte er sich bemüht und geglaubt, es würde ihr gefallen, der gute Wille war also da, auch wenn er danebengelegen hatte.

Im Grunde war auch sie eine unverbesserliche Romantikerin – lediglich eine Version 2.0 der Vorgängergeneration, mit anderen Schwerpunkten, anderen Vorstellungen, anderen Klängen und Tönen. Besser gesagt, die Töne waren dieselben, sie blieben immer dieselben: do, re mi, fa sol, la si, nur die Art ihrer Zusammenstellung veränderte sich.

Die letzten Schulwochen schienen sich endlos in die Länge zu ziehen: Die Abschlussarbeit musste fertiggestellt, die letzten Hausaufgaben erledigt werden, um Punkte für die Prüfungen zu sammeln, und allmählich begann auch für sie der sogenannte »Lernstress«. Eine Art Krankheit – zeitlich begrenzt und heilbar.

Sie äußerte sich in unterschiedlicher Form. Unter ihren Klassenkameraden war eine regelrechte Epidemie ausgebrochen. Einige hatten bereits seit Februar, also seit Beginn des zweiten Schulhalbjahres, kaum noch einen Schritt vor die Tür gesetzt; andere hatten mit dem Rauchen angefangen, wer bereits rauchte, rauchte statt ein paar Zigaretten eine ganze Schachtel pro Tag. Linda hatte Haarausfall bekommen und musste sich die Haare abschneiden lassen, Lorenzo ernährte sich fast nur noch von Fingernägeln, Martina ging mit Kopfhörern zu Bett, um sich die Unterrichtsmitschnitte anzuhören, in der Hoffnung, den Stoff über Nacht zu verinnerlichen, Catarina schlief über der Schullektüre ein, vielleicht weil sie glaubte, mittels Osmose etwas davon zu begreifen. Dann waren da noch Daniele, Elena, Vito, Gianni und all die andern, die unermüdlich auf die Prüfungen hinarbeiteten, jeder mit einem Tick, einer Marotte oder Neurose, und gleichzeitig voller Hoffnung.

Zum Glück hatte Emma keine nennenswerten Beschwerden. Das Lernen war ihr nie besonders schwergefallen, und in diesem Augenblick bestand ihre Eintrittskarte ins Erwachsenenleben nicht aus dem Abiturzeugnis, sondern aus einer Ikea-Magnetkarte, die Alessandro entwendet hatte und die es ihr erlaubte, ihn abends, so oft es ging, heimlich zu treffen. Wenn sie ihn nicht sah, dehnte sich die Zeit in die Länge, erschien ihr endlos. Am liebsten hätte sie einen eigenen Raum in dem Geschäft gemietet, damit sie gleich nach Ladenschluss mit ihm zusammen sein konnte. Aber Alessandro war verheiratet, und obwohl er seinen ehelichen Pflichten schon seit Längerem nicht mehr nachkam, musste er, was Zeitpunkt und Fernbleiben betraf, doch Rücksicht nehmen. Hätten sie sich jeden Abend getroffen, hätte Claudia Verdacht geschöpft, und die Situation wäre unweigerlich eskaliert.

Es gab keinen genauen Plan, aber im Grunde ihres Herzens war Emma überzeugt, dass Alessandro seiner Frau zu passender Gelegenheit verkünden würde, dass er sie nicht mehr liebte und die Scheidung wünschte. Keine Szenen, keine Diskussionen, sondern lediglich die Darlegung der Fakten. Er wollte die Angelegenheit für sie möglichst schmerzlos über die Bühne bringen, wollte nicht, dass sie mehr litt als unbedingt nötig. Aber das waren Worte. Und wie man weiß, laufen Worte und Taten zwar oft parallel, aber nicht immer zusammen.

Derweil malte sich Emma die mögliche Zukunft aus.

Immerhin hatte Alessandro bereits mit ihrem Vater gesprochen, und das Treffen hatte keine Explosion ausgelöst.

Heute Abend würden sie sich sehen, am gewohnten Ort.

Sie hatte eine Überraschung für ihn, eine Überraschung, die ihrer Beziehung eine Wende geben würde.

Die Klingel läutete zum Ende der dritten Stunde, und die Schüler nutzten die Gelegenheit, um sich die Beine zu vertreten, ein paar Takte zu plaudern oder eine Zigarette zu rauchen, bis der nächste Lehrer kam.

Emma griff zum Handy und schrieb eine SMS an Alessandro: »Dieser Abend wird ein ganz besonderer, Liebling.«

Als sie auf Senden ging, merkte sie, dass Diego sie beobachtete.

»Wem schreibst du da?«, fragte er barsch.

»Das geht dich nichts an«, erwiderte sie und sah ihm in die Augen, während sie das Handy in die Tasche zurücksteckte.

»Neulich Abend habe ich mich getäuscht, aber ich weiß, dass du mit so einem alten Knacker zusammen bist, einem Pädophilen! Der ist genauso alt wie Voltaggio«, sagte er, verächtlich auf den Lateinlehrer deutend, der gerade den Flur heraufkam. »Schämt der sich gar nicht?«

»Voltaggio ist übrigens jünger«, entgegnete sie, »und merk dir endlich, dass zwischen uns nichts mehr ist und übrigens auch nie irgendwas Ernstes war. Werde erst mal erwachsen, Diego, dann können wir weiterreden.« Mit diesen Worten verließ sie den Klassenraum, noch ehe er Gelegenheit fand, zu antworten.

Emma ging zur Toilette, und als sie herauskam, warf sie einen Blick auf ihr Handy. Alessandro hatte noch nicht geantwortet. Auch neulich nach dem Konzert hatte er ihr keinen Gutenachtgruß mehr geschickt und sich damit herausgeredet, dass er, kaum daheim, sofort eingeschlafen sei.

Sie seufzte nervös und sah auf die Uhr. Sie wollte ihn sehen, denn in solchen Situationen stiegen seltsame Zweifel in ihr auf, und nur ein Blick in seine grünen Augen konnte sie dann beruhigen.

Aber sie hatte noch drei Stunden Schule und einen ganzen Nachmittag lang Paukerei vor sich.

Sie kehrte in den Klassenraum zurück, nachdem der Unterricht bereits begonnen hatte. So konnte ihr Diego wenigstens nicht wieder dumm kommen.

Francesco

Das Letzte, was er in diesem Augenblick gebrauchen konnte, waren seine Patienten, aber bei einem Haushalt mit drei Töchtern, die es durchzubringen galt, musste das tägliche Brot verdient werden.

Francesco hörte ihnen zu, doch immer wieder wanderte sein Blick zu dem Karton von Alessandro, den er in eine Ecke geschoben, aber noch nicht den Mut gefunden hatte, zu entsorgen oder den Inhalt genauer anzusehen.

Inzwischen war er an den Punkt gelangt, dass er es nicht ertragen hätte, Claudia glücklich an der Seite eines anderen zu sehen – selbst wenn dieser andere der Geliebte seiner Tochter war.

Er fühlte sich wie Shakespeares Hamlet mit einem unlösbaren Dilemma konfrontiert. Ihm blieb nur zu hoffen, dass das Ganze kein tragisches Ende nahm.

Ihm gegenüber saß das übliche Produkt der modernen Gesellschaft: er, ein Peter Pan, und seine Frau, eine Nervensäge, die glaubte, ihn durch die Ehe verändern zu können.

Er hieß Ivano, sie Adele, er war wie ein Harley-Fahrer gekleidet, selbst das Bandana um den Hals fehlte nicht, sie trug ein auf bürgerlich gemachtes Kostüm und hatte eine Alviero-Martini-Tasche dabei, die sie vermutlich bei einem Senegalesen auf der Piazza Navona gekauft hatte.

»Verstehen Sie, Dr.? Für mich ist das alles unerträglich, angefangen bei der Kleidung«, erklärte die Frau.

»Wieso, was hast du denn gegen meine Klamotten?«, fragte er gereizt.

»Das, was drin steckt... Hören Sie, Dr., würden Sie sich so anziehen?«

»Wir sind nicht hier, um über mich zu sprechen, aber reden Sie nur weiter«, forderte Francesco sie auf.

»Die Sache ist die, dass er inzwischen Biker geworden ist. Er lebt für sein Motorrad. Abends erklärt er mir den Unterschied zwischen konischen und dynamischen Filtern«, sagte Adele.

»Ich will dich an meinem Leben teilhaben lassen«, rechtfertigte sich Ivano.

»Du willst mich teilhaben lassen, ja... vor allem an den Wochenenden, da muss ich immer mit zu diesen Biker-Treffen. Wissen Sie, was das ist, Dr., ein Biker-Treffen?«

Schweigend betrachtete Francesco sie und schüttelte den Kopf.

»Ich will es Ihnen erklären: Nehmen Sie eine Straße, irgendwo auf dem Land, wo man friedlich spazieren gehen und in aller Ruhe die Aussicht genießen könnte, stopfen Sie sie mit tausenden dieser dröhnenden Maschinen voll und fahren Sie sie entlang, während Sie die Abgase der Leute vor Ihnen einatmen«, sagte Adele mit müder Stimme.

»Hören Sie sich das an. Sie tut so, als sei ich geisteskrank. Sagen Sie doch endlich was«, unterbrach sie ihr Mann.

»Schauen Sie, Ivano«, erwiderte Francesco und schürzte die Lippen, »wenn Ihre Frau bereits eine Scheidung in Erwägung zieht, ist Ihre Leidenschaft vielleicht mehr als ein bloßer Zeitvertreib. Wie viel Zeit widmen Sie dem Motorrad?«

»Sehr viel Zeit, Dr.«, erwiderte Ivano stolz.

Francesco warf Adele einen einvernehmlichen Blick zu.

»Ich schwöre Ihnen, es war besser, als er mich mit seiner Sekretärin betrogen hat«, ergriff sie das Wort.

Mit aufgerissenen Augen starrte Ivano sie an.

»Wie, mit meiner Sekretärin ...«, murmelte er.

»Tu nicht so unschuldig«, gab seine Frau zurück.

»Du wusstest ...«

»Natürlich ... Die Ärmste ist zu mir gekommen, um sich bei mir auszuheulen wegen all der leeren Versprechen, die du ihr gegeben hast.«

»Adele, ich hatte keine Ahnung ... ich fühle mich gerade ziemlich schlecht ... weiß gar nicht, was ich sagen soll ... Bitte, verzeih mir. Ich kam mir vernachlässigt vor, und Marika war ... so bereitwillig ...«, erklärte Ivano mit aufrichtiger Reue.

»Ivano, das ist über zehn Jahre her. Mach dir keinen Kopf, das ist Schnee von gestern«, beschwichtigte ihn seine Frau.

»Nein, nein ... vielleicht ist es für dich vorbei, aber wenn ich an all die Lügen denke, die ich dir aufgetischt habe, die angeblichen Arbeitswochenenden ... Und du hast alles gewusst ... Verzeih mir, Adele, du musst unendlich gelitten haben.«

»Nicht allzu viel, Ivano. Yoga wirkt Wunder«, versicherte sie ihm .

»Die Asiaten, was? Immer einen Schritt voraus ...«, versuchte Francesco, der einigermaßen entsetzt über dieses Geständnis war, die Situation zu entschärfen.

»Vladimiro kommt eigentlich aus Rom. Genauer gesagt aus Garbatella«, erläuterte Adele.

»Vladimiro?«, fragte Francesco erstaunt.

»Mein Yoga-Lehrer. Wenn er nicht gewesen wäre«, erwiderte sie mit verträumtem Blick.

Ivano begriff.

»Du wirst doch nicht ...«, stotterte er, sah seine Frau an und wandte sich hilfesuchend an Francesco.

Adele nickte selbstzufrieden.

»Und wann gedachtest du, mir davon zu erzählen?«, schrie er sie an.

»Ehrlich gesagt, gar nicht, aber da wir nun mal auf das Thema zu sprechen gekommen sind…«

»Nein! Das ist zu viel, Adele! Und wann…« Ivano fing an zu heulen.

»Hören Sie zu!«, unterbrach Francesco die beiden mit einem Blick auf die Uhr. »Angesichts der Wendung, die diese Sitzung genommen hat, scheint klar zu sein, dass die Sache mit dem Motorrad…«

»Vladimiro, was für ein bekloppter Name…« Ivano schnaubte.

»Aber Marika, was?«, erwiderte seine Frau bissig.

»Den Yoga-Kurs habe ich dir bezahlt.«

»Ja, um Zeit zu haben, die Tochter meiner Freundin, die *ich* dir empfohlen hatte, zu vögeln«, gab sie zurück.

»Halt! Stopp! Tut mir leid«, fuhr Francesco erneut dazwischen, »aber die Sitzung ist für heute beendet. Nächste Woche machen wir an dieser Stelle weiter. Zur selben Zeit, ich danke Ihnen«, sagte er und führte sie eilig hinaus.

Als er allein war, seufzte er erleichtert, wie so oft nach dem Ende einer Paarsitzung, und lümmelte sich in seinen Sessel. Er würde sich ein Viertelstündchen Pause gönnen und dann einen Blick in den Karton werfen. Er schloss die Augen und versuchte, sich zu entspannen, doch seine Gedanken wanderten immerzu und ausschließlich zu dem Karton voller Erinnerungsstücke.

Widerstrebend erhob er sich, griff nach den Reliquien aus Claudias Eheleben und begutachtete jedes Stück.

In einer knappen halben Stunde würde Alessandro kommen, und Francesco wollte auf jede mögliche Wendung des Gespräches vorbereitet sein.

Er fischte ein verblasstes Polaroid-Foto aus den Achtzigerjahren heraus. Claudia saß auf einem Liegestuhl am Meer, mit einem großen Strohhut und einer braunen Sonnenbrille. Sie blickte zum Horizont und schien auf etwas zu deuten, aber das Foto war abgeschnitten, und man konnte nicht sehen, auf was oder wen sie zeigte. Sie trug einen roten Bikini und sah wunderschön aus. Francesco dachte, dass die Zeit ihr nichts hatte anhaben können.

Marta

Als Sara gekommen war, um sie abzulösen, hatte sie ausgesehen wie ein Zombie aus Michael Jacksons Videoclip. Sie hatte sich jeglichen Kommentar verbeten, woraus Marta schloss, dass auch dieser Abend ein Reinfall gewesen war. So hatte sie ihre Handtasche genommen und den Laden verlassen. Sie war mit Fabio zum Frühstück verabredet, bei ihrer Rückkehr würde sie nochmals auf Roberto zu sprechen kommen.

Sie ging zu Fuß zur Piazza Venezia. Auf den Straßen im Zentrum tummelten sich scharenweise Touristen. Sie waren eindeutig an ihren kurzen Hosen, den offenen Schuhen, den farbigen Käppis, den Bauchtaschen und natürlich den Fähnchen zu erkennen, die allen, die im Gedränge ihre Reisegruppe aus den Augen verloren hatten, als eine Art Rettungsanker dienten.

Wie üblich hatten die Polizisten alle Hände voll zu tun. Marta hatte gelesen, dass der Platz vor dem Nationaldenkmal Viktor Emanuels II. der einzige in Rom war, wo noch immer Männer in Uniform mittels Armbewegungen den Stadtverkehr zu lenken versuchten.

Jedes Mal, wenn Marta einen Polizisten mit Helm und Trillerpfeife die Arme schwenken sah, musste sie unwillkürlich an Alberto Sordi in der Rolle von Schutzmann Otello Celletti denken. Es war einer von Francescos Lieblingsfilmen, und als sie noch klein war, hatten sie ihn so oft gemeinsam geschaut, dass sie beinahe alle Dialoge auswendig kannte.

Zufrieden und gut gelaunt schlenderte sie weiter. Patassini verblasste allmählich immer weiter in ihrer Erinnerung, denn nun war Fabio unerwartet in ihr Leben getreten. Es hatte nicht viel gebraucht, um alte Enttäuschungen zu verdrängen.

Marta war es gewohnt, Menschen durch Gespräche, durch Worte kennenzulernen. Nun hatte sich ihr Blickwinkel verändert, und sie hatte begriffen, dass langes Schweigen weitaus mehr sagen kann als eine nette Unterhaltung.

Sie seufzte wie jedes Mal, wenn sie der Liebe ins Netz ging, aber diesmal war sie auf der Hut, um keinesfalls zu viel zu riskieren. Eine weitere Enttäuschung hätte sie nicht verkraftet.

Pünktlich auf die Minute erreichte sie das Spielwarengeschäft, vor dem sie verabredet waren. Sie sah sich um, aber von Fabio fehlte jede Spur.

Marta lehnte sich an ein geparktes Auto, auf dessen Heckscheibe ein Aufkleber mit der Aufschrift: ALLEINREISENDER SUCHT BEGLEITUNG stand. Sie lächelte und fragte sich, wer der Wagenbesitzer sein mochte, und kam zu dem Schluss, dass es bei der Suche nach Liebe keine Schranken gab. Alle strebten danach, alle sehnten sich nach ihr, und um sie zu finden, schien jedes Mittel erlaubt zu sein. Selbst das Stehlen von Büchern. Denn, so Martas Überlegungen der letzten Tage, hinter Fabios kleinen Diebstählen musste sich irgendein Mangel verbergen. Der Mangel an Liebe, der aus seinem durch die Behinderung bedingten Minderwertigkeitskomplex erwuchs und den er durch die Suche nach etwas wettmachte, das für ihn unerreichbar schien: die Gleichstellung mit Menschen, die *anders* waren als er, die normal waren.

Fabio schleppte eine Vielzahl an Problemen mit sich herum, die nicht durch einmaliges Nachdenken gelöst werden konnten. Obwohl sie ihn erst seit Kurzem kannte, lag ihr sehr viel an ihm. Sie schwor sich, ihn nicht im Stich zu lassen und ihm so gut sie konnte zu helfen. Denn ihm zu helfen bedeutete, sich selbst zu helfen. Lieben, um geliebt zu werden – das war ihr Weg zu einem glücklichen Leben.

Marta schaute auf die Uhr. Fabio war bereits eine Viertelstunde zu spät. Er besaß kein Handy, und sie wusste nicht, wie sie ihn erreichen sollte. Bestimmt war lediglich etwas dazwischengekommen, dennoch beschlich sie eine innere Unruhe.

Es war ein warmer Tag, aber im Augenblick verdeckten einige Wolken den Himmel, und ein leichter Wind wehte. Marta rieb sich ein wenig fröstelnd die Arme.

Hin und wieder trat sie auf die Straße, dann lehnte sie sich wieder an das Auto mit dem Aufkleber, ging auf und ab oder lugte in den Laden, um sich zu vergewissern, ob er nicht vielleicht hineingegangen war und zwischen den Regalen herumstöberte.

Als Martas Hoffnung immer weiter schwand und sie bereits zu fürchten begann, Fabio könne absichtlich nicht zu der Verabredung erscheinen, kam er. Im Laufschritt, außer Atem bog er von der Hauptstraße kommend um die Ecke und blieb, zum Zeichen der Entschuldigung, mit ausgebreiteten Armen vor ihr stehen.

Marta war froh, ihn zu sehen, so froh, dass ihm nichts zugestoßen war, und gleichzeitig glücklich, denn nun waren all ihre Befürchtungen zunichtegemacht. Sie strahlte und gab ihm durch eine Geste zu verstehen: »Kein Problem, nicht so schlimm, dass du zu spät gekommen bist.« Dann schlug sie mittels Mimik vor, Kaffee trinken zu gehen.

Fabio war noch immer außer Atem, doch anstatt ebenfalls zu lächeln, setzte er eine finstere Miene auf. Er nickte und hastete davon, ohne auf sie zu warten. Ein wenig erstaunt über sein Verhalten folgte Marta ihm. Er war ihr eine ganze Schrittlänge voraus, und sie musste sich beeilen, um ihn einzuholen.

»Ich habe einen Tisch für heute Abend reserviert«, erklärte sie lebhaft und sprach so, dass er ihre Worte von den Lippen ablesen konnte.

Er deutete eine zerstreute Geste an, machte jedoch keine Anstalten, seinen Schritt zu verlangsamen. Die ersten Sonnenstrahlen brachen durch die Wolkendecke.

»Magst du japanische Küche?«, fragte sie keuchend.

Abermals machte Fabio eine zerstreute Geste, und Marta kam der Verdacht, dass er möglicherweise nichts von dem bisher Gesagten verstanden hatte.

»Bleibt es bei heute Abend?«, erkundigte sie sich noch immer lächelnd.

Er nickte und sah sie derart seltsam an, dass Marta ihn an einem Arm packte und dazu nötigte, sich ihr zuzuwenden.

»Dürfte ich erfahren, was mit dir los ist?«, fragte sie ungeduldig.

Fabio senkte den Blick und schüttelte den Kopf, als wolle er sagen: »Nichts.«

»Verrätst du mir endlich, was du hast?«, beharrte die junge Frau in einem Ton, der keine Widerrede oder bloßes Schweigen duldete, denn ihre zuvor gehegten Befürchtungen waren wieder geweckt.

Fabio seufzte und deutete energisch auf seine Brust und anschließend auf die Uhr.

»Du bist zu spät gekommen?«, übersetzte sie erstaunt.

Fabio nickte.

»Ich habe dir doch gesagt, dass es nicht schlimm ist«, sagte Marta sanft.

Fabio schnaubte und zeigte erneut auf sich, die Uhr und

schließlich auf Marta, wobei er die Zähne entblößte und die Hände zu Fäusten ballte.

»Du hast dich verspätet, und ich müsste deshalb sauer sein?«, fragte sie ein wenig beunruhigt, da sie nicht wusste, worauf er hinauswollte.

Fabio nickte heftig.

»Na ja, ... dir wird irgendwas dazwischengekommen sein«, wiegelte sie ab. Eine Frau mit Handy am Ohr hastete vorbei und rempelte sie an.

Selbst hier, abseits der großen Straßen, gab es hektische Leute, die sich nicht um den Rest der Welt scherten.

Fabio nahm den Block aus seinem Rucksack und schrieb eilig: »Eine Stunde Verspätung. Eine Gehörlose hätte mich zur Sau gemacht.«

Marta las, fand aber nicht den Mut, zu antworten, so betroffen war sie.

Fabio schrieb erneut: »Ich bin zwar taub, aber nicht gelähmt!«

Sie sah ihm in die Augen, um ihm ihre Gründe verständlich zu machen, aber er griff bereits wieder zum Stift, und in seinen Worten erkannte sie eine verhaltene Wut, von der er offenbar erfüllt war.

»Ich mach' einen Fehler, du wirst sauer, du machst einen Fehler, ich werde sauer!«, schrieb er.

Mit einer nach Bestätigung suchenden Geste wandte er sich an Marta, um sicherzugehen, ob sie verstanden hatte.

Marta fand, dass er übertrieb, aber sie begriff, dass ein weiteres Beharren auf ihrer Meinung kontraproduktiv gewesen wäre.

Deshalb zwang sie sich, innerlich aufgewühlt, zu einem Lächeln und nickte.

Fabio schien sich zu beruhigen, und den verbleibenden

Weg zur Bar legten sie entschieden langsamer, aber in düsterer Stimmung zurück.

Das Frühstück dauerte keine zwanzig Minuten, wobei sich ihre Unterhaltung auf ein Minimum beschränkte. Doch in Gegenwart eines Taubstummen nichts zu sagen musste nicht unbedingt etwas Negatives bedeuten. Ihr Schweigen konnte auch einfach heißen, dass sie sich miteinander wohlfühlten.

Marta beobachtete Fabio und spürte, dass er noch immer wütend und verletzt war. Weniger wegen ihr als wegen seiner Erwartung an die Leute, als *normale* Person zu gelten.

Jedenfalls war sie froh, dass er ihre Einladung zum Abendessen angenommen hatte. Sie würden sich gegen acht Uhr treffen.

Ein wenig verlegen nahmen sie voneinander Abschied, und Fabio schlug eine andere Richtung ein als Marta, obwohl er durchaus ein Stück mit ihr gemeinsam hätte gehen können.

Die junge Frau sah ihm nach, wie er mit gesenktem Kopf, die Hände in den Hosentaschen, verschwand, und ihr Herz zog sich zusammen.

Als sie in die Buchhandlung zurückkehrte, war es beinahe Zeit für die Mittagspause. Sie hatte von unterwegs aus Roberto angerufen, um von ihm zu erfahren, wie das Treffen mit Sara gelaufen war.

Ihre Schwester saß an der Kasse, noch immer mit Sonnenbrille auf der Nase.

»Bist du wach?«, fragte Marta beim Eintreten.

»Ja, ich sehe nur etwas fertig aus«, erwiderte sie und nahm die Sonnenbrille ab. Sie hatte tiefe Augenringe.

»Ich weiß alles«, sagte Marta und legte ihre Handtasche auf den Ladentisch.

»Was alles?«, fragte Sara und erhob sich von ihrem Platz.

»Du hast ihm den ganzen Abend von deiner Ex erzählt.«

»Wenn schon, dann von meinem Ex....«

»Egal, das kommt aufs Gleiche raus«, meinte Marta.

»Von wegen, ich hab mir den Arsch aufgerissen, um nicht dauernd mit den Pronomen durcheinanderzukommen.«

»Du kannst nicht allen mit der Geschichte von Jodie auf die Nerven gehen. Du weißt, wie die Männer sind...«

»Nein, das weiß ich ehrlich gesagt nicht.«

»Stimmt, aber ich habe dich gewarnt. Du musst ihnen das Gefühl geben, einzigartig zu sein. Er meinte, du seist noch viel zu mitgenommen durch deinen Ex und außerdem ziemlich verwirrt. Und dass du mit dem Alkohol aufpassen solltest«, sagte Marta.

»Ja, er hat recht, ich habe zu viel geredet und ein bisschen Chaos veranstaltet«, gestand Sara, aber sie schien es nicht allzu sehr zu bedauern.

»Es tut dir wohl nicht sonderlich leid«, bemerkte Marta.

»Weißt du was? Er war einfach zu freundlich, zu gut aussehend, zu höflich... zu alles!«

»Na ja, also eigentlich perfekt, oder?«

»Eben, einfach zu perfekt. Ich glaube fast, Männer sind doch nichts für mich. Vielleicht muss ich mich damit abfinden«, sagte Sara traurig.

»Also, ich probiere dann mal, Paolo anzurufen, er ist...«

»Nein! Stopp, ich habe genug von deinen Freunden, echt... nimm's mir nicht übel.«

Sara suchte ihre Sachen zusammen und machte sich zum Aufbruch bereit.

»Wo gehst du hin? Wollen wir nicht zusammen was essen?«, fragte Marta überrascht.

»Ich fühle mich zu erschlagen und will erst einmal ein paar Schritte gehen.« Sie warf der Schwester eine Kusshand zu.

Marta lächelte und blickte Sara hinterher. Sie waren fast gleich alt und stets wie Freundinnen füreinander da gewesen. Als die Mutter fortgegangen war, hatten sie beide gelitten. Obwohl sie, vor allem anfangs, auf der Schwelle zwischen Kindheit und Jugend, noch regelmäßigen Kontakt zu ihr hatten, weckte doch der Anblick des leeren Platzes bei Tisch jedes Mal immer wieder die Sehnsucht. Sie konnten Francesco dankbar sein, dass ihr Leben dennoch so harmonisch und auf die Suche nach Glück ausgerichtet war. Dass dieses Glück in puncto Liebe sich nur zögerlich einstellte, stand auf einem anderen Blatt. Die Zeit hatte keiner der drei Schwestern etwas anhaben können. Im Lauf der Jahre hatten sie die Entscheidung der Mutter sogar allmählich gebilligt. Emma hatte, was die Erinnerungen betraf, von allen zwar vermutlich am wenigsten gelitten, aber das Fehlen der Mutter war bei ihr offensichtlicher, prägender, denn nur das erste Jahr nach ihrer Geburt hatte sie deren Nähe erlebt. Auch wenn es nicht immer einfach war, so verkörperten die drei und ihr Vater doch letztlich den Inbegriff einer vorbildlichen Familie. Das war eine Menge wert.

Als der erste Kunde hereinkam, lächelte Marta noch immer, ein Lächeln voller Wärme für den Vater und die Schwestern, die sie immer in ihrem Herzen bewahren würde.

Sara

Nachdem sie zwanzig Minuten ziellos herumgelaufen war, fiel ihr auf, dass sie noch nicht einmal gefrühstückt hatte und ihr Magen bereits auf Mittagessen eingestellt war.

Sie hatte den Tiber überquert, aber keine Ahnung, wo sie eigentlich hinwollte. In der Nähe der Piazza Trilussa betrat sie eine Bar, in der es Unmengen an Panini und Tramezzini gab.

Sie nahm eines und bestellte bei der Bedienung, die hinter dem Tresen an der Kaffeemaschine hantierte, einen Orangensaft.

Die junge Barkeeperin hatte ihr Haar unter einem Hut zusammengebunden. Sie trug ein weißes Hemd mit aufgekrempelten Ärmeln, so dass man ihre Tattoos auf den Unterarmen sah, dazu eine schwarze, eng anliegende Weste. Sie war etwa fünfundzwanzig Jahre alt und musterte Sara herausfordernd. Dann lächelte sie und fragte: »Mit oder ohne Eis …?«

Wenn du mich weiter so anschaust, brauche ich eine Menge Eis, dachte Sara und schluckte.

Beim Eintreten war ihre Kehle trocken gewesen, inzwischen hatte sie das Gefühl, ein Reibeisen verschluckt zu haben.

»Mit Eis, danke«, sagte sie mit leicht gepresster Stimme und lächelte, um ihre Unsicherheit zu überspielen.

Die junge Frau zwinkerte ihr zu und machte sich an die Zubereitung des Saftes, im Hintergrund war Stimmengewirr zu hören.

Plötzlich bekam Sara eine Hitzewallung und begann zu schwitzen. Rings um sie drängten sich rund ein Dutzend Gäste, die Mittagspause hatten, und die Luft in der Bar war ziemlich schlecht.

Sara trat einen Augenblick auf die Straße und aß ihr Tramezzino. Ein paarmal atmete sie tief durch und beruhigte sich.

Als sie wieder hereinkam, stand ihr Orangensaft in einer Ecke auf dem Tresen. Sie trank ihn mit einem Strohhalm.

Neben ihr saß ein gut aussehender junger Mann, kurzes Haar, Dreitagebart, der sie amüsiert beobachtete.

Sara nahm ihn aus den Augenwinkeln wahr, beachtete ihn aber nicht weiter. Auf einmal nahm er auch einen Strohhalm, steckte ihn in ihr Glas und trank gemeinsam mit ihr daraus.

Sara erstarrte, aber nachdem sie im ersten Moment drauf und dran war zu fragen, was ihm denn einfalle, bezwang sie ihre Empörung und ließ ihn gewähren. Sie hatte keine Ahnung, wieso dieser Typ aus ihrem Glas trank, aber das Ganze wurde zu einer Art Spiel, wer am meisten Saft abbekam. Das Glas war rasch geleert, und in ihren Augen spiegelte sich Belustigung.

Der junge Mann sagte nichts, nahm eine Serviette, wischte sich über den Mund, schenkte ihr ein letztes Lächeln, schüttelte den Kopf und verließ die Bar.

Auch Sara lächelte und schüttelte den Kopf und dachte, dass er eigentlich ein ganz sympathischer, wenngleich etwas merkwürdiger Kerl war.

»Bitte sehr, dein Saft … mit Eis«, hörte sie plötzlich die Stimme der Bedienung.

Sara riss den Mund auf.

»Oh verdammt …«, sagte sie mit lauter Stimme und eilte aus der Bar.

»He … Tschuldigung …«, rief sie und lief hinter dem jungen Mann her.

Er hielt inne, wandte sich um, und als ihre Blicke sich kreuzten, bemerkte Sara, dass er noch immer lächelte.

»Hallo … sorry … also, ich wollte mich nur für den Saft bedanken …«, stammelte sie.

»Schon gut …«, erwiderte er.

»Ich … ich habe gar nicht gemerkt … Na ja, wo ich doch deinen halben Saft ausgetrunken habe … wollte nur sagen, falls du noch Durst hast, kannst du die Hälfte von meinem haben«, schlug sie, ihre Verlegenheit überwindend, vor.

»Ich habe tatsächlich noch Durst, und um ehrlich zu sein, auch ein bisschen Hunger. Wollen wir zusammen was essen?«

»Gern«, erwiderte sie, ohne zu zögern.

Sein Lächeln wurde breiter. Er wirkte sympathisch, aufrichtig.

»Ich heiße übrigens Luca«, stellte er sich vor und reichte ihr die Hand.

»Sara«, antwortete sie, den Händedruck und das Lächeln erwidernd.

Dann musste sie plötzlich niesen.

»Bist du allergisch?«

»Eigentlich nicht«, antwortete sie verwundert über das, was soeben geschehen war: Es war das erste Mal, dass sie angesichts eines Mannes niesen musste.

»Doch hoffentlich keine Erkältung?«, scherzte er. »Wo wir gerade aus einem Glas getrunken haben.«

»Nein, nein, keine Sorge … es ist eine Allergie …«, erklärte sie ein wenig unsicher und beim Gedanken an den Niesreiz noch immer verwirrt.

»Hoffentlich keine gegen Männer«, bemerkte er lachend.

Scheinbar nicht, dachte Sara im Stillen.

»Wo willst du eigentlich hin? Ich habe bisher bloß ein Tramezzino intus«, sagte sie laut, um das Thema zu wechseln.

»Und einen halben O-Saft«, ergänzte er amüsiert. »Gehen wir.«

Und so schlenderten sie durch die Gassen von Trastevere.

Francesco

Zerstreut nuschelte Alessandro eine Begrüßung, bevor er sich auf der Couch ausstreckte.

Soeben hatte Francesco den Karton mit Erinnerungen durchstöbert und sich alles angesehen. Ausgeschnittene Fotos, auf denen nur Claudia zu sehen war, alte, zärtliche Glückwunschkarten, auf denen allerdings, wie sie gesagt hatte, nie ein »Ich liebe dich« zu finden war, Gegenstände von irgendeiner besonderen Bedeutung, die in den Händen Francescos und ohne eine entsprechende Erklärung jedoch wenig Sinn ergaben: eine blaue, anscheinend unbenutzte Zahnbürste, ein Jojo, eine Sprungfeder mit einem oben aufgeklebten Marienkäfer, ein ausgeleiertes Haargummi, außerdem alte Konzertkarten, eine Mixtur aus Al Jarreau, Claudio Baglioni, Roger Waters, Renato Zero und Sergio Caputo. Ganz unten im Karton lagen ein paar alte DVDs, darunter die der Hochzeitsfeier, ein paar Best-of-CDs und weitere Musik-Kassetten, die niemand mehr hören würde.

Francesco setzte sich neben seinen Patienten, die Hände gefaltet, den Blick zum Fenster gerichtet, und betrachtete ihn. Alessandro hatte die Arme an den Seiten ausgestreckt und die Beine übereinandergeschlagen und sah zur Decke.

»Nun?«, begann Francesco, nachdem sie eine Weile die Stille hatten wirken lassen.

»Nun?«, wiederholte Alessandro, noch ein wenig unsicher, was er sagen sollte.

Francesco gab ihm ein Zeichen, das so viel hieß wie »Erzähl einfach«, worauf Alessandro sich ein wenig aufrichtete, tief Luft holte und mit leiser Stimme zu sprechen begann.

»Vor ein paar Tagen haben wir abends Fernsehen geschaut. Zusammen, auf dem Sofa …«, sagte er in ernstem, kühlem Tonfall wie ein Killer, der seinem Auftraggeber von der Ausführung seiner Operation berichtet.

»Oh Mann, wie öde, was?«, spielte Francesco das Ganze herunter.

Alessandro nickte, wenig überzeugt.

»Schön, die abendliche Langeweile ist ein notwendiger Schritt, und weiter?«, fragte er lächelnd.

»Gestern habe ich die Fahrkarten nach Paris gekauft. Claudia liebt Paris. Drei Tage, nur sie und ich allein …«

Francesco musste diesen Satz in Gedanken wiederholen, ehe er sicher war, ihn tatsächlich erfasst zu haben. Dann endlich begriff er.

»Wie, allein? Wer? Wann?«, stieß er beinahe stotternd hervor.

»Ja, genau, sie und ich. Du hast recht … Stoßtherapie … wir erledigen das gleich in einem Aufwasch«, erklärte Alessandro und sah ihn Verständnis heischend an, bevor er den Blick wieder senkte und fortfuhr: »Die letzte Reise, das letzte Abendessen, der letzte Bummel über die Champs-Elysées, das letzte Geschenk zum …«

»Das reicht!«, unterbrach ihn Francesco in einem Ton, der etwas zu schrill geraten war, um als normale Anteilnahme zwischen Therapeut und Patient durchgehen zu können.

Alessandro fuhr erschrocken zusammen.

»Das reicht?«, fragte er, nachdem er sich von seinem Schrecken erholt hatte.

»Es ist noch zu früh«, korrigierte sich Francesco, die Fassung zurückgewinnend.

»Wie meinst du das, zu früh?«, wunderte sich Alessandro. »Du hast doch gesagt, dass wir zusammen verreisen sollen, dass es ein wichtiger Schritt sei, um die Beziehung zu beenden.«

»Zu wichtig ...«, erklärte Francesco und schüttelte den Kopf. »Du bist zu verwirrt und brauchst noch ein paar Sitzungen, bevor du eine Reise mit ihr allein wagen kannst.«

»Es wäre eine gute Gelegenheit, um miteinander zu schlafen«, warf Alessandro ein.

»Das wäre ein Fehler«, erwiderte Francesco ungestüm und krampfhaft darum bemüht, seine Stimme unter Kontrolle zu halten.

»Aber sollten wir das nicht ein letztes Mal tun, um uns zu vergewissern, dass auch in dieser Hinsicht alles zu Ende ist?«

»Schon, aber ...«

»Früher oder später sollte ich also ...«

»Schon, aber besser später ... vertraue mir ...«, versicherte ihm Francesco und gab ihm einen Klaps auf die Schulter.

»Vielleicht hast du recht.« Alessandro versank wieder in Gedanken.

Francesco betrachtete ihn zufrieden.

»Na gut, dann nehme ich eben Emma mit nach Paris«, sagte Alessandro plötzlich, als habe er damit die perfekte Lösung gefunden.

»Wen nimmst du mit?«, fragte Francesco aufgeregt und verkrampfte sich auf seinem Stuhl.

»Emma!«

»Emma?«

»Ich hab's ihr versprochen. Wir haben einen kleinen Plan geschmiedet«, erwiderte Alessandro mit verträumtem Blick.

»Aber doch nicht mit Emma«, sagte Francesco, nach einem Ausweg suchend, der ihm nicht einfallen wollte. »Emma kann nicht, sie muss für die Schule arbeiten. Außerdem hat sie nicht einmal einen Reisepass.«

»Personalausweis genügt... Es wäre die Gelegenheit, mal zwei Tage gemeinsam zu verbringen, oder?«, erwiderte Alessandro immer überzeugter von seiner Idee.

»Was erzählst du da für eine Scheiße, du Idiot? Du wirst nirgendwo mit Emma hinfahren«, hätte Francesco ihm am liebsten ins Gesicht geschrien, stattdessen beschränkte er sich auf einen sehr viel milderen Rat.

»Ich bin nicht sicher, weißt du, vielleicht ist an diesem Punkt der Therapie doch Claudia besser«, versuchte er ihn umzustimmen, unschlüssig, ob es für ihn selbst ebenfalls besser so wäre.

Emma oder Claudia, Claudia oder Emma... die Entscheidung machte ihn fertig.

Die Ereignisse würden ihren Lauf nehmen, aber er wusste, dass er auf die ein oder andere Weise dazu beisteuern konnte, sie in eine Richtung zu lenken.

»Was soll ich jetzt mit diesen Fahrkarten machen? Soll ich mit Emma oder besser mit Claudia fahren?«, fragte Alessandro verwirrt.

Genau das war die Zwickmühle, in der er nun steckte. Schon allein die beiden Namen in einem Atemzug zu hören, verursachte Francesco Herzrasen.

Er begann zu zittern, auf den Lippen zu kauen, an den Nägeln zu knabbern, alles Zeichen einer wachsenden, nicht zu steuernden Nervosität.

»Es ist eine heikle Entscheidung... eine äußerst heikle Entscheidung... Wir sollten nichts übereilen«, sagte er und versuchte, die Kontrolle zu bewahren. »Lass uns nachdenken...«

Er erhob sich von seinem Sessel und ging in dem kleinen Raum auf und ab. Dabei sah er aus wie Dagobert Duck, der nicht weiß, wie er sich vor den Panzerknackern schützen soll, und nachdenkt und nachdenkt... »Grummel, grummel« hätten seine Gedanken gelautet, wenn man eine Sprechblase über seinen Kopf gemalt hätte.

Plötzlich kam ihm eine Idee.

»Diese Fahrkarten...«, begann er und faltete die Hände wie zum Gebet, »kann man die nicht einfach zurückgeben?«

Traurig schüttelte Alessandro den Kopf. Er stand auf und sagte mit leiser Stimme: »Nun ja, denken wir darüber nach.«

»Denken wir darüber nach...«, wiederholte Francesco und klopfte ihm auf den Rücken, während er ihn zur Tür begleitete.

Die beiden verabschiedeten sich einvernehmlich, und Francesco blieb gedankenversunken zurück. Instinktiv trat er ans Fenster und schaute hinaus. Nach ein paar Sekunden sah er Alessandro herauskommen. Er eilte zu seinem Motorrad auf der anderen Straßenseite, holte den Helm unter dem Sattel hervor, setzte ihn auf und fuhr los, vorsichtig, noch in Gedanken. Francesco erkannte das an seinem Fahrstil. Irgendwie verspürte er diesem Mann gegenüber ein schlechtes Gewissen. Er hätte gern auf das Gefühl verzichtet, es hätte ihm vieles erleichtert. Aber Francesco war ein aufrichtiger Mensch, und tief in seinem Inneren ermahnte ihn eine leise Stimme, dass Alessandro zwar versuchte, ihm die Tochter wegzuschnappen, er selbst ihm jedoch nur allzu gern die Frau ausgespannt hätte. Er blieb noch am Fenster stehen, nachdem Alessandro verschwunden war. Als sein Blick zurückwanderte, entdeckte er sie. Es war Donnerstag, und wie üblich ging Claudia auf den Markt zum Einkaufen.

Hastig schnappte er den Schlüssel, zog die Jacke über und rannte die Treppen hinunter, ohne den Aufzug auch nur in Erwägung zu ziehen. Bei jedem Treppenabsatz übersprang er, ungeachtet der Gefahr, sich dabei den Fuß zu verstauchen, die beiden untersten Stufen und sauste zur Tür hinaus.

Sobald er auf der Straße war, verlangsamte er den Schritt, so als sei er bereits seit einer Weile unterwegs, und bog unvermittelt nach rechts ab, wobei er vor sich hin pfiff. Er wollte, dass sie ihn überholte und grüßte, mit anderen Worten, es sollte alles ganz zufällig wirken.

Da Francesco sie nicht sah, verlangsamte er seinen Schritt noch mehr. In ein paar Sekunden musste sie ihn eingeholt haben. Er wurde noch langsamer, bis er beinahe auf der Stelle trat und eine völlig unnatürliche Haltung wie ein alter Mann annahm.

»Haben Sie auch Rückenprobleme, mein Lieber?«, fragte ihn der Inhaber der Wäscherei, der praktisch den ganzen Tag vor der Tür auf der Straße zubrachte, während seine Frau drinnen mit Bügeln beschäftigt war.

»Nein, ich geh nur langsam. Ich bin zu zeitig dran«, erklärte Francesco mit gequältem Lächeln.

Jetzt war es nur noch eine Frage von Sekunden: Claudia musste ihn jeden Moment überholen, aber sie war noch immer nicht zu sehen. Mit einem Mal kamen ihm Zweifel, und er drehte sich um: Sie war nicht mehr hinter ihm.

Panik ergriff ihn, als ihm klar wurde, dass sie in die einzige Gasse gebogen sein musste, an der sie vorbeigekommen waren. So machte er kehrt und begann zu rennen.

»Ich dachte, Sie seien zu zeitig dran?«, bemerkte der alte Herr, als er an ihm vorbeiflitzte.

Francesco lag bereits eine Antwort auf der Zunge, aber er verkniff sie sich.

Er bog in die Gasse ein und erblickte Claudia vor ihm, allerdings ein gutes Stück entfernt. Er rief sich seine Leichtathletik-Wettkämpfe aus der Schulzeit ins Gedächtnis, nahm allen Mut zusammen und legte einen Sprint hin, der ihn völlig außer Atem brachte, aber immerhin holte er sie ein.

»Claudia …«, keuchte er.

»Rennst du eigentlich immer so?«, fragte sie lächelnd.

»Nein, normalerweise nicht. Ich hatte gerade meinen letzten Patienten«, erklärte er, noch immer nach Luft schnappend.

»Hast du Lust, zum Einkaufen mit auf den Markt zu kommen?«, schlug sie vor.

»Warum nicht …«, erwiderte Francesco freudig und nutzte den kurzen Weg bis zum Markt, um Atmung und Herzschlag wieder auf ein normales Level herunterzuschrauben.

Claudia beobachtete ihn amüsiert. Er deutete eine entschuldigende Geste an, während er tief ein- und ausatmete.

Zwischen den Marktständen herrschte dichtes Gedränge. Die Krise war nicht zu leugnen, und oft wurde trotz all der Lockangebote und Schnäppchen um den Preis gefeilscht.

Vor allem die älteren Frauen beschwerten sich darüber, was dieselben Waren zu Zeiten der Lira gekostet hatten.

»Zwei Euro das Kilo? Ja, sind die verrückt? Das sind fast viertausend Lire!«, vernahm Francesco und musste grinsen. Dann sah er zu Claudia, die damit beschäftigt war, die besten Tomaten aus der Auslage herauszusuchen. Genau das hatte sie auch bei den Erdbeeren, den Äpfeln und Zucchini getan, die bereits in ihrem Beutel steckten.

Nach kurzer Zeit war das Gespräch wieder einmal auf Alessandro gekommen. Ein wenig lag es an Francesco, der das Thema angeschnitten hatte, ein wenig hatte er den Verdacht, dass sie gern über ihn sprach, da sie sich auf diese

Weise bei einem Fachmann Rat holen konnte, … der Alessandro obendrein seit Jahren kannte. Das stimmte zwar gar nicht, aber während der gemeinsamen Sitzungen mit ihm hatte sich Francesco ein einigermaßen genaues Bild von der Gefühlslage dieses Mannes machen können.

Wenn Claudia gewusst hätte, wie schwierig die ganze Situation für ihn war. Er versuchte, den Gedanken zu verdrängen und ihr so ehrlich wie möglich zu antworten.

»Alessandro ist davon überzeugt, dass ich ihn für einen Versager halte, weil er kein berühmter Architekt geworden ist«, sagte sie, während die Marktverkäuferin die San-Marzano-Tomaten wog, die sie mit viel Sorgfalt ausgewählt hatte.

»Und stimmt das?«, erkundigte sich Francesco.

»Nein, natürlich nicht.«

Francesco bemerkte die Aufrichtigkeit in ihren Worten.

»Das macht fast drei Kilo. Soll ich's so lassen?«, fragte die Frau hinter dem Marktstand.

»Ja, lassen Sie's nur so …«, erwiderte Claudia, »… im Gegenteil, ich schätze seine Arbeit sehr, die Art, wie er sich bemüht, den Anforderungen der anderen gerecht zu werden. Stell dir vor, seit einiger Zeit bleibt er sogar noch nach Ladenschluss im Büro«, sagte sie, während sie der Verkäuferin das Geld reichte.

»Ach so, er kommt also immer erst spät nach Hause«, erwiderte Francesco, der leider allzu gut die Gründe für diese Verspätung kannte.

»Ja, sehr spät.« Sie nahm das Wechselgeld und die Tomaten in Empfang, und sie gingen weiter.

»Fühlst du dich nicht vernachlässigt?«, bohrte er nach.

»Ich schenke dem keine Beachtung mehr«, antwortete Claudia achselzuckend, »allerdings hat er in letzter Zeit wieder angefangen, Dinge zu tun, die er schon lange nicht mehr getan hat.«

»Zum Beispiel?«

»Na ja ... so Kleinigkeiten, die jedoch sehr angenehm sind, als wolle er etwas zwischen uns wiederbeleben.«

Francesco dachte über ihre Worte nach. Einerseits freute es ihn, dass seine Methoden zu solch beachtlichen Ergebnissen führten, andererseits ...

»Hör mal, was hältst du davon, heute Abend zum Essen zu uns zu kommen?«, fragte ihn Claudia unvermittelt, während sie an einem weiteren Stand Zucchiniblüten auswählte.

Bei diesem Vorschlag verspürte Francesco gleichzeitig einen Anflug von Angst und Begeisterung. Er wusste nicht, was er davon halten sollte.

»Zu euch nach Hause?«, fragte er und schluckte.

»Ja, wieso nicht? Alessandro würde sich bestimmt freuen. Ich will ein Rezept ausprobieren, das ich neulich bei *Master-Chef* gesehen habe.«

»Ich weiß nicht ... aber ... vielleicht wäre es besser ...«, stammelte er, doch sie unterbrach ihn: »Nichts aber! Um neun. Wir erwarten dich. Via Lungara 124.«

Francesco verzog sein Gesicht zu einem Lächeln, das eher einem unfreiwilligen Reflex glich. Die Verwicklungen hatten ihren Höhepunkt erreicht, und er hatte keine Ahnung, wie er da hinausfinden sollte. Claudia ließ ihm keine Zeit zum Nachdenken und warf ihm zum Abschied eine Kusshand zu, bevor sie sich einen Weg durch die Menge bahnte.

Francesco blickte ihr hinterher, während Angst und Erregung in ihm wuchsen. Als Claudia zwischen den Ständen verschwunden war, atmete er tief durch. Er hatte über eine halbe Minute lang die Luft angehalten. Diese Einladung hatte ihn regelrecht außer Gefecht gesetzt.

Er kehrte in seine Praxis zurück. Es war Mittagszeit, aber der Hunger, der sich um diese Zeit sonst üblicherweise bei ihm bemerkbar machte, war verflogen.

Marta

Marta wusste, dass Liebe, wahre Liebe, gleichbedeutend ist mit Anteilnahme, im Guten und im Schlechten. Die Vorstufe ist die Akzeptanz des anderen, und noch ein Schritt davor die Bereitschaft zur Selbstkritik, um den Gefühlen Raum zu geben.

Sie befand sich in der zweiten Phase, Fabio dagegen noch in der ersten. Doch solange sie auf zwei verschiedenen Gleisen fuhren, würden sie eine gemeinsame Beziehung nur schwerlich zum Laufen bringen. Marta wollte nicht schon wieder eine Enttäuschung erleben, um sich anschließend auf unbestimmte Zeit mit Vorwürfen zu quälen, dies oder jenes unterlassen, oder noch schlimmer, wie im Fall von Patassini, die Zeichen missdeutet zu haben.

Fabio hatte die Kraft eines Hurrikans, und bekanntermaßen fegen Hurrikane alles fort. Sie versuchte, sich mitreißen zu lassen, doch die Windhose, die der junge Mann erzeugte, schien ringsum von einem Maschendraht umgeben zu sein, und jedes Mal, wenn Marta sich darauf stürzte, prallte sie gefährlich ab und wurde zurückgeworfen.

Es bedurfte eines Hurrikan-Experten, einer Person, die ihr – wieder einmal – die Richtung wies.

So ließ sie bereits am Nachmittag die Rollläden herunter und machte sich nachdenklich auf den Weg zur Praxis ihres Vaters.

Sie traf ihn in seiner typisch versunkenen Denkerhaltung

an: Er saß auf dem Drehstuhl, ein Bein auf dem Schreibtisch ausgestreckt, das andere im Fünfundvierzig-Grad-Winkel, ein Arm auf der Lehne, um den Kopf abzustützen, in der anderen Hand ein Bleistift, mit dem er sich über den Bart strich.

Immer wenn er diese Haltung einnahm, bedrückte ihn etwas. Nur war Marta in diesem Augenblick noch bedrückter als er und konnte daher nicht allzu viel Mitgefühl aufbringen.

»Hi, Papa ...«

»Hallo, Marta, was führt dich hierher?«

»Ich muss ein paar Dinge mit dir besprechen«, antwortete sie und streckte sich auf der Couch aus.

»Gehst du da bitte runter?«, ermahnte Francesco sie sogleich.

Da war nichts zu machen: Seine Töchter wurden von der Couch angezogen wie die Bären vom Honig, und je öfter er auf seinem »Widerspruch zum Berufsethos« beharrte, desto öfter legten sie sich dorthin.

»Komm schon, Papa, das eine Mal, ich bin müde«, sagte Marta.

Francesco schnaubte, gab seine Denkerpose auf und stellte seinen Stuhl neben die Couch.

»Nun?«

»Da ist einer, der mir gefällt ...«, begann Marta.

Diese Auftakte bereiteten ihm stets ein wenig Sorge, aber er unterbrach die Tochter nicht.

»... und ich habe herausgefunden, wer mir die Bücher stiehlt ... beziehungsweise gestohlen hat, er tut es nicht mehr ...«

»Ach, das ist doch eine gute Nachricht! Und hast du den Idioten angezeigt?«

»Nein.«

»Wieso nicht?«

»Weil er es ist, der mir gefällt«, gestand Marta wehmütig.

»Der Dieb?!«, rief Francesco entsetzt.

»Ja, aber er ist kein Dieb.«

»Er stiehlt, also ist er ein Dieb!«, widersprach Francesco vehement.

»Nur Libretti …«, verteidigte sie ihn.

»Und wieso kauft er sie nicht?«

»Er ist ziemlich arm«, versuchte Marta zu erklären.

Francesco seufzte und schüttelte den Kopf. Er hatte drei Töchter, und jede schlug sich mit Problemen herum, die er lösen sollte.

»Er könnte darauf verzichten, oder? Schließlich handelt es sich nicht gerade um Grundnahrungsmittel.«

»Für ihn schon, er ist taubstumm«, sagte Marta verlegen.

»Was ist er?«, fragte Francesco und meinte, nicht richtig verstanden zu haben.

»Besser gesagt, taub, so heißt es korrekt, von Geburt an«, wiederholte Marta beinahe stolz. Dann fuhr sie in vertraulicherem Ton fort: »Und ich möchte gern, dass du mir hilfst, ihn zu verstehen. Ich weiß nicht, wie ich mit ihm umgehen soll. Er ist schwierig, misstrauisch und sehr empfindlich. Er hat ein kompliziertes Gefühlsleben. Heute Abend gehen wir zusammen essen, aber wir haben uns gestritten …«

»Hör zu, Marta …«, unterbrach Francesco sie und versuchte, ruhig zu bleiben, »deine Schwester schleppt mir einen Fünfzigjährigen an, die andere ist lesbisch und will es jetzt urplötzlich mit Männern probieren, du verliebst dich in einen Dieb, der noch dazu taub, stumm und überempfindlich ist. Weißt du, was ich dazu zu sagen habe …«, rief er, »dass es mir auf den Sack geht, den modernen Vater zu spielen, der immer nachsichtig sein, immer helfen, immer verständnisvoll sein soll. Und was ist mit mir? Wer versteht mich? Hm? Ein

Vater muss ein Vater sein, nicht ein Freund. Wann begreift ihr das endlich? Ich werde dir nicht helfen, weil ich mit diesem Kerl nicht einverstanden bin, genauso wenig wie mit diesem Schriftsteller, dem Jongleur oder dem Maler von der Via del Pellegrino. So, jetzt habt ihr auch einen Vater, über den ihr euch aufregen könnt. Bist du jetzt zufrieden?«

Sie hatte es geahnt, dass er ihr wieder mit ihren alten Liebschaften kam, aber diesmal war es alles andere als witzig.

»Vielen Dank auch, Papa… echt, vielen Dank«, sagte Marta, erhob sich von der Couch und verließ, die Tür ins Schloss schmeißend, die Praxis.

Francesco vermochte sie nicht aufzuhalten. Er begriff sofort, dass es diesmal nicht eine ihrer üblichen Auseinandersetzungen war, und obwohl er sich im Recht fühlte, bereute er sofort, die Beherrschung verloren zu haben. Der Punkt war, dass *jeder* von ihnen seine eigenen Probleme hatte, und solange sie nicht anfingen, diese zu lösen, würde die allgemeine Gereiztheit weiter über dem Normalpegel bleiben.

Mit Tränen in den Augen trat Marta aus der Tür, weniger wegen der Worte des Vaters, die größtenteils gerechtfertigt waren, als vielmehr wegen seiner übertriebenen Reaktion, die ziemlich eindeutig auf einen während all der Jahre angestauten, nun zum Ausbruch kommenden Frust hindeutete. Es schmerzte sie, dass ihr scheinbar stets besonnener Vater, der alle Entscheidungen mit so offenkundiger Klarheit zu treffen in der Lage war, die Beherrschung verloren hatte. Allerdings bestand ein noch größeres Problem für sie momentan darin, wie sie Fabio begegnen sollte, damit der Abend perfekt würde. Sie brauchte einen Schlüssel, um seinen Panzer zu öffnen, und sie hätte diesen gern mithilfe von Francesco gefunden, aber dazu war es nicht gekommen. Daher blieb ihr nichts weiter übrig, als sich wie gewohnt auf ihren Instinkt zu verlassen.

Sie ging nach Hause und machte sich zurecht. Eine Stunde später war sie bereits wieder unterwegs. Es war noch viel zu früh für die Verabredung, aber sie wollte Francesco nicht noch einmal über den Weg laufen. Deshalb kehrte sie in die Buchhandlung zurück und schloss die Rollläden hinter sich. Sie suchte in den Regalen nach etwas, das ihr die Wartezeit versüßen würde, und wählte schließlich die Erzählungen von Raymond Carver. Seine Figuren waren oft schweigsam, und Marta hoffte, in ihrem Verhalten ein paar Anregungen zu finden, die ihr den Umgang mit Fabio erleichtern würden. Literatur war ihre Zuflucht, ihre Rettung, der Ort, an dem sich Antworten finden ließen; sie kam jedoch immer an zweiter Stelle nach dem Vater. In ihren Augen wusste Francesco mehr als die großen Autoren, doch an diesem Abend musste sie sich mit Carvers Minimalismus zufriedengeben.

Ihre Wahl war nicht besonders glücklich. Als sie die Buchhandlung gegen zwanzig vor acht verließ, lag ihr die Angst noch schwerer im Magen als zuvor. Die Figuren der Erzählungen waren so lebendig und hautnah geschildert, dass sie sich vollkommen mit ihnen identifiziert hatte. Die zerbrechenden Beziehungen oder die schlecht verhohlenen, jegliche Liebe zerstörenden Heimlichkeiten hatten sie zutiefst mitgenommen. Vielleicht hätte sie lieber was von Woody Allen lesen sollen, um sich für ihr Date zu wappnen, doch inzwischen lagen die Karten ohnehin auf dem Tisch. Sie schwang sich auf ihr Moped und fuhr los, um Fabio abzuholen. Wie in einem Film spulte sie den Abend in Gedanken ab, versuchte, sich Handlungen und Reaktionen auszumalen. Vor allem nahm sie sich vor, für den Fall, dass er erneut zu spät kommen würde, diesmal seinen Erwartungen zu entsprechen und sauer zu reagieren. Aber wie sauer sollte sie werden? Sie durfte es nicht übertreiben, denn das könnte er ihr übel nehmen und sie einfach stehen lassen. Sie würde einfach leicht gereizt reagieren, ein paar Minuten lang eine Schnute ziehen und ihm dann verzeihen. Das genügte.

Sie kam um eine Minute nach acht, Fabio war bereits da. Sie lächelte ihm zu, er lächelte zurück. Sie reichte ihm den Helm, er setzte ihn auf und nahm hinter ihr auf dem Moped Platz. Er hielt sich an ihr fest, schloss die Augen und ließ sich vom Fahrtwind streicheln.

Alles begann recht vielversprechend, sie hoffte nur, dass es so bleiben würde.

Emma

Es sollte der perfekte Abend werden, ein Abend, den sie ihr Leben lang nicht vergessen würden, denn manche Gelegenheiten durfte man sich nicht entgehen lassen. War der Zug erst einmal abgefahren, war es zu spät, und die entscheidenden Wendungen, die dem Leben eine andere Richtung verleihen können, sollte man niemals aus dem Blick verlieren.

Das waren natürlich bloße Redensarten, Sprüche, doch nun würde Emma es am eigenen Leib erfahren. Genau wie Alessandro.

Alles schien wie an einem ihrer üblichen Ikea-Abende zu sein. Das Geschäft war geschlossen und leer, Emma saß an einem der ausgestellten Schreibtische zum Lernen, Alessandro deckte ganz in ihrer Nähe den Tisch für zwei. Nur, dass sie wusste … er dagegen nicht. Besser gesagt, er wusste, dass es eine Überraschung geben würde, aber natürlich hatte er keine Ahnung, was für eine.

Vielleicht war deshalb das ganze Drumherum anders als sonst, geschmackvoller, heimeliger, romantischer. Lavendelfarbene Kerzen auf goldenen Kerzenständern, getrocknete Blütenblätter als Tischdekoration … Natürlich alles Marke Ikea, genau wie der Lachs und die berühmten Fleischbällchen. Es war eher die Vorstellung, die der Atmosphäre etwas Bezauberndes verlieh.

Emma saß über ihren Laptop gebeugt und sah immer wieder verstohlen zu Alessandro hinüber. Er pfiff nicht, was sonst immer ein untrügliches Signal für seine gute Laune war, aber egal. Der aufgeklappte Laptop verbarg sie ein wenig vor seinen Blicken, denn in Wahrheit war sie gar nicht mit Lernen beschäftigt, sondern hantierte mit einigen Blättern.

»Was lernst du da eigentlich, du bist so still?«, erkundigte er sich, während er die Servietten an ihren Platz legte.

»Was? Äh, Kartografie …«, antwortete sie ein wenig überrascht, wobei sie sorgfältig einen Stadtplan zu falten versuchte.

»Kartografie? Ist das ein Prüfungsfach?« Seine Stimme klang misstrauisch.

»Ja, bei der praktischen Prüfung …«, improvisierte Emma.

»Aber du legst doch gar keine praktische Prüfung ab.«

»Sei mal leise, du bringst mich ganz aus dem Konzept«, gab sie zurück.

In Wahrheit war der Stadtplan Teil des Geschenks, das Emma für Alessandro vorbereitet hatte.

»Beeil dich, das Essen ist gleich fertig«, ermahnte er sie.

»Bin schon fertig«, sagte sie und trat lächelnd, mit zwei Päckchen in der Hand, auf ihn zu: »Hier, die sind für dich.«

Alessandro strahlte und musste daran denken, wie lange es her war, dass eine Frau ihm eine Überraschung bereitet hatte.

»Für mich? Wie das?«, fragte er.

»Mach schon auf«, drängelte sie.

Alessandro lächelte amüsiert, damit hatte er nicht gerechnet. Er nahm ein Päckchen und schüttelte es, wog es in der Hand und klopfte schließlich sogar darauf.

Ungeduldig beobachtete Emma ihn, dann riss er endlich die Verpackung auf. Darin lag ein Stadtplan von Paris.

Alessandro faltete ihn auseinander.

»Ein Plan von Paris … schön … und all diese Kreise?«, fragte er.

Über die ganze Stadt verteilt waren Filzstiftkringel eingezeichnet.

»Schau genau hin«, sagte Emma.

»Quartier Latin, Flohmarkt in Marais ...«, las er.

»Es sind die Orte, die wir gemeinsam besuchen werden, Liebling, von denen du mir so viel erzählt hast«, erklärte sie und küsste ihn zärtlich.

»Natürlich, mein Schatz ... wenn wir hinfahren ...«, sagte er ein wenig verunsichert.

»Du hast mir versprochen, dass es bald sein wird, oder?«

»Ja, sehr bald«, antwortete er mit einem gezwungenen Lächeln, das Emma jedoch entging, da Alessandro, um die Verlegenheit zu überspielen, sich daranmachte, das zweite Päckchen zu öffnen.

»Und was ist das?«, fragte er, nachdem er einen weißen Briefumschlag zutage gefördert hatte.

Emma rutschte auf ihrem Stuhl hin und her. Voller Spannung rieb sie sich die Hände, ohne dabei den Blick von Alessandro abzuwenden.

Er betrachtete aufmerksam den Umschlag. Auf der Rückseite war eine Adresse: »Ikea, zu Händen des Personalleiters«.

Alessandro lachte, aber er war verwirrt und aufgeregt. Er öffnete den Umschlag, zog das Blatt heraus und begann zu lesen.

Emma musterte ihn nervös und sah, wie sein Lächeln erstarb.

Fassunglos sah er zu ihr auf.

»Emma, dieser Brief enthält mein Kündigungsschreiben. Was hat das zu bedeuten?«, fragte er mit unsicherer Stimme.

»Es bedeutet genau das, was du gerade gelesen hast: Es ist deine Kündigung. Der Brief, den du morgen deinem Personalleiter geben wirst. Liebling, du bist Architekt ... ein großer Architekt. Es wird Zeit, dich wieder ins Spiel zu bringen, ernsthaft ins Spiel zu bringen …«, sagte sie.

»Das meinst du nicht ernst, oder?«, fragte er verlegen.

»Ich habe mir schon alles genau überlegt. Nach dem Abi nehmen wir uns ein Jahr Auszeit und schauen uns alle großen Bauten in Europa an. Alessandro, du musst dich neu inspirieren lassen.«

»Emma, mein Schatz …«, versuchte er ihren Redeeifer zu stoppen.

»Ich will, dass du wieder anfängst zu träumen, zu entwerfen, große Dinge zu bauen … all die Brücken und Häuser, die du im Kopf hast … von wegen Calatrava. Weißt du, was mein größter Traum ist? Dass diese verdammte Brücke über die Meerenge von Messina, wenn sie irgendwann eingeweiht wird, deinen Namen trägt. Was meinst du, Liebling?«, beendete sie ihr rasendes Liebesbekenntnis.

Mit offenem Mund starrte Alessandro sie an, während ihm tausend Gedanken durch den Kopf schwirrten. Aber angesichts ihres Eifers sank ihm der Mut, und ihm fehlten die richtigen Worte, um ihre Träume zu bremsen.

»Eine großartige Idee, mein Engel … aber ein bisschen kompliziert«, erwiderte er mit einer Mischung aus Wehmut und Traurigkeit, wenn er an all die niemals zu verwirklichenden Dinge und die Enttäuschung dachte, die er Emma bereiten würde, aber gleichzeitig freute er sich über die bedingungslose Liebe, die sie ihm entgegenbrachte. Am liebsten hätte er geweint, doch er beherrschte sich.

»Das ist doch scheißegal! Wir haben noch das ganze Leben vor uns!«, rief sie, schmiss sich ihm an den Hals und küsste ihn leidenschaftlich.

Innerhalb weniger Sekunden befanden sie sich auf einem der Betten in der riesigen Halle und schliefen miteinander.

Alessandro gab sein Bestes, aber diesmal war es schwer, die Erwartungen nicht zu enttäuschen. Der Satz: »Wir haben noch das ganze Leben vor uns!«, hallte in seinem Kopf wider. Diese schlichte, wahre und unschuldige Feststellung nötigte ihn, sich vor Augen zu führen, welch unterschiedliche Perspektiven sie eigentlich hatten.

Während des Abendessens sprach Emma von Paris, von ihrer gemeinsamen Zukunft und seinem neuen Erfolg als Architekt. Alessandro tat, als pflichte er ihr in allem bei. Der heikelste Augenblick war überstanden, wenn auch mit Mühe. Sich noch ein paar weitere Stunden lang zu verstellen war leichter als gedacht.

Von Freude erfüllt kehrte Emma nach Hause zurück, glücklich über die Aussicht, alles mit einem Schlag verändern zu können, doch ohne sich darüber im Klaren zu sein, dass plötzliche Veränderungen zwar für den einen von Vorteil sein mögen, bisweilen aber zu Lasten des andern gehen. Alessandro fand keinen Schlaf in dieser Nacht. Er fühlte sich schuldig. Zum ersten Mal, seit er Emma kannte, hatte er Angst, ihr wehzutun.

Sara

Beim Gedanken an den kommenden Abend hatte Sara ein merkwürdiges Gefühl, und zwar ein gutes. Sie versuchte, sich zu erinnern, ob sie es auch verspürt hatte, bevor sie mit all den Freunden von Marta ausgegangen war, aber sie glaubte es eigentlich nicht, dachte vielmehr, dass sie nie so heiter und zuversichtlich gewesen war. Zu der Begegnung mit Luca war es zufällig und vollkommen unerwartet gekommen, und das genügte, um die Angst, sich mit einem Mann zu treffen, auf Distanz zu halten.

Zu Mittag hatten sie einen Teller Nudeln in einer kleinen Trattoria am Fuß des Gianicolo gegessen. Sara hatte Wasser und Cola bestellt und auf den guten Castelli-Wein verzichtet, um alkoholbedingte Unpässlichkeiten zu vermeiden.

Luca schien echt in Ordnung zu sein, und sie setzte alles daran, damit er den gleichen Eindruck von ihr gewann.

Es war acht Uhr. Emma war ihr begegnet, als sie gerade loswollte: Abendessen bei Ikea; Marta hatte angerufen: Abendessen beim Japaner. Sie selbst war gespannt, aber guter Dinge. Drei Schwestern, drei verschiedene Orte, drei unterschiedliche Männer. In der Hoffnung, dass es für alle gleichermaßen enden würde: gut.

Sara hatte einen Minirock und eine bunte Bluse ausgewählt, aber im letzten Augenblick bemerkt, dass ein Knopf fehlte. So hatte sie Nadel und Faden hervorgekramt und versuchte nun, ihn sachgerecht wieder anzunähen, wobei ihre größte Sorge der Gefahr galt, sich in den Finger zu stechen. Nadeln und Blut jagten ihr Angst ein. Bereits eine kleine Verletzung, ein bisschen Blut, ließen sie ohnmächtig werden. Da sie weder mit dem Kopf auf den Boden aufschlagen noch die Bluse mit Blut besudeln wollte, ging sie mit äußerster Vorsicht zu Werke.

Sie hörte, wie die Wohnungstür aufging.

Es war Francesco.

»Hallo Papa …« Sie lächelte ihn an.

Francesco antwortete nicht. Er fühlte sich erschöpft, von seinen Patienten und wegen des Streits mit Marta. Er entledigte sich seiner Jacke wie einer lästigen Bürde, warf sie zusammen mit der Aktentasche aufs Sofa und begrüßte die Tochter mit einer kraftlosen Handbewegung.

Eifrig fuhr Sara mit ihrer Näharbeit fort, der Knopf schien an der richtigen Stelle zu sitzen.

»Du glaubst es nicht, aber heute habe ich einen Typen kennengelernt, der mir gefällt«, sagte sie.

»Warum sollte ich es nicht glauben?«, fragte Francesco zerstreut und nahm in seinem Lieblingssessel Platz.

»Weil er mir, obwohl er ein Mann ist, echt richtig gefällt! Es war so eine Art Wink des Schicksals … Keine Ahnung, so ein Typ, mit dem du auf Anhieb kannst. Heute Abend gehen wir zusammen aus, was sagst du dazu?«, fragte sie und hielt ihm die Bluse hin, an der noch die Nadel hing.

Francesco nickte mit unbeteiligter Miene, dann löste er den Knoten der Krawatte, nahm sie ab und knöpfte das Hemd auf.

»Was ist los, Papa?«, fragte Sara, die merkte, dass etwas nicht stimmte.

»Nichts, ich hatte eine Auseinandersetzung mit deiner Schwester.«

»Oh Mann … immer noch diese Geschichte mit Alessandro?«

»Ich hab mich mit Marta gestritten.«

Sara sah ihn erstaunt an. Er und Marta stritten eigentlich nie. Selbst früher, als sie noch klein gewesen war. Die beiden hatten ein ganz besonderes Verhältnis, waren immer im Einklang: Sie verstand ihn auf Anhieb, er ließ ihr alles durchgehen. Es musste etwas Ernstes vorgefallen sein, oder aber er war extrem gestresst. Sara bohrte nicht nach, sondern wartete erst einmal ab, ob er das Bedürfnis hatte, darüber zu reden.

»Sie hat mir von ihrem neuen Freund erzählt«, sagte er mit müder Stimme. »Er ist taub, stumm, ein Dieb und obendrein arm … und sie wollte, dass ich das Ganze auch noch gutheiße!«

Sara begriff, wie viele Nerven ihn dieser Streit gekostet hatte, und versuchte, ihn aufzuheitern.

»Freust du dich gar nicht, dass deine Töchter immer noch deiner Zustimmung bedürfen?«, fragte sie mit sanfter, verständnisvoller Stimme. »Es stimmt zwar, wir sind echt eine Katastrophe, setzen uns dauernd in die Nesseln oder bauen irgendwelchen Mist und haben keine Ahnung, was eigentlich aus uns werden soll. Dennoch glaube ich, dass viele Väter sich alle zehn Finger danach lecken würden, drei Töchter zu haben, die ihren Vater wirklich brauchen. Stell dir vor, wie es wäre, wenn wir dich nie fragen und immer alles allein regeln würden.« Sara deutete ein Schulterzucken an, eine Geste des Bedauerns angesichts der soeben erwähnten, noch nicht eingetretenen Möglichkeit, als spüre sie die Traurigkeit, die Francesco eines Tages, wenn die Familie ihn verlassen hatte, überkommen würde.

Francesco schien ganz ähnlich zu empfinden. Er kniff die Augen zusammen, in denen bereits Tränen standen, atmete tief durch, um die Fassung zurückzugewinnen. Wenn er geweint hätte, wäre es sicher heilsam gewesen, aber er durfte keine Schwäche zeigen, solange seine Töchter noch seine Unterstützung brauchten. Er war ihr Bezugspunkt, und zusammenzubrechen war gleichbedeutend damit, sich aus der Verantwortung zu stehlen, zu scheitern.

So lächelte er seiner Tochter zu, was ihn zwar einige Anstrengung kostete, ihn aber wieder ins Lot brachte.

»Ist sie schon weg?«, fragte er, auf Marta Bezug nehmend.

»Ja, ins Cikutei, zum Japaner. Sie war ziemlich aufgeregt«, antwortete Sara.

Francesco erhob sich rasch und sauste ins Bad.

»Was hast du vor?«, fragte sie erstaunt. »Ist alles okay mit dir?«

Als Antwort bekam sie das Rauschen der Dusche zu hören. Kaum fünf Minuten später erschien er wieder im Wohnzimmer, frisch gekleidet und duftend.

»Ich wusste gar nicht, dass mein Vater in Wahrheit Superman ist«, bemerkte Sara mit einem Grinsen in Anspielung auf den raschen Kleiderwechsel.

»Liegt daran, dass es kaum noch Telefonzellen gibt«, erwiderte er ebenfalls grinsend, bevor er in die Küche verschwand.

»Weiß oder rot?«, fragte er mit zwei Flaschen Wein in der Hand.

»Um dich zu betrinken, ist der rote besser«, frotzelte sie und schnitt endlich den Faden an ihrer Bluse ab.

»Ich bin zum Abendessen bei der Frau mit Hund«, sagte er.

»Super!«, jubelte sie.

»Alessandro wird auch dabei sein.«

Sara riss die Augen auf und verzog den Mund, als wollte sie sagen: »Pass auf dich auf, Papa.«

Francesco küsste die Tochter, die ihn stürmisch umarmte. Dann öffnete er die Wohnungstür.

»Wie heißt der Kerl, den du kennengelernt hast?«, fragte er bereits auf der Schwelle.

»Luca«, antwortete sie strahlend.

»Wenn ich dir einen Rat geben darf, und zwar nicht als Psychoanalytiker, mach's nicht gleich am ersten Abend.«

»Papa!«, rief Sara, halb amüsiert, halb verlegen.

»Wir Jungs ...«, fuhr Francesco fort, »verwechseln bisweilen Begeisterung mit Leichtfertigkeit. Wir amüsieren uns, und das war's dann. Schönen Abend noch.« Er zwinkerte ihr zu und verschwand.

»Dir auch«, rief Sara, obwohl die Tür bereits ins Schloss gefallen war. Sie sah auf die Uhr, auch für sie war es Zeit zu gehen.

Der Abend verlief ganz anders als die vorhergehenden. Luca sprach nicht über Astrophysik, von der sie kein Wort verstand, er nahm keine unnatürliche, seine Männlichkeit in Mitleidenschaft ziehende Haltung ein, er redete nicht die ganze Zeit und erwartete von ihr kein »Ah, ja« oder »Natürlich!«, er stellte keine besonderen Ansprüche an die Wahl des Restaurants, seine Sprache war nicht völlig geschliffen, und selbstverständlich teilte er die Nachspeise mit ihr, wobei nach der Geschichte mit dem Orangensaft ohnehin damit zu rechnen gewesen war; die Rechnung wollte unbedingt er bezahlen, aber sie protestierte, und so machten sie halbe-halbe.

Der nächtliche Spaziergang war so angenehm wie seit ihrer Zeit in New York nicht mehr. Der Circus Maximus erschien ihr wie der Central Park, und der Tiber erinnerte sie an den Hudson River. Gruppen junger Leute saßen draußen vor den Bars, andere lümmelten sich auf den Sitzen der in Reihen parkenden Mopeds, während Pärchen mittleren Alters plaudernd und Arm in Arm durch die Straßen schlenderten oder Alte auf ihren Stock gestützt auf einem Plastikstuhl vor dem Hauseingang saßen, als sei das Stadtzentrum Roms ein kleines Dorf, in dem man sich zu einem Plausch auf der Piazza trifft.

Lachend und scherzend erreichten sie Saras Wohnung. Es war ein warmer, windstiller Abend, und das Leben erschien ihr wunderbar, ein Gefühl, das durch die beiden Flaschen Wein, die sie gemeinsam geleert hatten, noch verstärkt wurde.

Es war Zeit, sich zu verabschieden ... oder einen weiteren Schritt zu wagen.

»Ich wohne hier«, erklärte sie ein wenig beklommen.

»Schön ... und jetzt?«, fragte er hoffnungsvoll.

»Und jetzt ...?«, wiederholte Sara, besorgt, das Falsche sagen und alles verderben zu können.

»Und jetzt ..?«, gab Luca das Echo erneut zurück, als sei das Ganze ein Spiel. Sara schwieg einen Augenblick, bevor sie ungehemmt und rundheraus das aussprach, was ihr gerade durch den Kopf ging: »Am liebsten würde ich dich heraufbitten und es gleich mit dir machen.« Bei diesem Geständnis riss der junge Mann die Augen auf und sah Sara erstaunt, aber gleichzeitig belustigt an. Sara fuhr fort: »... aber da mein Psychoanalytiker sagt, dass ihr Typen nahezu allesamt Idioten seid, machen wir's beim nächsten Mal.«

Luca brach in Gelächter aus. Zärtlich schloss er Sara in die Arme und küsste sie leidenschaftlich.

»Gut, in dem Fall also besser bis zum nächsten Mal«, raunte er ihr zu.

Lächelnd befreite sie sich aus seiner Umarmung und eilte nach Hause. Sie dachte an diesen Kuss, den ersten echten Kuss von einem Mann, der ihr im Grunde gut gefiel. »Riesenschritte«, sagte sie mit lauter Stimme, beinahe ohne es zu merken. Luca war völlig anders: weder typisch Mann noch typisch Junge, sondern einfach ein Mensch mit Plänen, auf der Suche nach etwas, nach einer Identität oder gar nach einer Liebe … vielleicht nach so jemandem wie sie.

Francesco

Am Ende hatte er sich für den Chianti entschieden, denn es war ja dieser Flasche zu verdanken, dass er im Supermarkt zum ersten Mal mit ihr ins Gespräch gekommen war. Francesco fuhr knapp über der zugelassenen Höchstgeschwindigkeit, allerdings lag Claudias Wohnung genau in der entgegengesetzten Richtung. Zuvor hatte er nämlich noch etwas zu erledigen: Er wollte zu Marta.

Saras Worte hatten ins Schwarze getroffen. Fast zwanzig Jahre lang hatte er drei Töchter allein großgezogen und ein Verhältnis zu ihnen entwickelt, von dem viele Familienväter nur träumen konnten. Weshalb stellte er dieses Bündnis, ihre Vertrautheit jetzt in Frage? War er es wirklich leid, sich ihre Probleme anzuhören und ihnen beim Lösen derselben zu helfen? Er hatte über die Angelegenheit nachgedacht und am Ende eingesehen, dass der Grund für seine Wut und seine Frustration die bedingungslose Liebe war, die er ihnen entgegenbrachte. Wenn es Probleme gab – und meist erwuchsen sie aus Beziehungen –, so riss er sich ein Bein aus, um sie zu lösen, und erteilte oft wichtige Ratschläge. Tatsächlich erwachten dann oft Besitzansprüche und Eifersucht in ihm. Marta, Sara und Emma waren die Frauen seines Lebens, und sie wegen eines anderen leiden zu sehen verstärkte seinen Beschützerinstinkt. Er wollte sie nicht ein Leben lang für sich haben, sondern wünschte sich vor allem, dass sie *glücklich* waren.

Deswegen platzte ihm hin und wieder der Kragen, weil er nicht begreifen konnte, dass seine drei Mädchen keine stabile, dauerhafte und sorglose Beziehung mit jemandem einzugehen in der Lage waren, sei es mit einer Frau oder einem Mann … oder zumindest nicht mit einem, der dreißig Jahre älter war oder taubstumm oder ein Egoist oder Dieb oder bereits verheiratet.

Auch er hatte seine Probleme, das drängendste von allen hatte einen löffelbiskuitfarbenen Hund und einen Mann, der gleichzeitig sein Patient und der Geliebte seiner jüngsten Tochter war.

»Egal, immer eins nach dem andern«, sagte er sich. Er parkte den Wagen vor dem japanischen Restaurant und trat beherzt ein. Das Lokal war durchgehend in fernöstlichem Stil gehalten, mit elfenbeinfarbenen Reliefs an den Wänden, großen farbigen Vasen, stoffbespannten Decken, hinter denen sich das Mauerwerk verbarg, großen, Schattenspiele erzeugenden Drehlampen und Unmengen an Kerzen in den Wandnischen, die für eine gedämpfte Atmosphäre sorgten. In dem eher einer Lounge ähnelnden Teil konnte man barfuß speisen; man saß auf Kissen, die über eine große, bis zu zwanzig Personen Platz bietende Tatami verteilt waren.

Marta beobachtete, wie Fabio die Speisekarte studierte, während sie so tat, als schaue sie in ihre. Er fühlte sich unwohl, das spürte sie. Das war offenbar nicht die Art von Lokal, in die er normalerweise ging.

Bereits kurz zuvor, als der Kellner an ihren Tisch gekommen war, um zu fragen, ob sie einen Aperitif wünschten, war er geradezu in Panik geraten. Er hatte dessen Lippenbewegungen nicht erkennen können und mit hilfesuchender, verzweifelter Miene zu Marta geblickt.

Nachdem sie zwei Gläser Weißwein bestellt hatte, beschwichtigte sie ihn und erklärte ihm, was der Kellner gesagt hatte.

Marta wirkte nach außen hin ruhig und gelassen, aber innerlich betete sie, dass alles gut laufen möge, und versuchte, die Anspannung abzuschütteln.

Als sie Francesco das Restaurant betreten und auf sie zukommen sah, wäre sie um ein Haar aufgesprungen.

Der Vater blieb hinter Fabio stehen, der ihn nicht bemerkte, zumal er in die Speisekarte vertieft war. Marta war wie versteinert, denn sie befürchtete, Francesco sei gekommen, um ihr in aller Öffentlichkeit, noch dazu vor Fabio, eine Szene zu machen.

»Beruhige dich, Liebling, lies einfach weiter, damit er nichts merkt«, raunte ihr der Vater stattdessen mit einem Lächeln zu.

Und in diesem Lächeln erkannte Marta die bedingungslose Liebe, die sie im Lauf der Jahre von ihm erfahren hatte. Rasch senkte sie den Blick. Francesco begann im Schutz des Halbdunkels und bestärkt durch die Tatsache, dass Fabio ihn weder sehen noch hören konnte, zu sprechen.

»Du wolltest wissen, wie du dich verhalten sollst? Ganz normal. Sei genervt, wenn er dir auf die Nerven geht, halte ihm seine Fehler vor, wenn er Fehler begeht, und sei nicht überfürsorglich«, riet ihr Francesco.

Als Fabio von der Speisekarte aufsah, setzte Marta ein Lächeln auf, darum bemüht, sich ihre Anspannung nicht anmerken zu lassen. Erneut senkte sie den Blick und lauschte gespannt auf die Worte ihres Vaters.

»Sie neigen zu Ängstlichkeit und Nervosität, vor allem, wenn sie etwas nicht verstehen«, fuhr Francesco heftig gestikulierend fort. »Sie sind lieber mit anderen Gehörlosen zusammen. Wer hören kann, ist oft nicht in der Lage, ihre Probleme zu begreifen. Du hast ihn in ein schönes, romantisches Lokal ausgeführt, doch für ihn ist es lediglich ein düsterer Ort, wo es fast unmöglich ist, die Lippenbewegungen der anderen zu erkennen. Kurz gesagt, behandle ihn nicht wie einen Gehörlosen, aber vergiss nicht, dass er einer ist«, endete er.

Marta war von seinen Worten beeindruckt. Sie sah zu Fabio, der noch immer mit der Auswahl der Gerichte beschäftigt war und lautlos die Lippen bewegte, als würde er sich selbst vorlesen.

Marta lächelte den Vater an, der ihr eine Kusshand zuwarf. Bevor er ging, raunte er ihr zum Abschied zu: »Einen schönen Abend noch, mein Liebling.«

Marta entspannte sich. Fabio hatte nichts gemerkt.

Zufrieden verließ Francesco das japanische Restaurant. Jetzt hatte er sein seelisches Gleichgewicht zurückgewonnen und war bereit, sich seinem wichtigsten persönlichen Kampf zu stellen, dem um Claudia.

Er fand einen Parkplatz am Ende der Via Garibaldi, nahm die Weinflasche, warf einen Blick in den Rückspiegel und eilte zur Haustür.

Als Claudias Stimme aus der Sprechanlage ertönte, begannen seine Beine zu zittern. Langsam stieg er die vier Treppenabsätze hinauf. Er stand vor der hölzernen Wohnungstür und wollte gerade klingeln, als Claudia ihm zuvorkam und die Tür aufmachte: »Hallo! Herzlich willkommen, tritt ein«, sagte sie strahlend.

Francesco begrüßte sie verlegen und reichte ihr die Flasche Wein.

»Soll ich sie in den Kühlschrank legen … oder vielleicht besser in die Waschmaschine? Weißt du, für Feinwäsche …«, bemerkte sie scherzhaft und brachte ihn in die Küche. Francesco lachte über die Anspielung, obwohl er noch immer ein wenig verkrampft war. Er nahm auf dem Ledersofa Platz und sah sich um.

In der Mitte des Raumes lag ein Perserteppich. In einer Glasvitrine stand Nippes und Geschirr, über einem braunen Sideboard hing ein Plasmabildschirm. Alles in klassischem Stil gehalten, nicht übertrieben schick. Doch jemand fehlte …

»Leider ist Alessandro durch die Arbeit aufgehalten worden«, kam Claudia seiner Frage zuvor, als könne sie Gedanken lesen.

Francesco verzog ungehalten das Gesicht. Er wusste nur zu gut, was für eine *Arbeit* ihn aufgehalten hatte.

»… aber er kommt später dazu«, beendete Claudia den Satz.

»Ich frage mich gerade, wo eigentlich dein Hund ist«, wechselte Francesco das Thema.

»Ich-liebe-dich? Er schläft auf dem Balkon. Hast du Hunger?«, fragte sie.

Francesco nickte und erhob sich vom Sofa. In Wahrheit schnürte es ihm den Magen zu, und er fühlte sich vollkommen fehl am Platz.

Zu Beginn des Essens fühlte er sich ein wenig gehemmt. Er war schon einmal mit ihr allein gewesen, und das Eis war inzwischen so gut wie gebrochen, aber er brauchte Zeit, um zu entspannen, in Fahrt zu kommen und ungezwungen drauflos zu reden. Natürlich verschwieg er die Sache mit Alessandro, wohl wissend, dass er weder eine Patientin noch eine alte Bekannte vor sich hatte, sondern die Frau, in die er verliebt war – mit allen Komplikationen, die damit einhergingen.

Während ihrer bisherigen Begegnungen hatte in erster Linie Claudia gesprochen, an diesem Abend schien dagegen er an der Reihe zu sein. Und so begann er alles von Anfang an zu erzählen, seit er sich plötzlich in der Rolle des Hausmanns und Alleinerziehers zweier lebhafter Mädchen und eines kleinen Babys wiedergefunden hatte.

Claudia unterbrach ihn nicht. Erst nach einem fast zwanzigminütigen Monolog fragte sie ihn erstaunt: »Echt keine einzige Geschichte seit eurer Trennung?«

»Na ja, anfangs dachte ich noch, Ilaria würde zurückkehren, das Ganze sei nur eine Phase und wir würden irgendwann zusammen alt werden. Dann verging die Zeit, und ich habe mich daran gewöhnt, allein zu sein, allein mit drei Töchtern. Ich wollte ganz für sie da sein und hielt deshalb andere Frauen auf Abstand.«

Die Teller auf dem Tisch waren bis auf ein paar Reste leer gegessen, in der Weinflasche war noch ein letzter Schluck zum Anstoßen. »Ja, hallo«, mimte er mit Daumen und kleinem Finger ein Telefongespräch, »Sara hat heute leider Fieber bekommen, lass uns für nächste Woche verabreden, du weißt gar nicht, wie leid es mir tut, dass ich nicht mit zum Essen bei deinen Freunden kommen kann, aber Marta hat morgen Führerscheinprüfung, und ich habe ihr versprochen, nach der Arbeit noch ein bisschen mit ihr üben zu gehen ... Allerdings habe ich mir die meisten Ausreden ausgedacht, um nicht hingehen, mich auf nichts einlassen zu müssen«, gestand Francesco.

»Sei ehrlich, du hast es deshalb getan, weil du als Kenner der menschlichen Seele genau weißt, dass ein derart um seine Töchter bemühter Vater jede Frau um den Verstand bringt«, sagte Claudia belustigt.

»Meinst du?«

»Garantiert«, erwiderte sie augenzwinkernd.

Es folgte ein vieldeutiger Blick, der Francesco in Verlegenheit brachte. Hastig sah er auf die Uhr.

»Oh, wenn wir beide einmal anfangen zu plaudern …«, begann er.

»… vergeht die Zeit wie im Flug«, beendete sie den Satz.

Francesco erhob sich, sichtlich in Bedrängnis, während Claudia sitzen blieb. Aus ihren kaum geschminkten Augen sprachen Zärtlichkeit und Vertraulichkeit.

»Also, ich geh dann mal …«, versuchte er, sich aus der Affäre zu ziehen.

»Zwei Aspirin und ein Glas warme Milch, das hilft«, sagte Claudia belustigt.

Francesco verschlug es einen Augenblick lang die Sprache.

»Vermutlich hat Marta Fieber, wo du schon so zeitig gehst«, stichelte sie gespielt bissig.

Francesco wusste nicht, was er antworten sollte. Reglos und sichtlich verlegen starrte er sie an.

Dann erhob auch sie sich, und einen Moment waren sie sich gefährlich nahe.

»Komm schon, war nur ein Scherz«, sagte sie, »danke, dass du mir Gesellschaft geleistet hast.« Sie lächelte und drückte ihm zum Abschied zwei Küsse auf die Wange.

Sanft fasste Francesco sie an den Schultern und verließ die Wohnung mit einem wehmütigen Lächeln, wie jemand, der nicht tut, was sein Herz ihm rät, obschon er die Möglichkeit dazu hätte.

Auf dem Heimweg fuhr er langsam, ließ das Radio ausgeschaltet, tausend Gedanken kreisten in seinem Kopf. Er war nicht sicher, ob er sich eine Gelegenheit hatte entgehen lassen, oder ob er das Bestmögliche getan hatte, um jenes Gleichgewicht zu wahren, das er sich im Lauf der Jahre so mühsam erarbeitet hatte und auf das er so stolz war. Zunächst einmal musste er begreifen, welche Rolle Emma bei der ganzen Sache spielte. Was geschah gerade zwischen ihr und Alessandro?

Hätte Francesco sich auf Claudias Schmeicheleien eingelassen, wäre damit vermutlich das Ende ihrer Ehe besiegelt gewesen und Alessandro und Emma hätten freie Bahn gehabt. Doch so? Würde Claudia, nachdem sie sich in gewisser Weise abgewiesen fühlte, an die Seite ihres Mannes zurückkehren? Und wie würde Alessandro auf die von Francesco auferlegte Stoßtherapie reagieren? Was würde Emma sagen, wenn am Ende alles herauskäme?

Francesco nahm den einzigen freien Parkplatz, den er in der Nähe des Hauses fand, während ihn innerlich große Zweifel plagten. Er sah auf die Uhr: Mitternacht. Aber eigentlich hatte er keine Lust, schon hinaufzugehen. Er sah Sara, die gerade die Tür öffnete. Sie wirkte geradezu … euphorisch.

»Wie war's?«, fragte er sie.

Sara drehte sich um, und als sie den Vater erkannte, breitete sich ein Lächeln auf ihrem Gesicht aus.

»Nein, sag nichts«, sagte er, noch ehe sie das Wort ergreifen konnte, »die Geschichte über den ersten Mann, der meine Tochter derart zum Strahlen bringt, muss gebührend gewürdigt werden. Gehen wir ein Bierchen trinken?«

Sie nickte, und sie suchten eine Bar auf. Danach schlenderten sie ein wenig herum und nahmen schließlich auf den Stufen der Giordano-Bruno-Statue Platz. Sara hatte dem Vater alles über ihren Abend mit Luca erzählt.

»Und am Ende habe ich deinen Rat befolgt und ihn nicht hinaufgebeten«, sagte sie mit einem Augenzwinkern.

»Gut gemacht«, antwortete er zufrieden und fügte rasch hinzu: »Nicht, dass du denkst, ich sei eifersüchtig, es ist nur eine ernste Angelegenheit. So ist es auf jeden Fall besser. Glaube mir.«

Sara grinste.

»Und du? Wie ist es bei dir gelaufen?«

»Gut. Das Abendessen war phantastisch.«

»Dummkopf«, witzelte sie, »bist du verliebt?«

»Woher soll ich das wissen.«

»Was? Das musst du doch wissen!«

»Wer kann sich schon daran erinnern, wie es ist, verliebt zu sein«, sagte Francesco und nahm einen Schluck Bier.

Sara lächelte, und einen Moment lang empfand sie tiefes Mitleid mit ihm und hätte ihn gern fest in die Arme geschlossen, aber sie befürchtete, dass sie dann beide in Tränen ausgebrochen wären. Sie überlegte, wie sie ihn aufheitern könnte.

»Also erkläre ich dir jetzt, wie das ist, wo ich doch noch ein halbwegs gutes Gedächtnis habe.«

Francesco lehnte sich bequem zurück und blickte die Tochter mit dem sicheren Gefühl an, diesen Augenblick niemals zu vergessen.

»Nimm zum Beispiel den da«, begann Sara, auf einen jungen Mann deutend.

»Der da lang läuft?«

»Genau… und die dort, die gerade ins Taxi steigt.« Sie zeigte auf eine Frau.

»Ja, und?«, fragte er zweifelnd.

»So siehst du sie normalerweise. Wenn man verliebt ist, verändert sich alles. Zuerst musst du die Musik wahrnehmen.«

»Welche Musik?«

»Die Liebesmusik… Sie begleitet dich ständig. Sie ist eine Art Soundtrack bei allem, was du tust, und allem, was du siehst. Schließ die Augen«, befahl Sara.

Francesco gehorchte.

»Du müsstest jetzt eigentlich die Gitarre hören und dazu eine wunderbare Stimme. Los, konzentriere dich. Kannst du sie hören?«

Francesco lächelte und beschloss mitzuspielen.

»Ich glaub schon … ja, ja, ich höre sie«, antwortete er.

»Gut. Jetzt setzt das Schlagzeug ein. Konzentriere dich, und wenn du so weit bist, schlag die Augen auf.«

Francesco wartete einige Sekunden. Dann sah er sich um, während er Saras Stimme lauschte.

»… die da nimmt nicht einfach ein Taxi, sondern fährt zum Flughafen, zu ihm, um ihm zu sagen, wie sehr sie ihn liebt, denn das hat sie ihm noch nicht gesagt, und sie will es unbedingt tun, bevor er nach Südafrika aufbricht. Und der dort ist nicht nur irgendeiner, der gerade dort entlangläuft, sondern er ist auf dem Weg zu seiner Freundin, die auf ihn wartet und glaubt, dass er nicht mehr kommt, weil sie gestritten haben«, erklärte Sara vollkommen in ihrem Element.

»Aber er ist im Vorteil«, scherzte Francesco, auf den jungen Mann deutend, »denn er hat Kopfhörer auf.«

»Solche Musik geht natürlich auch, andernfalls musst du sie in deinem Inneren hören. Eine Melodie, die dir in den Kopf kommt und dich nicht mehr loslässt, so dass alles ringsum eine andere Tönung, einen anderen Beigeschmack bekommt. Und, bist du nun verliebt?«, fragte sie hoffnungsvoll.

»Nein«, antwortete Francesco nach kurzem Zögern.

Sara sah ihn zweifelnd und leicht enttäuscht an.

»Sagen wir so, es freut mich, wenn sie mir von ihren Neurosen erzählt, und über meine lacht. Ich höre ihr gern zu, bin gern mit ihr zusammen. Und wenn ich das Haus verlasse, hoffe ich immer, ihr zu begegnen. Und heute Abend habe ich mich sehr wohl gefühlt. Das ist alles.«

»Das ist alles?«, lächelte Sara.

»Das ist alles«, wiederholte er und nahm einen großen Schluck Bier.

»Besser als nichts, oder?«, meinte sie und trank den Rest aus.

Als Vater und Tochter sich ansahen, wichen all die vielen Worte einer Musik, und diesmal hörten sie sie beide und wussten, dass der andere sie ebenfalls hörte. Sie verließen den Platz, über dem sich der Sternenhimmel wölbte, während in der Ferne jemand den Refrain eines römischen Liedes sang und die Melodie ihnen ein Lächeln entlockte. Als sie die Wohnung betraten, umgab sie noch immer ein Hauch der Verbundenheit, die nichts und niemand jemals würde zerstören können.

Emma

Der Juni war gekommen, mit seinen Sorgen, Hoffnungen und der noch allzu fernen Verheißung des Urlaubs mit ihren Freundinnen. Die Hitze war jedoch schon da, und in den Klassenzimmern und Fluren sah man Flip-Flops, kurze Hosen und leichte Röcke. Sommer war immer gleichbedeutend mit Meer, aber in diesem Jahr mussten erst einmal die Prüfungen geschafft werden ... was darauf hinauslief, bis Mitte Juli zu ackern.

Emma hoffte auf Alessandro: Ein Wochenende in Paris würde ihr genügend Kraft verleihen, diese endlosen anderthalb Monate zu überstehen. Sie hatten es schon so lange geplant, und er schien noch begeisterter zu sein als sie. »Drei Tage und vor allem zwei ganze Nächte mit dir zusammen, Liebling«, hatte er mehr als einmal zu ihr gesagt. Nun war die Zeit reif, und Emma rechnete von Tag zu Tag damit. Am Abend zuvor hatte sie ihm mit dem Stadtplan von Paris eine schöne Vorlage geliefert, ganz zu schweigen von dem Kündigungsschreiben. Ein neuer Lebensabschnitt lag vor ihr, sie spürte es ganz deutlich, und wenn sie daran dachte, konnte sie es kaum erwarten. Das einzige Problem war, wie sie es ihrem Vater beibringen sollte. Er schien sich damit abgefunden zu haben, dass sie sich regelmäßig mit Alessandro traf, aber mit ihm ein ganzes Wochenende in der romantischsten Stadt der Welt zu verbringen, war etwas ganz anderes. Während also die Italienischlehrerin die Gründe für Cesare

Paveses Suizid zu erläutern versuchte, dachte Emma darüber nach, wie sie Francesco die Neuigkeit am besten verklickern konnte. Sie spielte tausend Szenen, die Reaktionen und Folgen im Kopf durch, bis sie plötzlich das Gefühl bekam, sie müsse in dem engen Klassenraum ersticken, und darum bat, auf die Toilette gehen zu dürfen. Im Flur trat sie ans Fenster. Das mittägliche Rom war vom üblichen geschäftigen Treiben erfüllt, Scharen von Fußgängern durchkreuzten den niemals abreißenden Verkehrsfluss.

Sie sah auf die Uhr, gleich zwölf. Noch zwei Stunden Kunstgeschichte würde sie nicht überstehen, nicht heute, mit all dem Adrenalin im Körper und den Sorgen um die ungewisse Zukunft.

Als es endlich klingelte, meldete sie sich ab und verließ den Klassenraum. Das war einer der Vorteile, wenn man volljährig war.

Sie holte den Rucksack, schloss das Fahrrad auf, das an einem Laternenpfahl vor der Schule lehnte, und fuhr in aller Ruhe nach Hause. An der frischen Luft fühlte sie sich gleich etwas besser. Sie versuchte, das Problem zu analysieren, und zwischen einem dröhnenden Moped und einem hastigen Fußgänger, der um ein Haar überfahren worden wäre, kam sie zu dem Schluss, am besten gleich mit dem Vater zu reden und Nägel mit Köpfen zu machen.

Emma benutzte ihr Rad immer erst im Frühling. Normalerweise fuhr sie mit dem Bus zur Schule, manchmal nahm Francesco sie im Auto mit. Zwischen all den Möchtegern-Schuhmachers und wegen des rutschigen Kopfsteinpflasters war sie immer ein wenig ängstlich, obwohl sie inzwischen einen Weg durch Einbahnstraßen und über Gehwege für sich ausfindig gemacht hatte.

Sie erreichte den Campo de' Fiori. Die Anspannung, die sie

kurz zuvor in der Schule verspürt hatte, war inzwischen mindestens doppelt so stark. Ihr lag zu viel an dieser Reise, als dass sie ernsthafte Einwände auch nur in Erwägung ziehen wollte. Vielleicht würde ihr Vater ein wenig die Nase rümpfen, aufbrausen, wütend oder ungehalten werden, aber am Ende gab er den Forderungen der Töchter nach, und die Anspannung legte sich. Und wenn es diesmal anders war? Wenn er sich dagegen sträubte? Während ihr all diese Zweifel durch den Kopf gingen, erreichte sie die Praxis. Ein paar Meter vor der Haustür stieg sie vom Rad und blieb wie angewurzelt stehen. Vor ihr parkte Alessandros Motorrad, und ein Stück weiter stand Alessandro höchstpersönlich und sah hinauf zu Francescos Fenster. Ihr Vater blickte jedoch nicht hinunter, sondern trat ein paar Sekunden später aus der Tür. Er hielt Alessandros Helm in der Hand und überreichte ihm diesen, wobei sie sich angrinsten wie alte Freunde. Dann klopften sie sich gegenseitig auf die Schulter und verabschiedeten sich. Francesco ging in Richtung Bar, so zumindest Emmas Vermutung, Alessandro ließ den Motor an und fuhr gemächlich davon. Keiner der beiden hatte sie bemerkt.

Emma war fassungslos. Alessandro hatte ihr eine Stunde zuvor geschrieben, er sei bei der Arbeit, mit einem großen Auftrag beschäftigt, und stattdessen war er hier, vor der Praxis ihres Vaters … aber weshalb?

Emma wartete, bis Francesco um die Ecke gebogen war, bevor sie ins Haus stürzte. Das Fahrrad ließ sie an die Hauswand gelehnt stehen, ohne es abzuschließen. Sie betrat das tagsüber stets geöffnete Wartezimmer, schloss das Sprechzimmer auf, zu dem alle drei Töchter einen eigenen Schlüssel hatten, und schaute sich um: der altbekannte, schlichte Büroraum mit Couch, Schreibtisch und Aktenschrank. Eben auf diesen richtete Emma ihre Aufmerksamkeit. Die Patientenakten ihres Vaters waren streng alphabetisch geordnet, und es bedurfte nur eines Augenblicks, um sich Gewissheit zu verschaffen: Alessandro hatte eine eigene Akte, aus gelbem Karton wie alle andern. Emma war ratlos und perplex. Sie setzte sich auf Francescos Stuhl und schlug sie auf. Sie enthielt nur zwei Blätter, aber abgesehen von Alessandros Namen, der mehrfach auftauchte, waren nur die verschiedenen Sitzungstermine darauf notiert, sonst nichts. Innerhalb von zehn Tagen hatten sie sich sage und schreibe fünf Mal getroffen: ein Rekord-Patient!

Emmas Herz klopfte wild. Die beiden wichtigsten Männer ihres Lebens hatten ihr Vertrauen missbraucht. Sie hatten sich heimlich getroffen … und warum? Das war nicht schwer zu erraten, da der Vater gebrochene Herzen heilte. Bestimmt war es eine seiner Machenschaften, um Alessandros Ehe zu retten und ihn von ihr abzubringen. Aber weshalb hatte Alessandro ihr nichts davon erzählt?

Sie tat die Krankenakte an ihren Platz zurück, schloss ab und verließ wütend die Praxis. Als sie aus dem Haus trat, traute sie ihren Augen nicht: Das Fahrrad war verschwunden. Sie schaute sich um, aber bemerkte nichts Auffälliges. Es war zwecklos, irgendeinen Ladenbesitzer zu fragen. Blöd, es nicht abzuschließen, aber sie war so überrascht gewesen, Alessandro hier anzutreffen; jedenfalls würde sie ihm das Rad in Rechnung stellen. Ihnen beiden.

Ohne sich entmutigen zu lassen, schlug sie den Weg zum Corso Vittorio ein. Mit dem Bus und zwei-, dreimal Umsteigen würde sie ihr Ziel erreichen. Es war fast eins, aber Ikea hatte durchgehend geöffnet.

Emma brauchte eine ganze Stunde, bis sie da war. An der Via Anagnina stieg sie aus und eilte in das gelb-blaue Gebäude.

Diesmal brauchte sie keine Magnetkarte, sie kam als Kundin, am helllichten Tag. Sie passierte den komplizierten Parcours durch Schlafzimmer und Küchen, bis sie Alessandro entdeckte, der vor mehreren PCs hockte. Entschlossen ging Emma auf ihn zu und packte ihn ohne ein Wort der Begrüßung am Arm, so dass er erschrocken zusammenfuhr. Auf der Suche nach einer ungestörten Ecke zog sie ihn hinter sich her, während er sie die ganze Zeit »Liebling« nannte und nicht begriff, was los war.

In einem kleinen, kaum zwanzig Quadratmeter großen Raum, geschützt vor eindringlichen Blicken, hielt Emma endlich inne.

»Liebling«, wiederholte er sanft.

»Weshalb hast du mir nicht erzählt, dass du zu meinem Vater gehst?«, fragte sie erbost.

»...dass ich wohin gehe?«, wiederholte Alessandro, als falle er aus allen Wolken.

»Das weißt du genau«, erwiderte sie barsch.

Sie hatte die Arme verschränkt und blickte ihn finster an, und in diesem Augenblick wurde ihm klar, dass es zwecklos war, sich weiter zu verstellen.

»Na ja, ich hab dir nichts erzählt, wegen ... wegen des Berufsgeheimnisses«, versuchte er sich herauszureden.

»Das Berufsgeheimnis betrifft ihn, nicht dich«, konterte Emma.

»Schon gut, ... also ... es schien mir einfach unangebracht ....«, rechtfertigte er sich und versuchte, das Ganze herunterzuspielen.

»Ah, du gehst in Therapie, um die Beziehung zu deiner Frau wieder hinzubiegen, und es scheint dir unangebracht, mir das mitzuteilen?«, schrie sie nunmehr außer sich.

Alessandro sah sich verlegen um. Ein Kollege, der vorbeikam, erkundigte sich durch ein Zeichen, ob alles okay sei, Alessandro lächelte und schob Emma in eine noch abgelegenere Ecke.

»Nein, nein … nicht wieder hinbiegen … Was glaubst du denn? Genau das Gegenteil ist der Fall, ich will gar nichts hinbiegen, das weißt du doch. Zwischen Claudia und mir ist es so gut wie aus«, sagte er mit leiser, beschwichtigender Stimme.

»Und wozu brauchst du dann eine Therapie?!«, schrie Emma.

»Eben um mir bewusst zu machen, dass zwischen mir und ihr alles zu Ende ist, Liebling«, versuchte Alessandro sie zu überzeugen.

Eine ältere Frau wollte an ihnen vorbei in ein kleines Badezimmer, doch Emma und Alessandro versperrten ihr den Weg. Grimmig sah Emma sie an, ging in den kleinen Raum und zog Alessandro hinter sich her.

»Besetzt! Suchen Sie sich ein anderes!«, rief sie der Frau zu, die die Augen aufriss und entrüstet, aber ohne einen Ton zu sagen, davoneilte.

Der Ausstellungsraum, in den Emma und Alessandro sich zurückgezogen hatten, verfügte über mehrere Ausgänge, und sie waren von Weitem gut zu erkennen – vor allem Alessandro, dessen Frau Claudia das Geschäft betreten hatte, um ihn zu suchen – und ihm zu danken. An diesem Morgen hatte Alessandro zwei Tickets mit ihren Namen auf dem Küchentisch zurückgelassen. Er wollte mit ihr nach Paris fahren.

Als Claudia aufgewacht war, war sie allein gewesen, und kaum hatte sie die Überraschung entdeckt, schlug ihr Herz vor Aufregung schneller. Wie lange war so etwas nicht mehr vorgekommen, und wie lange schon hatte Alessandro sich nicht mehr so eifrig bemüht gezeigt. Deshalb hatte sie sich zurechtgemacht und war losgezogen, um ihn zu überraschen. Suchend blickte sie sich um und sah, dass er mit einem jungen Mädchen sprach. Da sie glaubte, es handle sich um eine Kundin, trat sie fröhlich lächelnd näher.

Indes legte Alessandro die Hände um Emmas Gesicht und sagte: »Ich bin dabei, Schluss zu machen, aber es ist nicht so einfach, Liebling.«

»Wirklich?«, fragte sie mit Tränen in den Augen.

»Ja …«, erwiderte er zögernd. Um seinen Worten größere Glaubwürdigkeit zu verleihen, drückte er ihr, noch ehe sie widersprechen konnte, einen zärtlichen Kuss auf die Lippen.

Wenige Meter von ihnen entfernt blieb Claudia wie angewurzelt stehen.

Alessandro löste sich von Emmas Lippen. Als er sich umsah und in unmittelbarer Nähe Claudia erblickte, traf ihn beinahe der Schlag. Hastig zog er die Hände zurück, doch es war zu spät.

Emma drehte sich ebenfalls um, und der Blick, den sie mit Claudia wechselte, bedurfte keiner weiteren Erklärung.

Die Frau kam auf sie zu.

»Ich wollte mich eigentlich für die Paris-Reise bedanken, aber wie es scheint, habe ich den falschen Zeitpunkt gewählt«, bemerkte sie kühl.

»Wolltest du nicht mit mir nach Paris fahren?«, fragte Emma mechanisch.

»Mit ihr? Die ist doch gerade mal zwanzig«, flüsterte Claudia entgeistert, als fehle ihr die Kraft zum Sprechen.

»Schön, dass du mit ihr Schluss machen wolltest«, schrie Emma, wieder ganz der Hitzkopf.

»Mit ihr Schluss machen?«, wiederholte Claudia benommen.

Emma war kurz davor, in Tränen auszubrechen. Das war zu viel für sie. Sie hatte ihr gesamtes Leben, all ihre Erwartungen und Träume auf diesen Mann gesetzt, und er hatte sie verraten und alles zerstört. Er war bloß ein Lügner, genau wie ihr Vater.

»Du widerst mich an«, sagte sie, während sie gegen die aufsteigenden Tränen ankämpfte. Sie wandte sich zum Gehen.

Nach kaum zehn Schritten drehte sie sich noch einmal um und brüllte: »Ich bin übrigens achtzehn!«

Dann eilte sie davon.

Sie hörte die Frau rufen: »Halt den Mund!«, offensichtlich an Alessandro gerichtet, der noch immer irgendwelche Entschuldigungen hervorzubringen versuchte. Aber Emma drehte sich nicht noch einmal um.

Als sie um die Ecke gebogen war, begann sie zu rennen. In der leichten Brise dieses frühen Nachmittags konnte sie endlich die Anspannung lösen und den Tränen freien Lauf lassen. Sie ließ sich auf einer Bank außerhalb des Verkaufsgeländes nieder und blieb dort über eine Stunde sitzen.

Ihr wurde klar, dass ihr Luftschloss zusammengebrochen war, und die Wut gewann Oberhand über die Enttäuschung. Energisch erhob sie sich und fuhr mit dem Bus zurück.

Anderthalb Stunden später platzte Emma, ohne anzuklopfen, bei Francesco in die Praxis. Eine schlanke, durchtrainierte Frau um die vierzig, dezent geschminkt und mit wilder blonder Lockenmähne, lag ausgestreckt auf der Couch. Francesco saß neben ihr und machte sich Notizen.

»Emma!«, rief er.

»Ich muss mit dir sprechen«, sagte sie, sichtlich erregt.

»Geht grade nicht, ich bin beschäftigt«, erwiderte er, auf die Patientin deutend.

»Ich habe ein ernsthaftes Problem.«

»Ich habe ebenfalls ein ernsthaftes Problem«, mischte sich die Frau ein.

Emma sah ihr in die Augen: »Ihr Mann nimmt Sie in letzter Zeit anders wahr, widmet Ihnen weniger Aufmerksamkeit, und auch mit dem Sex klappt es nicht mehr so wie früher. Deshalb gehen Sie jeden Tag ins Fitnesscenter, schmieren sich mit Antifaltencreme ein, lassen sich massieren, kaufen immer kürzere Kleider und Schuhe mit immer höheren Absätzen. Wenn ich Ihnen einen Rat geben darf: Sparen Sie sich das Geld. Er hat vermutlich eine deutlich jüngere Geliebte, und glauben Sie mir, bei einer Zwanzigjährigen stehen Sie immer auf verlorenem Posten, oder zumindest fast immer.« Dann fuhr sie mit einem Seitenblick zum Vater fort: »Geben Sie's also auf, vögeln Sie mit Ihrem Personal Trainer, und Sie werden sehen, dass es Ihnen besser geht. Und jetzt, wenn Sie nichts dagegen haben …« Sie deutete zur Tür.

Die Frau verdrehte die Augen und blickte zu Francesco, der zu nichts weiter imstande war, als ein Lächeln aufzusetzen. Dann erhob sie sich von der Couch, nahm ihre Tasche und verließ die Praxis. Emma schloss die Tür hinter ihr, bevor sie noch etwas sagen konnte.

»Du wusstest, wie viel er mir bedeutet«, ging Emma sofort zum Angriff über.

»Ich wusste, dass es ein Fehler war«, rechtfertigte sich Francesco seufzend.

Gleich als sie eingetreten war, hatte er begriffen, dass die Wahrheit ans Licht gekommen war.

»Aber wieso wolltest du seine Ehe retten? Was spielte das für eine Rolle?«

»Weil es mein Job ist …«, sagte Francesco.

»Ist es auch dein Job, das Leben deiner Tochter zu zerstören?«, schrie Emma aufgebracht, stürmte hinaus und schmiss die Tür hinter sich zu.

Sie rannte auf die Straße. Sie verspürte eine nie gekannte Wut im Bauch, holte tief Luft und versuchte, sich zu beruhigen. Als sie zur Piazza Farnese kam, hielt sie inne. Neben dem Brunnen stand ein Fahrrad, das genauso aussah wie ihres. Emma traute ihren Augen nicht. Ungläubig ging sie darauf zu und erkannte, dass es tatsächlich ihr Fahrrad war. Mit lila Farbe hatte sie ihren Namen auf den Rahmen gesprüht. Sie wollte es gerade nehmen, als eine Stimme sie zusammenzucken ließ:

»He, Süße, das ist meins!«

Es war ein junger Mann mit langen Rastalocken, einem Bier in der einen und einer Zigarette, oder vermutlich eher einem Joint, in der anderen Hand. Er kam mit drohender Gebärde näher.

Innerhalb von zwei Sekunden ließ Emma den Tag Revue passieren: Schule, Alessandros Krankenakte, fast drei Stunden Busfahrt, Claudias Auftritt, die zerbrochene Liebe, der Streit mit dem Vater …

»Meinst du etwa das Fahrrad?«, kreischte sie ihn wie eine Gestörte an.

Der junge Mann blieb stehen.

»Heißt du Emma? Da steht Emma drauf«, schrie sie außer sich.

»Hör zu, Süße …«, sagte er betont lässig.

»Leck mich am Arsch!«, brüllte sie und versetzte ihm einen derart heftigen Stoß, dass er samt Bier und Joint im Brunnen landete.

Emma durchbohrte ihn mit ihrem Blick, was dem jungen Mann nicht entging, denn er watete durch das Brunnenbecken und kletterte auf der anderen Seite hinaus.

Emma schwang sich auf den Sattel und fädelte sich in den Verkehr.

Das Fahrrad war wieder aufgetaucht, die Liebe verschwunden. Allmählich wich die Wut dem Kummer.

Sara

Saras Zimmer sah aus wie die Backstage einer Modenschau. Im Schrank hingen nur noch ein paar Bügel, und der gesamte Inhalt verteilte sich über das Bett, türmte sich zu Bergen, überall waren einzelne Schuhe verstreut, bunte Shirts und Blusen lagen an den unmöglichsten Stellen. Seit über einer Stunde war sie dabei, sich zurechtzumachen, und hatte immer noch nicht entschieden, was sie anziehen sollte. Schließlich war das vielleicht der Abend, der ihr *neues Leben* besiegeln würde, und sie wollte keine zufällige Wahl treffen: Alles musste perfekt sein … nur dass sie sich noch immer vorkam wie auf dem weiten Meer, ohne Rettung in Sicht.

Sie betrachtete sich im Spiegel, drehte sich, als sei sie auf dem Laufsteg, wog ab, dann stand sie wieder in Slip und BH da, startete einen neuen Versuch. Auf der einen Seite stapelte sie die brauchbaren Teile, auf der andern Seite die, die völlig daneben waren, in einer Ecke landete all das, was sie wegschmeißen würde: altes Zeug, zu klein oder aus der Mode gekommen. »Sollen sich die Möwen darum zanken«, wie ihre Großmutter gesagt hätte.

Es war gleich acht, sie hatte nicht mehr viel Zeit.

Sara schnaubte. Warum war sie nur so unentschlossen! Während sie die Tage zuvor unbeirrt das geeignetste Outfit gewählt hatte, wusste sie diesmal einfach nicht weiter. Sie wollte nicht zu flippig aussehen, aber auch nicht zu brav.

»Was machst du da?«, fragte Marta, die plötzlich zur Tür hereinschaute.

»Mann, hast du mich erschreckt!«

»Fabio hat mich zu sich nach Hause eingeladen«, sagte die Schwester lächelnd und trat ein.

»Dann ist gestern Abend also doch noch alles gut gelaufen«, bemerkte Sara, während sie sich ein weiteres Mal auszog.

»Bestens. Papa ist ins Restaurant gekommen, er war so lieb.« Marta schaufelte sich zwischen den Kleiderstapeln einen Platz auf dem Bett frei.

»Ich freue mich so, Luca hat mich ebenfalls zu sich nach Hause eingeladen: ein romantisches Abendessen«, sagte Sara augenzwinkernd.

»Bist du bereit?«, fragte Marta.

»Nein, ich bin aufgeregt«, gestand die Schwester unverhohlen.

»Und weshalb?«

»Marta! Ich hatte noch nie was mit einem Mann!«

»Überlasse einfach alles ihm, dann kannst du nichts falsch machen.« Marta grinste.

»Okay, und wie ist das mit dem Licht? Soll ich ihn bitten, es auszuschalten?«, erkundigte sich Sara besorgt. »Das hier steht mir ganz gut.« Sie drehte sich in einem knielangen, flaschengrünen Kleid einmal um sich selbst.

»Hm … zu eng an den Hüften. Weiß nicht, manche mögen es lieber an, manche lieber aus«, antwortete Marta.

»Vielleicht hast du recht. Und was ist mit Musik? Bei einer Frau lege ich normalerweise gleich was auf, wenn sie reinkommt«, sagte Sara, die einmal mehr in Unterwäsche dastand.

»Diesmal wird er sie auflegen, schließlich trefft ihr euch

bei ihm. Und wenn nicht, belasse es einfach dabei. Was hältst du von den Jeans?« Marta deutete auf ein paar zusammengelegte Hosen auf dem Bett.

»Zu weit ... Okay, dann nehme ich ihn an die Hand und führe ihn ins Schlafzimmer ... oder besser aufs Sofa? Einer Frau würde ich intensiv in die Augen schauen und anfangen, sie auszuziehen.«

»Diesmal lässt du dich zum Bett oder zum Sofa führen und lässt *ihn* dich ausziehen«, sagte Marta kopfschüttelnd.

»Gut, aber vielleicht sollte ich meine Lippen auf seine drücken, ihn anschauen und ihm sagen, dass er verdammt gut aussieht, ihm das Gesicht, den Nacken streicheln ... Wie findest du das hier?«, fragte Sara und zog das Kleid hervor, das sie an dem gemeinsamen Abend mit Roberto getragen hatte.

»Ich finde, es steht dir super: Nimm einfach das, sonst kommst du nicht mehr rechtzeitig los. Aber vergiss alles andere und überlass ihm die Initiative.«

»Verdammt, darf ich denn gar nichts machen? Ganz schön langweilig, mit einem Mann ins Bett zu gehen«, beschwerte sich Sara, während sie in das Kleid schlüpfte.

»Denk heute einfach mal dran, ganz Frau zu sein. Du siehst übrigens umwerfend aus: elegant, prickelnd und echt sexy«, sagte Marta und erhob sich mit vielsagendem Grinsen.

Sara lächelte: »Ich hab dich lieb.«

»Ich dich auch«, erwiderte Marta, »aber jetzt sause ich los, sonst komme ich zu spät.«

Als sie allein war, verbrachte Sara weitere zwei Minuten damit, sich im Spiegel zu betrachten.

Dann begutachtete sie das Ausmaß des von ihr veranstalteten Chaos und erspähte zwischen den überall herumliegenden Klamotten ihre Cargohose. Sie war versehentlich auf dem Haufen mit den aussortierten Sachen gelandet. In einem Anflug von Nostalgie nahm sie die Hose und legte sie sorgfältig gefaltet zurück in den Schrank.

»Man kann nie wissen«, sagte sie laut. Erneut betrachtete sie eingehend ihr Spiegelbild, ohne länger vor der Qual der Wahl zu stehen. Nun war sie eine Frau wie jede andere und durchaus nicht sicher, ob sie sich so gefiel. Sie konnte sich nicht von dem neuen Anblick losreißen, schien darin versunken. Das Summen einer Mücke holte sie zurück in die Realität. Mit einer Handbewegung verscheuchte sie das Insekt und die letzten Zweifel und begab sich ins Bad.

Die verbleibende Viertelstunde wurde zu einem Wettkampf gegen die Zeit: schminken, frisieren, noch mal schnell aufs Klo. Zwanzig Minuten später war sie bei Luca.

Der junge Mann trug lange Jeans, Flip-Flops und ein enges T-Shirt, das seine wohlgeformten, aber nicht übertrieben ausgebildeten Muskeln zur Geltung brachte.

Sara fühlte sich ein wenig unwohl. Sie schaute sich um. Zu ihrer Linken befand sich ein Schränkchen mit eingebautem Fernseher und Flachbildschirm, davor stand ein Sofa, dahinter lag die Küche, sie war knallrot. In einer Ecke des Wohnbereiches erblickte sie ein Holzgestell, ähnlich einem Fahrradständer, in dem zwei Surfboards steckten. Außerdem bemerkte Sara zwei Türen, eine zum Bad, eine zum Schlafzimmer.

»Die nehme ich immer mit, wenn ich in Fregene bin«, kam Luca ihrer Frage zuvor und deutete auf die Surfboards. »Bist du schon mal da gewesen?«

»Wir sind früher oft nach Santa Marinella gefahren, mein Vater hat ein Haus da«, sagte sie.

»Setz dich doch«, forderte er sie lächelnd auf. »Santa Marinella ist ein Stück weiter rauf, aber dort gibt es auch schöne Strände zum Surfen. Kennst du den von Banzai?«

Sara schüttelte den Kopf.

»Du fühlst dich nicht richtig wohl, stimmt's?«, fragte er amüsiert.

»Nein, nein, es ist nur ...«, versuchte sie sich herauszureden, aber er ließ ihr keine Zeit, sondern beugte sich zu ihr hinab und küsste sie. Im ersten Augenblick war Sara wie erstarrt, als sie jedoch merkte, dass er nicht nachgab, öffnete sie den Mund und ließ es geschehen.

Sanft zog Luca sie vom Sofa empor, streichelte ihr Haar und küsste ihren Nacken.

Das ist also die Initiative, von der so viel die Rede ist, dachte Sara. Sie hatte die Arme um seinen Hals geschlungen und überließ ihm die Führung. Als er von hinten die Hand unter ihr Kleid schob, wurde sie stocksteif, dann spürte sie seine andere Hand, und plötzlich fasste er sie unter dem Hintern und hob sie hoch. Während sie sich weiter küssten, trug Luca sie ins Schlafzimmer und legte sie aufs Bett. Also kein Sofa, dachte sie. Seine Lippen strichen über ihre Schenkel. Sara rührte sich nicht, und Luca zog ihr mit flinken Bewegungen das Kleid aus. Genau wie Marta gesagt hatte, dachte sie, mit im Halbdunkeln weit aufgerissenen Augen. Ja, denn Luca hatte kein Licht angeschaltet. Jetzt glitt seine Hand auf ihren Rücken und öffnete rasch ihren BH. Wobei ..., dachte Sara, sich allmählich entspannend, aber sie kam nicht dazu, den Gedanken zu Ende zu denken, als sie bereits ihres Slips entledigt war. Er richtete sich auf, war ein paar Sekunden mit seiner Kleidung beschäftigt und ... kurz darauf nackt. Der erste Gedanke, der Sara bei seinem Anblick in natura kam, war: Echt komisch, geradezu lächerlich, das Ding, was ihm da zwischen den Beinen baumelt, aber dann, als sich Luca ihr näherte: »Nee, jetzt baumelt es gar nicht mehr ... und sieht auch nicht mehr so komisch aus ... eher angriffslustig, ziemlich angriffslustig …« Dann legte sich Luca auf sie und küsste sie auf den Mund.

»Sara, nimmst du was?«, fragte Luca zärtlich.

»Nein, erst mal nicht, vielleicht danach«, antwortete sie.

»Ich meinte eigentlich Verhütungsmittel«, erklärte er lächelnd.

»Ach so, … oh verdammt … nein, … äh, nein ….«, stammelte Sara, die in diesem Augenblick am liebsten im Boden versunken wäre.

»Alles in Ordnung?«, fragte Luca unvermittelt und nahm seine Hände von ihren Schenkeln.

»Was? Äh, ja, ja … sorry, tut mir leid …«, sagte sie und holte tief Luft. Als Luca sich wieder auf sie legte, entspannte sie sich endlich … Wie es weiterging, braucht nicht erzählt zu werden.

Eine halbe Stunde später lagen sie Arm in Arm nackt auf dem Bett, noch immer außer Atem.

»War es schön für dich?«, fragte er, ihre Wange liebkosend.

»Wunderschön, als sei es das erste Mal gewesen.« Sie lächelte im Dunkeln und schmiegte sich an ihn.

Sara war glücklich. Nach dieser kurzen, schlichten und beiläufigen Bemerkung fühlte sie sich mit einem Mal als vollwertiges Mitglied in der Welt der Heterosexuellen. Abgesehen davon, dass es ihr tatsächlich gefallen hatte, mit einem Mann zu schlafen. Du brauchst dich kein bisschen anzustrengen und überlässt einfach alles ihm, dachte sie mit geschlossenen Augen, darauf wartend, dass Luca einschlafen würde. Sie brannte darauf, die Schwester anzurufen und ihr alles zu erzählen. Gewisse Dinge musste man einfach erzählen, sonst hatte man das Gefühl, sie seien nicht geschehen.

Als sie am nächsten Morgen erwachte, war sie allein im Bett. Neben ihr lag ein Zettel.

Noch leicht benommen wanderten ihre Gedanken sofort zu Jodie und dem Abschiedsgruß, der das Ende ihrer Beziehung besiegelt hatte. Sie blinzelte ein paarmal, um sich zu vergewissern, dass sie nicht träumte: Der Zettel lag dort, zusammengefaltet und vollkommen echt.

Mit zitternden Händen faltete sie ihn auseinander und begann zu lesen.

Es war wunderschön. Frühstück steht auf dem Tisch. Dort sind auch die Schlüssel. Wir sprechen uns am Nachmittag.

P.S.: Heute kommt meine Cousine aus Turin. Sie schläft eine Nacht hier.

Kuss, Luca.

Sara seufzte erleichtert, sie küsste den Zettel und presste ihn an die Brust. Sie hatte abgeschlossen mit den Frauen. Einen Mann zu finden, der kein Idiot war, hatte sie einige Mühe gekostet. Nun, da es ihr gelungen war, würde sie ihn nicht mehr loslassen.

Noch immer nackt, stand sie auf, um zu frühstücken, begierig darauf, ihr neues Leben auszukosten.

Marta

Deutlich schneller als Sara hatte Marta entschieden, was sie anziehen würde: schwarze Leggins, einen langen, auf einer Seite schulterfreien Pullover und einen schmalen roten Gürtel als Accessoire.

Sie war froh über den Verlauf des vergangenen Abends. Sie wollte sich bei ihrem Vater bedanken, war aber noch nicht dazu gekommen. Dank seiner Worte in dem japanischen Restaurant war ihr klar geworden, wie sie sich Fabio gegenüber verhalten musste, ohne allzu sehr an seinen wunden Punkten zu rühren. An diesem Abend hatte er Dienst. Der *Don Pasquale* entwickelte sich zu einem großen Erfolg, und so traf Marta etliche Minuten vor Feierabend an der Oper ein. Sobald alle Besucher Einlass gefunden hatten, konnte Fabio gehen. Immer im Wechsel blieb ein Teil der Kollegen bis zum Ende der Vorstellung, während die anderen gehen durften, sobald die Türen geschlossen waren. Er hatte ihr erzählt, dass alles perfekt vorbereitet sei, und jegliche Hilfe abgelehnt, sowohl beim Einkaufen als auch beim Kochen. Er hatte von einer Überraschung gesprochen, und Marta freute sich, dass endlich einmal ein Mann versuchte, sie glücklich zu machen. Dass er taubstumm war, spielte keine große Rolle für sie, sie empfand es nicht als Handicap, im Gegenteil. Mit ihm war es ganz anders, sie würden einen ganz eigenen Weg der Verständigung finden, ehrlicher, aufrichtiger und direkter.

Fabio stand vor einem der Eingänge und steckte in einer

altmodischen blauen Uniform. Er empfing die Paare, die mit langsamen Schritten auf ihn zukamen, lächelte ihnen zu, deutete eine Verbeugung an und nahm die Eintrittskarten entgegen. Nachdem er einen prüfenden Blick darauf geworfen hatte, riss er sie ab und gab sie den ungeduldig Wartenden zurück.

Marta versuchte sich bemerkbar zu machen, und als ihre Blicke sich endlich trafen, winkte sie ihm zu. Er gab ihr ein Zeichen, sich zu gedulden. Er schien sich über ihren Anblick zu freuen, und das ermutigte sie.

Marta schlenderte vor dem Eingang des Theaters auf und ab. Nur noch wenige Leute warteten auf Einlass, in ein paar Minuten konnte Fabio gehen.

Die Sonne war bereits untergegangen, und am Himmel war bloß noch ein rötlicher Schimmer zu erkennen. Plötzlich sah Marta einen Mann auf sich zukommen und zuckte vor Staunen regelrecht zusammen. Seit ihrer letzten Begegnung war nicht sehr viel Zeit vergangen, aber es kam ihr vor, als hätten sie sich zehn Jahre lang nicht gesehen. In der letzten Zeit war sie derart von der Geschichte mit Fabio in Anspruch genommen gewesen, dass sie beinahe vergessen hatte, wie er aussah: Es war Marco Patassini. Der Schriftsteller.

Er lächelte. Der Bart verlieh ihm ein etwas verwegenes, künstlerisches Aussehen, das Marta immer so sehr bewundert hatte. Diesmal war nirgendwo eine Spur von seiner Vorzeigefamilie zu sehen. Sie erwiderte sein Lächeln und verspürte sofort Befangenheit, als würden sich plötzlich wieder alte Gefühle regen.

»Marta, wie schön, dich zu treffen!«, rief er erfreut.

»Hallo Marco, wie läuft es mit deinem Buch?«, fragte sie, während sie den Blick von links nach rechts schweifen ließ. Sie konnte ihn einfach nicht länger als eine Sekunde anschauen. Seine Ausstrahlung war noch immer unglaublich.

»Sehr gut. Es sind schon etliche verkauft, aber das Entscheidende ist, dass es sehr gut ankommt«, antwortete er.

Er war viel liebenswürdiger als bei ihrer letzten Begegnung am Flughafen, wirkte heiter und entspannt, ausgeglichener in seiner ganzen Art. Er lächelte und berührte sie an der Schulter, als wolle er sich für etwas bedanken oder sich bei ihr einschmeicheln.

Ein Zittern ging durch Martas Körper, und sie glaubte zu erröten. Dann fiel ihr ein, weshalb sie hier war, und als sie sich zu Fabio umwandte, bemerkte sie, dass er sie beobachtete. Noch immer riss er Eintrittskarten ab, aber er lächelte und verbeugte sich nicht mehr, sondern starrte unverwandt in ihre Richtung. Von Weitem sahen sie aus wie ein aufeinander eingespieltes Paar, das vertraulich miteinander plauderte, während es auf Einlass in die Oper wartete. Und dass Fabio sie nicht hören konnte, verlieh dem Ganzen noch stärkeres Gewicht und betonte jede noch so kleine Geste des Schriftstellers. Marta drehte sich wieder zu Patassini um, der ihr lachend erzählte, wie viel Glück ihm die Präsentation seines Vorgängerromans in Martas kleiner Buchhandlung gebracht hatte. Er wirkte selbstsicher und sprach in vertraulichem Ton mit Marta, wobei er sie mal an der Schulter, mal am Arm berührte. Sie spürte Fabios Blick und wusste nicht, wie sie sich aus der Situation retten sollte. Suchend schaute sie ein weiteres Mal zum Eingang des Opernhauses. Aber plötzlich stand Fabio direkt vor ihnen in seiner Uniform, steif und kerzengerade, den Blick auf Marta und Patassini geheftet.

Der Schriftsteller sah pikiert zu Marta, als wolle er sagen: »Was ist das denn für einer?«

Sie war peinlich berührt, weil er so ungestüm auf sie zugekommen war und sie nun anstarrte.

»Das ist Fabio, das ist Marco«, sagte sie schließlich in dem Versuch, ihre Verlegenheit zu überwinden.

Patassini begrüßte Fabio beiläufig, dann wandte er sich wieder Marta zu und beachtete ihn nicht länger.

»Wir könnten eine Buchpräsentation bei dir organisieren. Ich würde gern wieder zu dir in den Laden kommen, das hat mir schließlich schon einmal Glück gebracht«, sagte er augenzwinkernd und warf ihr ein Lächeln zu.

Fabio begriff nicht, was vor sich ging, aber verstand sehr wohl, dass die beiden etwas verband.

Beschwichtigend blickte Marta ihn an, doch Fabio drehte sich brüsk um und ging davon. Als Patassini munter weiterplauderte, verabschiedete sie sich hastig mit einem »Entschuldige bitte« und rannte hinter Fabio her.

»Was ist los mit dir?«, rief sie und ergriff seinen Arm, so dass er gezwungen war, sie anzuschauen.

Fabio schüttelte den Kopf, aber er war sehr erregt, kurz vorm Explodieren.

»Was heißt hier nichts?«, beharrte sie.

Fabio schüttelte erneut den Kopf und machte Anstalten, zu gehen, aber sie hielt ihn am Arm fest. Sie würde nicht zulassen, dass er einfach verschwand, nicht jetzt, wo sich alles so gut angelassen hatte. Schließlich war es nicht ihre Schuld, dass Patassini vorbeigekommen war und sie begrüßt hatte. Er gehörte jedoch der Vergangenheit an, ihre Zukunft galt Fabio, die Entscheidung war gefallen.

»Sagst du mir jetzt endlich, was du hast?«

Fabio war rot im Gesicht, als wäre er gerannt.

Marta sollte diese Sekunden, in denen sie ihn anstarrte und auf ein Zeichen wartete, als grauenhaft lange, nahezu endlos in Erinnerung behalten. Was dann, gänzlich unvermittelt, geschah, war verheerend.

»Nnnniiichhhtttsss, iiiichhhh hhhh-aaaabbbbeee nnnniiii-chhhttttsss«, stieß Fabio unvermittelt hervor.

Die Stimme klang hohl, befremdlich, die Lippenbewegungen wirkten unbeholfen, seine Anstrengung geradezu übermenschlich.

Marta zuckte erschrocken zusammen und schlug die Hand vor den Mund. Panisch versuchte sie, ihn zu beruhigen.

»Schon gut, schon gut … komm, lass uns gehen …«, sagte sie mit Tränen in den Augen.

Fabio, noch immer rot im Gesicht, riss sich los, holte tief Luft, als habe er einen langen Tauchgang hinter sich, und sprach weiter.

»Iiiich … gggeee-hhhhheeee, duuuu bleiiiiiiibbbbssstt ….«

Jetzt begriff Marta, wieso er sich schämte zu sprechen.

»Hör auf … bitte, hör auf … tu das nie wieder«, flehte sie verzweifelt. Sie versuchte, ihm den Mund zuzuhalten, aus ihrer hilflosen Geste sprachen Angst, Verzagtheit und Niedergeschlagenheit.

»BBiiiissst dduuuu nuuuunnn zuuuu-friiieee-deen, jeeettz, woooo duuuu mmmei-nne Stttiimmmmeee hööörstt?«, brüllte er, noch aufgebrachter als zuvor.

»Das reicht, Fabio. Es ist nichts passiert, bitte, hör auf damit.« Sie stöhnte.

Aber Fabio war nicht mehr zu bremsen.

»Dduuuu uuunndd iiiichhh kkkön-nnennn nnichttt zuuuusammmennn sseiinn …. verrrrstannden?«, schrie er, am Rande seiner Kräfte.

»Das ist nicht wahr«, widersprach sie und begann zu weinen. Der letzte Hoffnungsschimmer, an den sie sich geklammert hatte, verschwand.

Ohne ihr die geringste Chance zu geben, wandte Fabio sich zum Gehen und eilte mit entschlossenen Schritten davon.

Marta spürte, wie etwas in ihrem Körper nachgab, der Klumpen in ihrer Kehle rutschte ihr in den Magen.

Alles, was ringsum geschah, verlor plötzlich seinen Sinn: das Licht, die Geräusche, die Menschen … alles wirkte gedämpft, als sei sie in einer Blase gefangen; und einen Moment lang verstand sie, wie Fabio sich fühlen musste.

Ihr Blick war von Tränen verschleiert.

»Es ist nicht wahr …«, wiederholte sie. »Es ist nicht wahr, dass wir nicht zusammen sein können.«

Sie blinzelte zweimal, um wieder sehen zu können, noch immer mit einem Funken Hoffnung im Herzen, aber Fabio war verschwunden.

Francesco

In der Nacht nach dem Abendessen hatte Francesco nicht schlafen können. Er war mit dem Gefühl heimgekommen, alles falsch gemacht zu haben, und im Lauf der Stunden hatte sich jener Abend in eine unwiederbringlich vertane, einmalige Chance verwandelt.

Claudia hatte ihn zum Essen eingeladen, und Alessandro war nicht gekommen. Und wenn alles nur Taktik gewesen war und sie bereits *gewusst hatte,* dass ihr Mann nicht kommen würde?

Hinzu kam, dass Alessandro die ganze Nacht mit Emma verbracht hatte … wobei das jetzt keine Rolle mehr spielte. Wie er seine Tochter kannte, hatte sie Alessandro bereits abgehakt.

Von Anfang an hatte er unklug gehandelt, dabei hatte er nur das Beste gewollt, aber *für wen*? Für sich oder für Emma?

Es war jedenfalls eine vertrackte Situation: Emma glücklich liiert und er selbst sprang im Dreieck, während Claudia sich endlich aus ihrer gescheiterten Ehe befreite – eine moralisch unbedenkliche Lösung, was die natürliche Abfolge der Ereignisse betraf, aber insofern schmutzig, als man die Frau ausnutzte, die vom fünfzigjährigen Freund der eigenen Tochter sitzen gelassen wurde.

Oder er würde Alessandro dazu bewegen, zu seiner Frau zurückzukehren und die achtzehnjährige Emma in Ruhe zu lassen. Francesco wäre froh, denn »diese Hochzeit soll nicht geschlossen werden«, aber auch am Boden zerstört, da Claudia unwiederbringlich verloren wäre. Es würde dem Berufsethos widersprechen, aber »der Zweck heiligt die Mittel«, wie schon der gute alte Machiavelli zu sagen pflegte.

Was also tun? Er hatte gehandelt und gleichzeitig den Dingen ihren Lauf gelassen, hatte sich zwischen drei Stühle gesetzt: zwischen Emma, Alessandro und Claudia.

Das Schicksal hatte für alle entschieden.

Emma war Alessandro auf die Schliche gekommen und hatte ihn garantiert zur Rede gestellt, so wie sie es mit ihm getan hatte. Ende des Spiels, Ende der therapeutischen Sitzungen zur Wiederherstellung der Beziehung. Welcher? Das wusste er selbst nicht. Emma hatte sich in ihrem Zimmer eingeschlossen. Als Francesco heimgekommen war, hatte er seine beiden anderen Töchter nicht angetroffen, denen es hoffentlich ein bisschen besser ergangen war. Er hatte an Emmas Tür geklopft: kein hysterisches Geschrei, dass sie ihn in Ruhe lassen solle, sie hatte ihn schlicht ignoriert. Und ignoriert zu werden ist viel verletzender, als auf offenkundige Ablehnung zu stoßen. »Ich beachte dich nicht, weil du mir völlig egal bist, für mich bist du so gut wie inexistent«, war das Mantra, das Francesco, der die zweite Nacht in Folge keinen Schlaf fand, durch den Kopf geisterte. Die Wohnung war von einer unnatürlichen Stille erfüllt. Wo war das fröhliche Geplauder und Gelächter seiner geliebten Töchter geblieben? Er hoffte, dass sich alles wieder einrenken, dass wieder Fröhlichkeit in der Familie Einkehr halten und der Liebeskummer bald gänzlich verblassen möge.

Es war halb zwölf und Francesco lungerte zwischen seinem Sessel mit dem seit einer halben Stunde auf derselben Seite aufgeschlagenen Buch und dem kleinen Tischchen in der Küche herum, wo er sich setzte, um allein ein Glas Likör zu schlürfen.

Von oben kein einziges Geräusch, doch plötzlich klingelte das Telefon.

Francesco fuhr zusammen, wartete drei, vier Klingeltöne ab für den Fall, dass Emma abnehmen würde. Dann griff er zum Hörer, ohne überhaupt seinen Namen zu nennen.

»Sie ist verschwunden«, hörte er Alessandros atemlose Stimme.

»Sie ist verschwunden?«, fragte Francesco, der sofort begriffen hatte und einen Augenblick lang darauf hoffte, es könne jeden Moment an der Tür klingeln und Claudia vor ihm stehen, bereit …

»Verschwunden … einfach verschwunden … *zack bumm* …«, unterbrach Alessandro seine Gedanken.

»Hast du versucht …«

»Ich hab's überall versucht … habe alle angerufen … Keiner weiß, wo sie steckt, und sie hat »Ich-liebe-dich« hiergelassen. Das ist nicht ihre Art, das würde sie niemals tun … Ich mache mir Sorgen, Francesco …«

»Lass uns eine Vermisstenanzeige aufgeben. Ich werde dich begleiten«, erwiderte er und gab die Hoffnung auf, dass Claudia gleich auf der Türschwelle stehen würde.

»Ja, … gut …«

»Ich hol' dich ab«, sagte Francesco und legte auf. Einen Moment ging er im Zimmer auf und ab, bevor er seine Jacke nahm. Suchend schaute er sich nach den Autoschlüsseln um, tastete seine Hosentasche ab, um sicherzugehen, dass er die Brieftasche eingesteckt hatte, und wollte gerade zur Tür hinaus, als Emma die Treppe hinuntersauste und vor ihm die Wohnungstür erreichte.

»Gehen wir!«, sagte sie.

Francesco blickte sie entgeistert an, aber innerlich freute er sich, sie zu sehen. Bestimmt hatte sie das Telefonat belauscht.

»Du brauchst nicht mitzukommen«, wandte er halbherzig ein.

»Oh doch. Ihr beide habt, wie mir scheint, schon genug Mist gebaut«, wies sie ihn zurecht.

»Emma …«, versuchte er sie zu beschwichtigen.

»Gehen wir!«, wiederholte sie entschlossen, und so machten sie sich auf den Weg.

Fünf Minuten später hielten sie vor dem Haus von Alessandro, der sie bereits auf der Straße erwartete. Da Emma auf dem Beifahrersitz saß, musste er hinten einsteigen. Ohne einen Gruß nahm er auf der Rückbank Platz. Die Stimmung war angespannt, und ihr Schweigen verriet mehr als tausend Worte.

Im Polizeirevier kamen sie sofort an die Reihe.

Wachtmeister Amodio empfing sie hinter seinem Schreibtisch, und sie machten es sich auf alten Kunstlederstühlen mit den abgewetzten Rückenlehnen, durch die der Schaumstoff zu erkennen war, bequem. Verzagt betrachtete Francesco das Foto von Staatspräsident Napolitano, während der Zeiger der Wanduhr unerbittlich weiterwanderte.

»Und seit wann haben Sie nichts mehr von ihr gehört?«, erkundigte sich der Wachtmeister.

»Seit fast zwölf Stunden«, erwiderte Alessandro.

»Das ist ein bisschen früh, um gleich …«, sagte der Polizist.

»Was heißt hier bisschen früh, wenn ich fragen darf?«, entgegnete Alessandro. »Sie ist noch nie nachts weggeblieben, und sie hat auch noch die den Hund zurückgelassen. Es muss ihr etwas zugestoßen sein, glauben Sie mir.«

»Schon gut, schon gut …«, fiel ihm der Wachtmeister ins Wort. »Haben Sie ein Foto von ihr?«

»Nicht dabei …« Alessandro schüttelte den Kopf.

»Irgendeins … kann auch auf dem Handy sein.«

Alessandro scrollte die Fotos auf seinem iPhone durch und

seufzte. Die meisten waren von Emma, von Claudia war kein einziges dabei.

»Nein, tut mir leid«, gestand er.

Emma hatte zu dem Handy hinübergespäht, während er die Fotos durchgegangen war, und was sie gesehen hatte, hatte ihre Enttäuschung und ihre Wut über die beiden Männer in ihrer Begleitung nur noch verstärkt. Doch im Augenblick gab es wichtigere Probleme, das sagte ihr der gesunde Menschenverstand.

»Dann geben Sie mir eine Beschreibung von ihr«, sagte der Wachmann. »Größe ...«

»Etwa eins siebzig«, antwortete Alessandro überzeugt.

Francesco, der noch immer den Staatspräsidenten anstarrte, wurde bei dieser Antwort hellhörig, sah zu Alessandro, hob zaghaft die Schultern und sagte: »Vielleicht ein bisschen größer?«

»Schön, dann also eins zweiundsiebzig«, notierte Amodio. »Haare?«

»Dunkel ...«

»Wie dunkel?«, fragte Amodio, darum bemüht, gute Arbeit zu leisten.

»Ziemlich dunkel«, sagte Alessandro und blickte zur Decke, als versuche er, sich zu erinnern.

»Sagen wir ... tiefschwarz, weich und seidig, etwa schulterlang«, mischte sich Francesco entschlossen ein.

Der Wachtmeister warf den beiden Männern einen ungehaltenen Blick zu, während Emma ihren Vater neugierig und mit verdutzter Miene musterte.

»Augen?«, fragte der Polizist.

»Grün, oder?«, wandte sich Alessandro ein wenig genervt an Francesco. Auch der Polizist schaute nun zu ihm und forderte ihn durch einen Blick auf, seinen Beitrag zu leisten.

»Hellgrün mit einem Stich ins Graue und zarten bernsteinfarbenen Sprenkeln, insbesondere bei Tageslicht«, sagte Francesco leicht beunruhigt durch all die Blicke, die er auf sich spürte.

Der Wachtmeister schrieb und wandte sich mit Kennermiene an Francesco: »Und was hatte sie an?«

Francesco zuckte mit den Schultern. Er fühlte sich in die Enge getrieben und entschuldigte sich und verließ den Raum, um etwas Luft zu schnappen. Fünf Minuten später kamen auch Alessandro und Emma heraus, die noch immer kein Wort miteinander gewechselt hatten.

»Danke«, sagte Alessandro mit trauriger Stimme. »Sie werden nach ihr suchen. Wenn es Neuigkeiten gibt, sag ich dir Bescheid. Ich gehe zu Fuß, wenn ihr nichts dagegen habt.« Er gab Francesco einen Klaps auf die Schulter und sah mit liebevollem, um Verzeihung flehenden Blick zu Emma, die ungerührt blieb, obschon sie innerlich fast verging.

Sie und Francesco gingen zum Wagen und fuhren schweigend zurück nach Hause. Keiner wagte, die merkwürdige Stimmung zu durchbrechen, am wenigsten Francesco. Sie parkten, stiegen aus, liefen die Treppen zur Wohnung hinauf, ohne ein Wort zu sagen.

Francesco hörte, wie die Zimmertür abgeschlossen wurde. Das hatte Emma früher nie getan, in ihrem Heim hatte es nie verschlossene Türen gegeben, und dieser Gedanke stimmte ihn traurig. Er blieb allein im Wohnzimmer und dachte über seine Tochter nach, und über Claudia und darüber, welche Schuld er an dem Ganzen trug.

Schließlich schlummerte er auf dem Sessel ein. Eine halbe Stunde später weckte ihn Marta, die nach stundenlangem verzweifelten Herumirren auf der Suche nach Fabio in Tränen aufgelöst war. Jeder berichtete dem anderen, was geschehen war, aber sie waren beide zu mitgenommen und zu müde, um sich gegenseitig zu trösten und seelisch aufzurichten, und umarmten sich lediglich. Dann ging Marta schlafen, während Francesco sitzen blieb und an Sara dachte, die in dieser Nacht nicht nach Hause gekommen war und vielleicht gerade ihre erste Liebesnacht als Heterosexuelle verbrachte.

Francesco träumte wild, unter anderem von Claudia, die an der Tür klingelte, aber nicht über die Schwelle treten konnte, während er, wie bei Buñuel, nicht hinauskam, was ihm einen heftigen nächtlichen Schweißausbruch verursachte.

Aber immerhin konnte er ein wenig schlafen.

Als er die Augen aufschlug, war es halb sieben. Mit schmerzendem Rücken erhob er sich aus dem Sessel. Pflichtgemäß sah er zum Telefon, aber niemand hatte angerufen.

Claudia war verschwunden. In diesem Augenblick begann er, sich ernsthaft Sorgen zu machen.

Sara

Mit einunddreißig Jahren hatte sie es geschafft und sich mit einem Mann eingelassen. Sie hatte bewiesen, dass es niemals zu spät ist, zumal die Auswahl an Männern bei ihrer Rückkehr nach Italien nicht allzu viele Musterbeispiele aufzuweisen hatte, mit denen man gern eine Liebesnacht verbracht hätte. Liebesnacht … das Wort strich über sie wie eine frische Sommerbrise und ließ sie erzittern.

Sara war glücklich, *endlich* glücklich. Die Enttäuschung mit Jodie war niederschmetternd gewesen. Wie ein von seiner Mannschaft im Stich gelassener Quarterback hatte sie den furchtbaren, völlig unerwarteten Schlag eingesteckt. Ihre Familie hatte ihr die Tür zu einem Neubeginn geöffnet. Gewiss, der Entschluss, heterosexuell zu werden, war in ihr selbst herangereift, aber wenn ihr Vater und die Schwestern nicht gewesen wären, hätte jetzt alles ganz anders ausgesehen. Dann würde ich jetzt noch immer heulen wie jede aufrichtig verzweifelte Lesbe, dachte sie.

Sie war noch in Lucas Wohnung, hatte gefrühstückt und wollte gerade in echter Hausfrauenmanier die Tassen abwaschen, die sich in der Spüle stapelten, als es klingelte. Sara drehte den Wasserhahn zu, trocknete die Hände ab und ging zur Tür. Sie war barfuß und nur mit einem ziemlich langen Basketball-Shirt von Luca bekleidet, das an ihr wie ein Minikleid aussah.

Als sie die Tür aufmachte, stand ihr eine junge Frau gegenüber. Sie war um die dreißig und sah verdammt gut aus: lockiges, zerzaustes Haar, kornblumenblaue Augen, vorstehende Wangenknochen. Sie trug eine grüne Baskenmütze, dazu ein T-Shirt mit einer großen schwarz-weißen stilisierten Rose, Hotpants, deren Saum hervorlugte und über ihre Schenkel strich, und ein Paar schwarze Springerstiefel mit roten Schnürsenkeln. Über die Schulter hatte sie eine Tasche geschlungen. Auf ihren Unterarmen prangten zwei Tattoos.

»Hi!«, sagte sie.

»Hatschi!«, erwiderte Sara.

»Allergie?«, fragte die junge Frau.

»Nein, keineswegs«, erwiderte sie rasch und lächelte.

»Du bist bestimmt Sara.«

»Ja, stimmt. Und du …?«, fragte Sara, erstaunt, dass sie ihren Namen kannte.

»Ich bin Barbara, Lucas Cousine«, antwortete sie freundlich.

»Ach ja, stimmt! Sorry, Luca hat mir erzählt, dass du kommst, aber …«

»Kein Problem, hier bin ich«, sagte Barbara noch immer lächelnd und trat ein.

Sie schmiss die Tasche aufs Sofa und fläzte sich hin, sie fühlte sich ganz wie zu Hause.

»Tut mir leid, dass ich hier so einfalle, aber ich habe mich im letzten Augenblick für die Reise entschieden. Morgen früh geht mein Flieger nach Prag. Ich bin ein bisschen aufdringlich, stimmt's?«, fragte sie unverblümt.

»Ach was, ihr seid doch Verwandte«, sagte Sara, die den Blick nicht von ihr abwenden konnte.

In ihrem früheren Leben wäre Barbara garantiert eine der Frauen gewesen, für die sie alles hätte stehen und liegen lassen … Oder war das am Ende noch immer so? Ihrem unverhofften Niesreiz nach zu urteilen schon, aber ihr Herz war bereits am männlichen Ufer gelandet. Sie hatte den richtigen Mann gefunden und war glücklich darüber.

»Eigentlich bin ich nur seine Cousine zweiten Grades, und wir haben uns nicht mehr gesehen, seit wir zehn waren, Campingplatz Baia Felice in Terracina«, erklärte Barbara und machte Anstalten, sich zu erheben. »Soll ich uns 'nen Kaffee aufsetzen?«

Da Sara nackt unter Lucas T-Shirt war, fing die ganze Situation langsam an, sie ein wenig zu beunruhigen.

»Ich mach schon«, sagte sie rasch.

Jetzt konnte sie sich auf die Espressokanne konzentrieren und die Kontrolle über sich zurückgewinnen.

»Danke«, sagte Barbara, dann herrschte einige Sekunden Stille. Als Sara sich umwandte, saß Lucas Cousine reglos lächelnd da und hatte ihren mehr als nur neugierigen Blick auf sie geheftet.

»Wahnsinn, was für eine umwerfende Freundin mein Cousin hat. Ich hatte ihn als Langweiler in Erinnerung«, meinte sie.

Sara zuckte zusammen, um ein Haar wäre ihr die Espressokanne, die sie gerade zusammenschraubte, aus der Hand gefallen.

»Von wegen Langweiler …«, widersprach sie, und in diesem Augenblick gewann sie die Kontrolle zurück. Sie kannte Luca erst seit Kurzem, aber er schien ihr alles andere als ein Langweiler zu sein. Er sah gut aus, war umgänglich, witzig und hatte außerdem bewiesen, dass er durchaus die Initiative ergreifen konnte.

»War nur ein Scherz, Mann. So wie du ihn in Schutz nimmst, bist du scheinbar ganz schön verliebt, du Glückliche«, bemerkte Barbara mit einem Anflug von Wehmut.

»Du nicht?«

»Nein! Und ich werde mich nie wieder drauf einlassen«, erwiderte sie, diesmal in einem entschlossenen Ton, der keine Widerrede und keine Gefühlsduseleien zuließ.

Sie musste wohl auch wegen irgendjemand gelitten haben. Bestimmt ein Mann, dachte Sara, obwohl die Signale, die sie aussandte, auf Komplizierteres schließen ließen. Und so begannen sie erneut zu reden, vor allem Barbara, wobei sie wild gestikulierte und von ihrer letzten Geschichte erzählte, mit Gabriele, fünfzehn intensive Monate voller Leidenschaft – bis sie ihn mit einer ihrer Freundinnen, mit der bereits seit ein paar Jahren was am Laufen war, im Bett erwischt hatte.

»Und dir ist nie ein Verdacht gekommen?«, fragte Sara.

»Nie!«

»Was für ein Riesenarsch!«

Seit dem Kaffee, den sie gemeinsam getrunken hatten, waren etliche Stunden vergangen, irgendwann waren auf dem Tischchen vor dem Sofa zwei Weingläser, dazu eine Dose Erdnüsse und eine Packung Chips aufgetaucht. Barbara steckte voller Energie und sprach auf liebenswürdige, vertrauliche Art mit Sara, als seien sie seit jeher befreundet. Je länger sie sich unterhielten, desto wohler fühlte sich Sara, und allmählich sah sie in Barbara nur noch Lucas Cousine, die einen Tag lang zu Besuch gekommen war. Auch Barbara gab sich weniger zweideutig, da sie nun voll und ganz damit beschäftigt war, von ihren eigenen Missgeschicken zu berichten. Sara dachte, dass sie nicht nur deshalb so beeindruckt von ihr gewesen war, weil sie eine gewinnende Art hatte und gut aussah, sondern sie obendrein ein bisschen an sich selbst erinnerte, eine Art Ex-Sara im New York Style. Sie verspürte eine gewisse Sehnsucht … andererseits war sie davon überzeugt, dass sie mit Luca glücklicher war, als sie es je mit einer Frau hätte sein können.

»Weißt du, wie lange ich gebraucht habe, um Schluss zu machen?«, sagte Barbara. »Zehn Minuten! Ich habe meine Sachen genommen und bin abgehauen, ohne mir auch nur eine seiner pathetischen Entschuldigungen anzuhören. Sie habe ich keines Blickes gewürdigt, diese Genugtuung habe ich ihr nicht gegönnt. Aber weißt du, was bei alldem das Merkwürdigste ist?«

»Nein, was denn?«

»Dass es mir damit gut geht, es macht mir nichts aus. Im Gegenteil, ich verrate dir noch was. Ich habe beschlossen, den Männern den Rücken zu kehren, denn es sind einfach alles Idioten.«

»Was?« Sara verdrehte die Augen.

»Ja, ich hab mich entschieden … zumindest vorläufig … Ich will was mit einer Frau!«

»Nein«, entgegnete Sara mit solchem Nachdruck, dass sie sich um ein Haar an einer Nuss verschluckt hätte.

»Wieso nein? Ich habe drüber nachgedacht, es muss schön sein mit einer Frau, ich will es ausprobieren. Schau nur uns beide an, wir kennen uns seit ein paar Stunden und sind bereits so vertraut, so auf einer Wellenlänge«, meinte sie und ergriff Saras Hände.

Sara zuckte zusammen und hielt den Atem an, dann ließ Barbara sie los und begann wieder zu gestikulieren.

»Mit einem Mann wäre das undenkbar. Ich glaube, dass es zwischen zwei Frauen besser läuft, denk mal drüber nach«, behauptete sie in einem Ton, als habe sie das Ei des Kolumbus entdeckt.

»Glaube mir, Barbara, das stimmt nicht«, widersprach Sara und schüttelte mit dem Kopf.

»Woher willst du das wissen?«

»Ich weiß es. Die sexuelle Identität ist eine ernstzunehmende Sache, die lässt sich nicht einfach so zwischen Tür und Angel wechseln«, beharrte sie und staunte über ihre eigenen Worte.

»Was heißt hier zwischen Tür und Angel? Das ist einfach mein Bauchgefühl«, erwiderte Barbara, wobei sie ihr T-Shirt anhob und sich auf den flachen Bauch klopfte.

Sara bemerkte ein Piercing am Nabel und schluckte unmerklich.

»Vielleicht hattest du Pech. Es gibt auch Männer, die nicht so bescheuert sind. Nimm zum Beispiel deinen Cousin Luca, er ist großartig, überschüttet mich mit Aufmerksamkeiten, hört mir zu, er …« Sara unterbrach sich, als sie sah, dass Barbara Schuh und Strümpfe auszog. »Was hast du vor?«, fragte sie besorgt.

»Kann ich duschen?«, fragte Barbara.

»Natürlich … da hinten …«, erwiderte Sara und deutete auf das Badezimmer.

»Seit wann seid ihr eigentlich zusammen?«, erkundigte sich Barbara. Sie zog T-Shirt und Hotpants aus, als sei das das Normalste der Welt.

»Erst … erst kurz«, brachte Sara mühsam hervor.

»Und wie kurz?«, hakte Barbara, inzwischen nur noch in BH und Tanga, nach.

»Seit drei Tagen«, gestand sie mit rauer, fast unverständlicher Stimme.

Barbara fing an zu lachen, und Sara wusste nicht, wo sie hinschauen sollte.

»Wir sprechen uns in zwei Jahren wieder. Hast du ein Handtuch für mich?«, fragte sie.

Sara stand rasch auf und ging ins Schlafzimmer, um eines zu holen.

Als sie ins Wohnzimmer zurückkam, hatte Barbara den BH

abgelegt. Sie hatte kleine, feste, wohlgeformte Brüste, genau so, wie sie ihr gefielen, genau wie die von Jodie …

»Auch Sex, zum Beispiel, muss, glaube ich, dann ganz anders sein, meinst du nicht?«, fragte die junge Frau wenige Zentimeter von ihr entfernt und griff nach dem Handtuch.

»Schon, … das heißt, nein, das glaube ich nicht«, antwortete Sara, die angefangen hatte zu schwitzen und ihre Stimme nicht mehr unter Kontrolle hatte.

»Ich würde es jedenfalls gern ausprobieren«, sagte Barbara und ging ins Bad.

Auf der Schwelle blieb sie stehen und zog den Slip aus. Dann drehte sie die Dusche auf. Als sie das Handtuch über die geöffnete Tür warf, lächelte sie ihr zu. Sara stand wie angewurzelt da. Dann nahm sie all ihre Kraft zusammen, rannte zur Küchenspüle und hielt die Handgelenke unter kaltes Wasser. Ihr Geist versuchte, sich Klarheit zu verschaffen. Plötzlich rief Barbara nach ihr.

»Ja?«, antwortete sie mit zitternder Stimme.

»Kannst du mir Seife bringen? Sie ist alle«, bat sie in vieldeutigem Ton.

Sara steckte auch den Kopf unter das eiskalte Wasser und stieß einen kurzen Schrei aus.

Barbara redete weiter, aber Sara rannte ins Schlafzimmer. In null Komma nichts zog sie sich an, schnappte ihre Sachen, trat ins Badezimmer, murmelte rasch etwas wie: »Muss noch dringend was besorgen – die Läden schließen gleich« und verschwand. Das Rauschen des Wassers übertönte Barbaras Stimme, aber Sara hätte schwören können, dass sie gesagt hatte: »Los, komm schon mit drunter.«

Sie raste die Treppen hinunter und war endlich auf der Straße, vor Versuchungen sicher. Dann rief sie Luca an. Sie erzählte ihm, dass ihr etwas dazwischengekommen sei und sie an diesem Tag keine Zeit habe, aber er könne ja seiner Cousine Rom zeigen, mit ihr essen gehen. Da sie am nächsten Morgen nach Prag fahre, könnten sie sich zum Mittagessen treffen.

Sie verabschiedete sich mit einem Kuss.

»Mach's gut, Liebling und verzeih mir«, sagte sie.

Aber für ihn war es überhaupt kein Problem.

Auf dem Heimweg dachte Sara, dass sie sich wirklich glücklich schätzen konnte, einen wie Luca gefunden zu haben, einen, der sie verstand, der sie nicht in eine Schublade steckte und dem offenbar wirklich etwas an ihr lag.

Sie würde ein wenig laufen gehen, um die Spannung abzubauen und all die Keime aus Körper und Hirn zu vertreiben, die Barbara ausgestreut hatte.

Marta

An diesem Morgen würde sie die Buchhandlung später öffnen oder, wenn nötig, die Rollläden ganz unten lassen. Die vergangene Nacht war eine der schrecklichsten ihres Lebens gewesen: Fabios Stimme quälte sie. Weniger, weil es keine wohlklingende Stimme war, als vielmehr wegen der unerwarteten Heftigkeit, mit der sie aus ihm herausgebrochen war. Sie hatte es zu spät begriffen: Fabio hatte die Beherrschung nicht deshalb verloren, weil er glaubte, sie würde mit Patassini flirten, sondern weil sie mit ihm hatte sprechen und eine vertrauliche Nähe schaffen können. Dieser für den größten Teil der Welt selbstverständliche Akt, eine harmlose Plauderei, war für ihn ein unüberwindbares, stürmisches Meer, sein Moby Dick, gegen den er permanent zu kämpfen hatte. Und eben diesen Kampf glaubte er für sich verloren. Er hatte sie angeschrien, dass sie nicht zusammen sein könnten. Was nicht hieß, dass er *nicht wollte,* sondern dass er *nicht konnte,* was ein himmelweiter Unterschied war. Er fühlte sich minderwertig, weil er ihr nicht geben konnte, was jeder andere Mann ihr hätte geben können: Ungezwungenheit. Mit ihm war alles komplizierter. Sprache und Kommunikation waren für jede Beziehung essenziell. Für Marta und Fabio bildeten sie ein Problem, ein überwindbares zwar, aber es blieb doch ein Problem, obschon sie sich bemühte, es ihn nicht spüren zu lassen. Auch Francesco war in diesem Punkt sehr deutlich geworden. »Behandle ihn nicht wie einen Gehörlosen, aber vergiss nicht, dass er einer ist.« Es war eine schwierige Aufgabe, die ständige Aufmerksamkeit erforderte, und sie hatte wirklich ihr Bestes gegeben. Dann war er gekommen, um alles zu zerstören, was sie mühsam aufgebaut hatte. Fabio hatte gesprochen, er hatte sich seiner größten Angst, seiner größten Scham gestellt; und alles nur, um ihr zu beweisen, dass er *nicht* wie die anderen war und es nicht sein konnte. Und dennoch hatte er es getan. Wenn das kein Liebesbeweis war, was dann? Diese Gedanken nagten an Marta. Sie war sicher, dass sie ihn liebte, das war ihr in dem Augenblick endgültig klar geworden, als er angefangen hatte zu sprechen. Zum Teufel mit Patassini, der sich aus dem Staub gemacht hatte, um im unpassendsten Moment wieder aufzutauchen. Marta wusste, dass sich alles überwinden ließ und das Ganze nur ein schreckliches Missverständnis war, aber wie sollte sie ihm und seinem Dickschädel das begreiflich machen? Bei seinem beinharten, unbeugsamen Stolz?

Es war halb zehn am Morgen und Marta stand vor Fabios Haus. Sie klingelte, wusste aber nicht, ob er es mitbekam. Als ein Herr aus der Haustür trat, schlüpfte sie rasch hinein, eilte hinauf ins Dachgeschoss und rief und klopfte, aber niemand öffnete. Dann schob sie einen Zettel unter dem Türschlitz durch, auf dem stand: »Bist du da?« Keine Antwort. Niedergeschlagen verließ sie Fabios Haus. Er war jedenfalls ziemlich hartgesotten und nicht der Typ, der sich heulend in sein Kissen vergrub. Marta ordnete ihre Gedanken, und ihr kam die Idee, dass er vielleicht in jener Welt Zuflucht gesucht hatte, in der er einer unter Gleichartigen war, wo es niemanden Mühe kostete, mit ihm zu kommunizieren, wo jede Geste so selbstverständlich war, dass die Behinderung nur denen auffiel, die sie nicht hatten, und es vielmehr die normalen Leute waren, denen etwas zu fehlen schien – zumindest aus der Perspektive einer Gruppe von Gehörlosen. So stieg sie auf ihr Moped und fuhr Richtung Prenestina, in der Hoffnung, die Gässchen von letztem Mal wiederzuerkennen, als sie ihn verfolgt hatte.

Es gelang ihr in kaum einer Viertelstunde. Sie parkte das Moped an der Ecke und ging zu Fuß zu der Bar. Die Tische draußen waren alle besetzt. Als sie etwa bis auf zehn Meter herangekommen war, sah sie ihn. Er saß mit zwei jungen Frauen und drei jungen Männern zusammen, alle offenbar gehörlos, da sie sich in Gebärdensprache verständigten. Es war eine fröhliche, ungezwungene Runde, alle lachten über irgendwelche Bemerkungen, die nur sie verstanden. Einer der Männer hob den Kopf und deutete auf Marta, um Fabios Aufmerksamkeit auf sie zu lenken. Er sah auf, und ihre Blicke kreuzten sich. Martas Herz schlug schneller. Sie wusste, dass dies ein entscheidender Augenblick in ihrem Leben war. Von dem, was in den nächsten Sekunden geschehen, was sie ihm mitteilen würde, hing ihr Glück ab, und das von Fabio. Davon war die junge Frau überzeugt.

Marta lächelte, Fabio erwiderte sekundenlang ihren Blick, was ihr wie eine Ewigkeit erschien. Dann wandte er sich ab, als habe er lediglich irgendeinen Passanten gesehen, und unterhielt sich erneut mit seinen Freunden. Marta unternahm nichts, sie sagte nichts, blieb einfach stehen. Mit einem Schlag war ihr Glück durch Fabios offenkundige Gleichgültigkeit zerstört worden. Er schien gänzlich ungerührt, vollführte einige Gesten, die sie nicht verstand, und brach mit einer der beiden Frauen in Gelächter aus. Das war zu viel für Marta. Sie wandte sich ab, spürte, wie ihr die Tränen in die Augen traten, denen sie in ihrer Wut jedoch nicht einmal freien Lauf lassen konnte. Auf der Fahrt durch Prenestina gewann allmählich der Kummer die Oberhand, und sie begann zu weinen. Sie bemerkte nicht den traurigen Blick, den Fabio ihr zuwarf, sobald sie sich umgedreht hatte. Auch hörte sie weder das kummervolle Seufzen noch registrierte sie, wie jene junge Frau ihm tröstend über die Schulter streichelte, sichtlich betrübt über die Wendung, die Fabios Liebesgeschichte genommen hatte.

Marta stürzte sich in den Verkehr, noch verzweifelter als am Abend und in der Nacht zuvor. Sie brachte es einfach nicht fertig, in die Buchhandlung zu gehen, und wollte Sara anrufen, um sich von ihr vertreten zu lassen. Aber dann merkte sie, dass sie überhaupt keine Lust hatte, mit jemandem zu sprechen, und dass es ihr egal war, ob der Laden geöffnet hatte oder nicht. Sie fuhr zur Villa Pamhili. Im Park streckte sie sich im Halbschatten unter einer Kiefer im Gras aus und blieb dort über eine Stunde mit geschlossenen Augen liegen, bis sich irgendwann der Hunger meldete. Sie ging zu einer nahe gelegenen Bar, die um diese Uhrzeit in den Ferien nicht allzu stark frequentiert war, kaufte ein Tramezzino und eine kleine Flasche Wasser. Weil sie keine Lust hatte, sich das Geplauder der Gäste an den Tischen anzuhören und ihre Ruhe haben wollte, kehrte sie wieder unter ihren Baum zurück. Marta hatte beinahe aufgegessen, als sie aus den Augenwinkeln in unmittelbarer Nähe eine Bewegung wahrnahm. Sie zuckte zusammen, denn im ersten Augenblick dachte sie an eine Schlange. Dann lächelte sie und schüttelte den Kopf, als sie neben sich ein Eichhörnchen erblickte. Es hockte zwischen den Kiefernnadeln und lugte zu ihr hinüber, die Schnurrhaare in permanenter Bewegung. Offenbar hatte es ihr Tramezzino gerochen. Es schien keine Angst zu haben, im Gegenteil, es kam immer näher.

»Hallo Kleines«, sagte sie, zupfte ein Stückchen Brot ab und hielt es dem hungrigen Tierchen hin. »Ich will dir nichts tun.« Doch als sie den Arm ausstreckte, ergriff das Eichhörnchen die Flucht und kletterte hinter ihr den Baumstamm hinauf.

Marta war enttäuscht. Sie hatte es nicht erschrecken wollen, es musste ihre Armbewegung missdeutet haben. Ihre Gedanken wanderten in die Vergangenheit zurück, und sie musste daran denken, wie sie mit sieben Jahren Mumps bekommen hatte. Da Sara noch nicht daran erkrankt war, hatte Francesco sie in einem Zimmer schlafen lassen, damit sie sich ansteckte und gleich alles in einem Aufwasch erledigt war. Das hatte Großmutter Adelina ihm beigebracht, und so kam es, dass Marta mehrere Wochen lang mit ihrer Schwester zusammen im Bett gelegen und Fernsehen geschaut hatte, Zeichentrickfilme, genauer gesagt den Disney-Film *Die Hexe und der Zauberer*, den Francesco als VHS-Version für sie besorgt hatte. Sie hatten ihn ganze neunzehn Mal geschaut, bevor sie zu *Bernhard und Bianca* übergegangen waren. Für Marta blieb es stets ihr Lieblingszeichentrickfilm. Als Kind hatte sie sich vorgestellt, sich als Erwachsene ebenfalls in einen Fisch, einen Vogel oder in ein … Eichhörnchen zu verwandeln. Nun, in der Stille des Parks der Villa Pamhili, dachte sie, dass sie sich in Gestalt eines Eichhörnchens hätte verständlich machen können und das kleine Tier an sein Futter gekommen wäre.

Sie trank einen Schluck Wasser, und plötzlich kam ihr die Erleuchtung. Vor ihrem inneren Auge verwandelte sich das kleine Gesicht des Eichhörnchens in das von Fabio. Jetzt wusste sie, wie sie ihre letzte Karte ausspielen musste: Diesmal würde sie nicht scheitern.

Sie sprang auf und eilte zum Moped. Doch bevor sie losfuhr, recherchierte sie kurz in ihrem iPhone. Nach ein paar Minuten hatte sie gefunden, was sie brauchte, markierte den Ort und sauste los.

Sie fuhr zur Via Cassia und hielt vor einem großen roten Gebäude. Als sie klingelte, öffnete sich das Automatiktor.

Marta trat ein. Mehrere Räume gingen auf einen gepflegten, mit Bänken ausgestatteten Garten hinaus, in dessen Mitte ein Brunnen voller roter Fische unentwegt Wasser spie. Sie öffnete eine Tür mit der Aufschrift INFORMATION. Eine Viertelstunde später kam sie heraus und eilte auf Raum Nummer zwei zu. Dort unterrichtete eine Frau eine Klasse, die aus Männern und Frauen verschiedenster Altersstufen bestand. Marta blieb stehen und spähte durch die geschlossene Glastür. Zehn Minuten später erhoben sich die Schüler und verließen den Klassenraum, und Marta ging hinein, stellte sich der Frau vor und erklärte ihr Anliegen. Die beiden setzten sich, dann drückte die Lehrerin ihr die Hand und lächelte.

Vier Stunden später kehrte Marta todmüde, aber glücklich über das soeben Vollbrachte, nach Hause zurück, duschte ausgiebig und legte sich, noch im Bademantel, aufs Bett.

Ausgerechnet jetzt klopfte jemand an ihre Zimmertür.

»Herein«, sagte sie.

Es war Emma, die ohne ein Wort der Begrüßung eintrat.

»Hat Papa dir jemals von Alessandros Frau erzählt?«, fragte sie und kam gleich zur Sache.

Marta seufzte und schwieg zunächst. Sie hätte sich gern ein halbes Stündchen ausgeruht, aber sie begriff, dass dies ein besonderer Tag war. Es gab zu viele wichtige Probleme zu lösen.

»Marta, ich bin stinksauer auf Papa, aber da ist etwas, was ich einfach nicht kapiere … Hilfst du mir, oder muss ich den Rest meines Lebens in dem Glauben verharren, dass mein Vater ein Vollidiot ist?«, sagte Emma.

Marta setzte sich auf.

»Alessandros Frau ist Papas Frau mit dem Hund«, sagte sie kühl.

»Was?«

Emma war fassungslos.

»Ja, und die beiden wieder zusammenzubringen ist ihm nicht gerade leichtgefallen, das kannst du mir glauben«, fuhr Marta fort.

In diesem Augenblick hätte sie die Schwester gern in den Arm genommen, aber sie spürte, dass Emma ihren Raum und ihre Zeit brauchte, um den Schmerz zu verarbeiten, um das Geschehene zu begreifen, und um zu entscheiden, ob sie dem Vater verzeihen konnte.

Es würde so kommen, aber Marta wollte nichts vorschnell erzwingen. Sie nickte nur gerührt, und Emma verließ leise das Zimmer.

Als sie allein war, schloss Marta eine Viertelstunde lang die Augen. Dann zog sie sich in aller Ruhe an: Das würde ihr Abend werden.

Die Oper war brechend voll. Die Leute strömten herein, um die letzte Vorstellung des *Don Pasquale* zu sehen. Marta wartete, bis sich die Menge zu lichten begann, bevor sie sich dem Eingang näherte. Sie musterte die Platzanweiser und entdeckte schließlich Fabio.

Wie gewohnt riss er Eintrittskarten ab, aber er strahlte weder den Glanz noch die Unbekümmertheit aus wie damals, als sie sich noch nicht gekannt hatten und er nur ein *Kunde* in ihrer Buchhandlung gewesen war. Er blickte traurig drein, wirkte abwesend, seine Gesten und seine Verbeugungen waren mechanisch, routiniert. Er schien nur eine Hülle, der eigentliche Fabio wer weiß wohin entschwunden zu sein. Marta blieb in kaum zehn Metern Entfernung vor ihm stehen, und als sich ihre Blicke kreuzten, glaubte sie einen Augenblick lang, Überraschung und Freude in seinen Augen zu erkennen, doch gleich darauf senkte er wieder den Kopf, wie er es in der Bar getan hatte, während sich seine Gesichtszüge verhärteten.

Aber bevor er die Augen ganz von ihr abgewandt hatte, gab Marta ihm ein Zeichen – nicht irgendein Zeichen, sondern eines in Gebärdensprache, die sie an diesem Nachmittag während ihres Crashkurses bei der Lehrerin gelernt hatte.

Sie sagte »Hallo« in seiner Sprache, durch die er sich nicht herabgesetzt oder ausgegrenzt fühlte.

Fabio war perplex und riss vor Staunen den Mund auf, während ihm ein Pärchen die Karten reichte, die er abriss, ohne sie auch nur eines Blickes zu würdigen.

Marta wusste, dass sie einen Treffer gelandet hatte, und fuhr in Gebärdensprache fort:

»Ich bin hier, um dir etwas zu sagen.
Worte sollten verbinden.
Wenn es nicht so ist, können wir darauf verzichten.
Ich brauche nicht zu sprechen, ich könnte deine
  Sprache lernen, aber unabhängig von den Klängen,
  dem Schweigen,
den Geräuschen und jeglicher Form der Verständigung
  will ich dich …
und will ich versuchen, mit dir zusammen zu sein.«

Die letzten beiden Zeichen waren am leichtesten zu verstehen: Daumen und Zeigefinger, die andeuten, das Herz zu ergreifen und es dem anderen zuzuwerfen.

Fabio war verblüfft, die Augenlider zitterten, Tränen traten ihm in die Augen.

Marta wusste nicht, ob sie lachen oder weinen sollte. Dann beschloss sie, den Menschen, den sie liebte und von dem sie Gegenliebe forderte, aufrichtig anzulächeln.

Nun war die Distanz überwunden.

Sie verneigte sich in Richtung Fabio und verschwand, ohne etwas hinzuzufügen, ohne eine Antwort zu erwarten, ohne noch sein überraschtes Gesicht zu sehen.

Tief durchatmend schlug sie den Weg zur Via Nazionale ein. An diesem Abend wehte eine frische Brise, es war angenehm kühl in den Straßen von Rom. Die Sterne am Himmel schienen stärker zu leuchten als sonst.

Sie hatte keine Ahnung, wie es mit Fabio weitergehen würde, aber sie war zufrieden mit dem, was sie getan hatte.

Vor einer Schaufensterscheibe blieb sie stehen und betrachtete ihr Spiegelbild. Sie stellte sich vor, einen blauen Umhang, einen spitzen Hut und einen langen grauen Bart zu tragen, und musste lachen. Ziellos lief sie weiter, ohne an ihr Moped zu denken, das in der Nähe parkte. Nein, sie hatte sich nicht in den Zauberer Merlin verwandelt, aber sie hatte ein Kunststück vollbracht, auf das er stolz gewesen wäre.

Francesco

Der Weg führte durch ein grünes Tal, inmitten verstreuter Berge, wo kein Geräusch zu hören war, außer dem vom Wind an sein Ohr herangetragenen Zirpen der Zikaden. Die leicht diesige Luft verschleierte die Sicht auf die Pappeln, Pinien, Lärchen und vereinzelte, vom Morgentau benetzte Sträucher. Eine Holzbrücke führte über einen reißenden Fluss, an der Flussbiegung stand ein baufälliges Haus mit bröckelnden Wänden und eingefallenem Dach. Claudia stand dort auf der Brücke und starrte reglos hinab in die tosende Flut. Die Höhe betrug mindestens sieben Meter und reichte aus, um sich etwas anzutun, in den Wassermassen zu verschwinden, sich mit einem Sprung in nichts aufzulösen. Claudia stieg auf die Brüstung, stand da mit zitternden Knien und hielt mühsam das Gleichgewicht. Sie vermied den Blick zu den Klippen. Tränen liefen ihr über die Wangen, der Wind zerzauste ihr Haar, dann begann sie zu sprechen: »Ich liebe dich.« Ein Hund bellte, war aber nicht zu sehen. Dann ertönte ein Klingeln, das Claudia nicht zu bemerken schien. Sie schaute nach unten, sagte ein weiteres Mal »Ich liebe dich«, der Hund bellte erneut, dann wieder das Läuten, Claudia sprang, murmelte etwas, vielleicht einen Namen … und Francesco schnellte von der Couch empor, außer Atem und mit schweißnasser Stirn. Er war in seiner Praxis, hatte sich dort ausgestreckt, wo normalerweise seine Patienten lagen; aber er hatte niemanden, der ihm zuhören, ihn hätte verstehen können. Claudias Sprung war nur ein böser Traum gewesen. Inzwischen waren vierundzwanzig Stunden vergangen, Alessandro hatte noch nichts in Erfahrung gebracht, er war in Sorge, und Francesco vielleicht noch mehr, er wollte nicht, dass … dann wieder das Klingeln, diesmal jedoch derselbe Ton wie im Traum. Jemand klingelte an der Tür.

Langsam erhob er sich, er fragte nicht, wer da sei, sondern öffnete, ohne nachzudenken … und wäre um ein Haar in Ohnmacht gefallen.

Claudia stand vor ihm, schien direkt aus dem Albtraum entstiegen zu sein. Aus ihren müden Augen sprach der Kummer der letzten Nacht, sie sah ihn an.

Kein Lächeln.

»Hallo«, sagte sie mit unbeteiligter, kühler Stimme.

Francesco war wie versteinert, nur sein Herz rührte sich, mehr, als ihm lieb war: Er verspürte Staunen, Erregung und … Scham. Kein Wort brachte er hervor, nicht einmal einen Gruß. Er wusste nicht, was er sagen sollte, obwohl er *unendlich viel* zu sagen gehabt hätte.

»Kann ich reinkommen?«

Francesco war verwirrt. In Gedanken sagte er sich: Nein, ich darf nicht, das widerspricht meinem Berufsethos. Dein Mann ist bei mir in Behandlung.

Dann fasste er sich und antwortete: »Natürlich, komm rein.«

Francesco schloss die Tür und forderte sie durch eine Geste auf, Platz zu nehmen. Noch immer war er benommen, begriff einfach nicht … Sie beachtete seine Aufforderung nicht und blieb stehen, mit angespannter, harter Miene kam sie gleich zur Sache: »Alessandro hat mich betrogen. Wusstest du davon?«

Francesco seufzte, und in seinem Kopf drängten sich die

Erinnerungen der letzten Wochen, die Pläne, Vorsätze, Verwicklungen, Ausflüchte, Heimlichkeiten … alles vorbei, auch die reine Liebe, die er für sie empfunden hatte, die Scheu, sich ihr zu nähern, das Glück angesichts der ersten mit ihr gewechselten Worte.

Er betrachtete Claudia, diese nicht länger geheimnisvolle, diese sich offenbarende Frau, die seine Frau hätte sein können, aber die Frau eines anderen war – es rein formal noch immer war –, und die jetzt hier stand und ihn aufforderte, ehrlich zu sein.

Francesco spielte mit dem Gedanken, die Unwahrheit zu sagen, doch dann wurde ihm klar, dass es zu nichts führen würde.

»Ja …«, stieß er mühsam hervor.

Sie nickte und tat etwas, womit Francesco nicht gerechnet hatte. Er hatte eine Ohrfeige befürchtet, ein paar erboste Worte und dann einen Abgang auf Nimmerwiedersehen. Nie wieder Spaziergänge, nie wieder vertrauliche Gespräche oder wie zufällig wirkende Begegnungen. Nie wieder all das, was hätte sein können und doch niemals Wirklichkeit wurde.

Stattdessen nahm Claudia auf der Couch Platz, machte es sich bequem und blickte, die Arme auf dem Bauch verschränkt, zur Decke.

Sie war eine einsame, betrogene Frau, die nach einem Halt suchte, nach jemandem, der ihr zuhörte.

Francesco begriff das und setzte sich neben sie. Er sagte nichts, doch Claudia begann einfach zu sprechen.

»Das Schlimmste ist gar nicht, dass er fremdgegangen ist, weißt du? Viel schlimmer ist die Demütigung, die Frage: Wie konnte er das nur tun? Mit einem jungen Mädchen! Und dann all die weiteren Fragen, wieso und weshalb und wie lange … Nein, glaube mir, da ist es besser zu sterben, nur dass ich überhaupt keine Lust habe, zu sterben. Weißt du, was ich getan habe? Ich habe mir das Leben genommen, ja, aber nur für ein paar Sekunden …«

Francesco erschrak. Seine Gedanken kehrten sofort zu dem Traum von eben zurück, in dem sie auf der Brüstung gestanden hatte und …

»Was meinst du damit, du hast dir für ein paar Sekunden das Leben genommen? Was hast du getan? Was hast du vor?«, fragte er besorgt.

»Bungee Jumping«, antwortete sie und sah ihn an, als wollte sie sagen: »Was dachtest du denn?«

»Ein schöner Sprung und ab geht's, dein gesamtes Leben spult sich vor dir ab, während du weiter, immer weiter nach unten in die Tiefe fällst und dann wieder aufsteigst, rauf, immer weiter rauf … Es ist phantastisch, du lässt alles hinter dir, um ganz von vorn zu beginnen …«

Francesco war ziemlich verdattert. Er stellte sich Claudia vor, wie sie aus der Stadt flüchtete und sich ein Seil an den Knöchel band, um sich vollständig von ihrem alten Leben zu befreien, durchzuatmen und die Enttäuschung abzuschütteln. Und auf dem Rückweg war sie hier vorbeigekommen, bei ihm … weshalb?

»… und wenn es auch bei seinem besten Freund auf der Couch ist …«

Francesco erfasste ihre Worte, obwohl er in Gedanken ganz woanders war, und spürte, wie sein Herz mit einem Mal schneller schlug.

Hat sie »bei seinem besten Freund auf der Couch« oder »mit seinem besten Freund auf der Couch« gesagt, überlegte er leicht nervös.

Sie sahen sich an, ihre Gesichter waren nur wenige Zentimeter voneinander entfernt. Wenn nur einer von ihnen es gewollt hätte, wäre es zu einem Kuss gekommen und die Dinge hätten ihren Lauf genommen ... ein alter Traum, ein neuer Anfang.

Seit Langem hatte Francesco sich danach gesehnt, doch jetzt brachte er es nicht fertig, es wäre nicht richtig.

»Ich bin gar nicht sein bester Freund, ich bin sein Psychotherapeut!«, erklärte er mit einer plötzlichen Entschlossenheit, die er selbst nicht für möglich gehalten hätte.

»Er ist in psychotherapeutischer Behandlung?«, fragte sie erstaunt.

Francesco wusste, dass dies die letzte Chance, die letzte Gelegenheit war, um die Wahrheit zu sagen, reinen Tisch zu machen und auch am nächsten Tag noch in den Spiegel schauen zu können, ohne vor Scham in die Erde zu versinken. Aber gleichzeitig war es auch die letzte Gelegenheit, Claudia zu erobern, ihr die Liebe zu geben, die sie verdiente, und ihr die Möglichkeit zu verschaffen, »Ich liebe dich« zu sagen, ohne dass bloß ein schwanzwedelnder Hund angelaufen kam.

Francesco seufzte, dann folgte er seinem Herzen, der guten, der aufrechten Hälfte, dank derer er es geschafft hatte, seinen drei Töchtern seine ganze Liebe zu schenken.

»Ja«, sagte er, »und ich habe eine Menge Dinge herausgefunden.« Dann stand er auf und holte den Karton, den Alessandro mitgebracht hatte und der all die Erinnerungen an Claudia enthielt, derer sich Alessandro hatte entledigen sollen, es aber nicht fertiggebracht hatte; der Karton, den er Francesco gegeben hatte, damit er diese Aufgabe übernahm. Doch auch er hatte es nicht fertiggebracht, denn Dinge fortzuwerfen, die mit Claudia zusammenhingen, selbst wenn diese nichts mit ihm selbst zu tun hatten, war wie ein Verrat oder ein Mangel an Achtung ihr gegenüber.

Francesco reichte Claudia den Karton, die ihn bestürzt betrachtete, und setzte sich wieder, wohl wissend, was nun kommen würde.

»Wo willst du beginnen?«, fragte er sie.

Claudia blickte Francesco an und lächelte. Sie stellte die Erinnerungsstücke auf dem Boden ab und streckte sich wieder aus, diesmal jedoch lag sie auf der Seite und ließ ihn nicht aus den Augen.

»Von Anfang an …«, raunte sie ihm zu und nahm seine Hand zwischen die ihren. Und er erzählte alles, ohne etwas auszulassen. Und wie jedes Mal, wenn er mit ihr sprach, ging es ihm am Ende gut. Weil er die Geheimnisse losgeworden war, die sein Gewissen belastet hatten, er hatte reinen Tisch gemacht und sich seines Schuldgefühls entledigt. Allerdings fragte er sich, welche Schuld ihn letztendlich traf. Vielleicht die, dass er sich in die Frau eines anderen verliebt oder dass er auf sie verzichtet hatte, weil er befürchtete, die Tochter könne mit einem älteren Mann unglücklich werden? Die Liebe durchkreuzte das Leben eines jeden, und am Ende kam es immer zu einer Lösung, im Guten oder im Schlechten.

Als Claudia nach Hause kam, lag Alessandro auf dem Sofa und starrte mit aufgerissenen Augen zur Decke. Sie tat, als sei nichts geschehen. Hastig richtete er sich auf und wäre um ein Haar in Tränen ausgebrochen, weil sie unversehrt war.

»Ich liebe dich«, sagte sie, und Alessandros Herz machte einen Satz.

Ihre Blicke trafen sich, aber er wusste nicht, was er sagen sollte. Am liebsten wäre er aufgesprungen, hätte sie in die Arme geschlossen, während sie dort stand und wiederholte: »Ich liebe dich.«

Er schluckte und wollte gerade ansetzen und ihr sagen, dass letztlich, trotz allem, was geschehen war …

Dann wiederholte sie erneut, diesmal eine Tonlage höher: »Ich liebe dich«, und der Hund kam schwanzwedelnd an. Claudia streichelte und liebkoste ihn zärtlich und voller Hingabe. Anschließend ging sie ins Schlafzimmer, ohne Alessandro weiter zu beachten.

Er seufzte und streckte sich wieder auf dem Sofa aus. Als seine Frau zehn Minuten später die Tür öffnete, schloss er die Augen und tat, als schliefe er, und bemerkte gar nicht das Kissen, mit dem sie nach seinem Gesicht zielte.

»Dein Memory-Foam, sonst hast du morgen einen steifen Nacken«, sagte Claudia.

Sie konnte es nicht sehen, aber Alessandro lächelte. Der Satz seiner Frau machte deutlich, dass es ein Morgen gab, und nach all dem Geschehenen war das bereits eine Menge wert.

Sara

Also … meine Schwester hat sich schlecht gefühlt … nein, nein, das ist blöd … Hm … mal überlegen … mein Vater hat mich gebeten, zu Oma mitzukommen, … nein, Oma ist seit sieben Jahren tot, und irgendwann werde ich ihm bestimmt von meiner Verwandtschaft erzählen. Eine Cousine aus Amerika ist zu Besuch … Echt komischer Zufall, noch 'ne Cousine zu Besuch … Aber eigentlich könnte ich ihm auch die Wahrheit sagen: Die Frau des Freundes meiner Schwester, die gleichzeitig die Frau ist, in die mein Vater sich verliebt hat, war verschwunden, aber jetzt haben wir sie gefunden, oder besser gesagt, sie hat sich von selbst wieder eingefunden … Lieber doch nicht, das verschreckt ihn am Ende, und er ergreift die Flucht. Aber was soll ich ihm dann sagen, was soll ich ihm … ich hab's! Ich bin mit meiner Schwester Marta nach Santa Marinella gefahren, in das alte Haus von Papa, wegen eines Rohrbruchs, die Nachbarn hatten uns Bescheid gegeben, aber dann haben wir da übernachtet, weil wir alles wieder sauber machen mussten …«

Sara hatte gerade mit Marta gefrühstückt und sich von ihr erzählen lassen, was sie unternommen hatte, um Fabio wiederzugewinnen, und während sie nun zu Luca unterwegs war, gingen ihr all diese Gedanken durch den Kopf: Sie brauchte eine Ausrede, die sie dem jungen Mann auftischen konnte, eine Begründung, weshalb sie sich aus dem Staub gemacht und die Cousine unter der Dusche zurückgelassen hatte, ohne sich von ihr zu verabschieden, ohne mit ihnen essen zu gehen, ohne dort zu übernachten und sie zum Flughafen zu begleiten. Genau das würde sie ihm erzählen. Sie konnte ihm schließlich schlecht erklären, dass ihr neues Leben als Heterosexuelle durch Barbara auf eine harte Probe gestellt worden war. Auf eine ungeahnt harte Probe, wobei Sara jedoch den Sieg davongetragen und der Versuchung widerstanden hatte, und zwar nicht irgendeiner Versuchung, sondern einer Frau, die ihr früher gefallen hätte … noch dazu nackt unter der Dusche.

Wenn das nicht Liebe ist, dachte sie.

Sie hatte eine Tasche dabei, da sie beabsichtigte, einige Tage bei Luca zu bleiben. Als sie am Tag zuvor aus seiner Wohnung geflüchtet war, hatte sie gleich in der Praxis des Vaters vorbeigeschaut und ihn zwischen Erschöpfung und Erleichterung, zwischen Glück und Verzweiflung schwankend angetroffen. Er hatte ihr alles erzählt, und endlich einmal war sie es gewesen, die zugehört und Trost gespendet hatte. Sara, die Therapeutin, Sara, die es endlich geschafft hatte und eine ernsthafte Beziehung mit einem Mann eingegangen war. Sie hatte Francesco ihre Erfahrungen in groben Zügen geschildert, dann hatten sie sich innig umarmt und waren gemeinsam nach Hause gegangen. Marta war zum Abendessen da gewesen, Emma nicht.

»Es wird sich schon alles wieder einrenken«, hatte sie ihn aufzurichten versucht.

»Ich weiß«, hatte er seinen Töchtern lächelnd geantwortet.

Sara ging selbstbewusst und voller Ungeduld durch die Straßen. Nun, da sie ihre Jungfräulichkeit verloren hatte, wollte sie alles daransetzen, die verlorene Zeit nachzuholen. Und Zeit hatte sie im Augenblick in Hülle und Fülle. In ein paar Tagen wollte sie sich Gedanken über die Zukunft machen: Arbeit, ihr Leben an der Seite von Luca … ob sie zu ihm ziehen würde? Sollte sie ihn darauf ansprechen oder warten, bis er damit anfing?

Ich werde Marta um Rat fragen, dachte sie.

Als Sara bei Luca eintraf, war es bereits nach elf. Er ist bestimmt schon zurück, dachte sie. Barbaras Flieger war um halb zehn gestartet. Sie hatte versucht, ihn anzurufen, aber sein Handy war ausgeschaltet. Noch kannte sie seine Gewohnheiten nicht, wusste nicht, ob er zu denen gehörte, die vergaßen, ihr Handy aufzuladen, und es erst merkten, wenn sie das nächste Mal telefonieren wollten. Vielleicht telefonierte er auch gar nicht so gern, sie wusste so vieles nicht. Sie kannte ihn kaum. Eigentlich waren sie nur ein paarmal gemeinsam unterwegs gewesen und am zweiten Abend zusammen ins Bett gegangen, tags zuvor hatte sie ihn nicht gesehen, heute war der vierte Tag.

»Aber das werde ich schon herausfinden«, sagte sie sich.

Sie betrat die Wohnung, legte die Schlüssel auf den Tisch und schmiss die Tasche aufs Sofa. Sie hatte sich sogar ein Buch mitgenommen. *Du wirst schon noch sehen, wozu es gut ist* von Peter Cameron. Sie hatte den Film nicht gesehen, nicht sehen wollen. Sie las immer erst das Buch. Es spielte in New York, ihrem New York … eine wunderbare Stadt, ein wunderbares Land … nichts weiter. Luca hatte ihre Neigungen unterwandert, die Erinnerungen verdrängt. Jodie war eine Datei, die sie in den Ordner »Stuff« verschoben hatte, dorthin, wo alles Unbrauchbare landete, ohne es gleich zu löschen. Diese Datei würde sie nie wieder öffnen, oder höchstens nach langer, langer Zeit und rein aus Neugierde.

»Luca, mein Schatz, ich bin wieder da«, rief sie in die Wohnung, auf eine Antwort wartend, die nicht kam. Er musste im Schlafzimmer sein. Sara sah nach, aber er war nicht da. Die Wohnung war leer.

Das Bett war ungemacht, totales Chaos, überall lagen Laken, Unterhosen, T-Shirts herum … auch ein Damenslip, ein Tanga, den Sara sofort erkannte: derselbe, den Barbara im Stil von *9 ½ Wochen* vor ihren Augen ausgezogen hatte …

Ein Klumpen im Hals. Auf was für Gedanken du kommst! Sie wird sich umgezogen und ihn hier vergessen haben, beruhigte sie sich. Dann kehrte sie ins Wohnzimmer zurück. Sie brauchte plötzlich etwas zu trinken, irgendetwas Kaltes, Wasser, Saft, was grade da war.

Sie öffnete den Kühlschrank, fand eine Flasche Cola, öffnete sie und leerte sie zur Hälfte. Dann schloss sie die Kühlschranktür und bemerkte etwas, das ihr zuvor entgangen war.

Unter dem Amsterdam-Magneten hing ein Zettel: weibliche Handschrift, violetter Stift.

Sara nahm ihn und las:

Sara, du hattest recht, nicht alle Männer sind Idioten. Luca ist phantastisch, aufmerksam, zuvorkommend, feinfühlig. Es tut mir leid, ich weiß nicht, ob du mir jemals verzeihen kannst. Es ist passiert, zu unserer eigenen Überraschung. Wir fliegen zusammen, kommen in einer Woche zurück, bitte sei nicht allzu sauer. Du bist eine tolle Frau.

Barbara

Sara kniff ein paarmal die Augen zusammen, die Sicht hatte sich verschleiert, sie bekam kaum Luft, in ihrem Kopf drehte sich alles. Mit aller Macht drängte sie die Tränen zurück, ließ den Zettel fallen und setzte sich auf den Boden. Mit aufgerissenen Augen starrte sie auf einen Punkt, tausend Gedanken schwirrten ihr durch den Kopf. Aber einer beherrschte sie alle: »Das ist unmöglich«. Dann sprang sie auf und begann wie eine Wahnsinnige nach einem Zeichen, einem Hinweis, einer Botschaft von Luca zu suchen, die ihr deutlich machte, dass alles nur ein Scherz war. Sie rannte zur Wohnungstür und riss sie auf, in der Vorstellung, er würde davorstehen und sich totlachen, aber Luca stand nicht da, das Treppenhaus war leer.

Keuchend schloss Sara die Tür und ging zu dem Gestell mit den Surfboards. Sie nahm eines, legte es auf den Boden und trat mit dem Absatz darauf, so dass es eine Delle bekam, aber nur eine kleine. Sie durchsuchte die Küchenschubladen und fand einen Fleischklopfer. Etwas Besseres ließ sich nicht auftreiben. So begann sie ihr Zerstörungswerk, rauf und runter, ein Schlag nach dem anderen, mit völlig gleichförmigen Bewegungen, in immer demselben Rhythmus … bis zum perfekten Endergebnis. Dann knöpfte sie sich das zweite Board vor, das kleiner und flacher war, was ihr die Arbeit erleichterte. Ein wenig ermutigt erhob sie sich, und als sie das Notebook auf dem Fernsehschränkchen sah, beschloss sie, dass es Zeit war, ein neues anzuschaffen. Sie nahm es, klappte es mit ganzer Kraft immer weiter auf, wie eine widerspenstige Muschel, und schleuderte es zu Boden, so dass es auseinanderbrach.

Sara lächelte. Es war ein gezwungenes Lächeln: Ihr Werk war noch nicht vollendet.

Sie ging zum Geschirrhalter über der Spüle und schmiss alle Teller und Gläser auf den Boden, bis ein großer Scherbenhaufen entstand. Sie musste aufpassen, wo sie die Füße hinsetzte, während sie mit der Schere in der Hand ins Schlafzimmer eilte. Alle T-Shirts und Hemden aus dem Schrank in kleine Stücke zu zerschneiden war zwar äußerst mühselig, aber auch höchst befriedigend, und gleich darauf stürzte sie sich mit der Schere auf ein Paar Church's Moccasins, die sie ebenfalls im Schrank entdeckt hatte. Dann griff sie nach dem Slip, der sie am Tag zuvor so erregt und der nun ihr Leben zerstört hatte. Bei ihm leistete sie Feinarbeit, verarbeitete ihn zu Konfetti und verteilte es auf dem mit Fetzen übersäten, zerwühlten Bett, dem Bett ihrer *ersten* Nacht. Sie war noch immer auf hundertachtzig. Wieder öffnete sie den Kühlschrank, in dem eine angebrochene Flasche Wein stand, sie nahm einen Schluck und kippte den Rest über das Sofa.

Daraufhin unternahm Sara einen Abstecher ins Bad. Sie erinnerte sich, dass sie dort einige Schuhcremetuben unter dem Waschbecken gesehen hatte. Nun, da die Surfboards nicht mehr auf dem Gestell hingen, war im Wohnzimmer ein großes Stück weiße Wand frei. Sara öffnete eine Tube und schrieb mit großer Sorgfalt: »Schade, du hattest eine schöne Wohnung. Arschloch!«

Erschöpft und abgekämpft sah sie sich um.

Sie ließ sich zu Boden sinken, lehnte sich an die Rückseite des Sofas und betrachtete ihr Tagewerk. Ihr Adrenalinpegel hatte ihr zu diesem Ausbruch verholfen, doch nun verlangte ihr Körper nach Erholung.

Es wurde bereits dunkel, und Sara begann zu frösteln. Endlich kamen ihr die ersten Tränen. In ihrem Kopf spulten sich all ihre Misserfolge ab: erst die Frauen, dann die Männer, Luca. Vor ihrem inneren Auge sah sie, was sie falsch gemacht hatte, das Richtige, was am Ende falsch gelaufen war, das, was sie versäumt, was sie verloren hatte und was sie hätte haben können und nie bekommen hatte.

Die Erinnerung an Jodie in New York, an das letzte Abendessen und die zärtlichen, innigen Küsse in der U-Bahn, als alles so perfekt, so vollkommen und für die Ewigkeit bestimmt schien.

Und nun erschien ihr auch die Zerstörung ringsherum als falsch. Alles war so, egal was sie anfing, alle, die sie geliebt hatte, hatten sich als unpassend erwiesen. Und wieder der alte Gedanke: »Vielleicht bin ich es, die falsch tickt«, während ihr weiter die Tränen über das Gesicht liefen und sie von Schluchzen geschüttelt wurde.

Vielleicht lief es so, man plant es nicht, man tut es einfach, der Entschluss kommt plötzlich, in einem bestimmten Augenblick. Und sie beschloss, es zu tun. Mühsam erhob sie sich, ging in die Küche, öffnete den Herd, zog die Bleche heraus, drehte das Gas an, setzte sich davor auf den Boden, schloss die Augen und atmete … atmete … atmete … in tiefen Zügen. Der Geruch war angenehm, erinnerte sie ein wenig an die Trüffel-Ravioli, die ihre Großmutter zubereitet hatte. Bei diesem Gedanken fiel ihr ein, dass sie nicht zu Mittag gegessen hatte und ein bisschen hungrig war. Ein Panino wäre nicht schlecht gewesen, aber es wäre seltsam, ein Panino zu essen, während man gleichzeitig versuchte, sich umzubringen. Bei dieser Vorstellung musste sie lächeln, und ihr kamen Zweifel, vielleicht sollte sie das Ganze noch einmal überdenken.

Sie dachte an Marta, die alles versucht hatte, ihre soeben gefundene Liebe nicht zu verlieren, sie dachte an Emma, die ihre Liebe unwiederbringlich verloren hatte, und sie dachte an ihren Vater, der die Liebe nie wirklich gefunden hatte, wenn man von der Liebe zu seinen Töchtern, ihnen dreien, absah … bis die Gedanken allmählich verblassten und die Welt um sich selbst zu kreisen schien … Sie fing an zu husten und merkte, dass sie keine Luft mehr bekam, und obwohl sie die Augen aufriss, war alles dunkel.

Ihr letzter Gedanke galt einem Ring mit herzförmigem Stein, einem Ring, den sie noch immer aufbewahrte, aber nicht mehr trug.

»Wie süß der Tod ist«, wollte sie sagen, doch sie schaffte es nicht.

Bis zum Wiedererwachen herrschte traumlose Leere.

Dann ein langes, schrilles Pfeifen, laut und anhaltend, das Sara aus der Ferne hörte, aus zu großer Ferne, um sie am Schlafen zu hindern.

Es schien nur ein Augenblick vergangen zu sein, als sie irgendetwas hinter dem Kopf spürte und merkte, dass sie noch denken konnte, noch sie selbst war. Sie hörte Stimmen, Geräusche, immer noch das Pfeifen … bis es verstummte.

Es ist das Paradies, dachte sie. Alles war gedämpft, verschwommen … und eine Stimme neben ihr schien zu sagen: »Bei Bewusstsein …«

Sara schlug die Augen auf, und in ihrem Blickfeld erschien ein gesichtsloses, orangefarbenes Etwas. Ein paar Sekunden dauerte es, bis sie verstand: Ein Feuerwehrmann beugte sich über sie und stützte ihren Kopf.

Er trug eine Gasmaske. Ein weiterer Feuerwehrmann riss die Fenster auf. »Frischluft.«

Sara sprach nicht, aber fing langsam an zu begreifen, dass sie nicht tot war. Man hatte sie gerettet, dieses Pfeifen war der Gasmelder gewesen.

Sie sah, wie der Feuerwehrmann am Fenster die Gasmaske abnahm, ein zweiter tat es ihm gleich. Der Raum war nicht mehr von Gasgeruch erfüllt, man konnte wieder atmen. Nun nahm auch ihr Retter die Maske ab, und … Sara zuckte zusammen: Er war eine Frau! Und was für eine Frau.

Blond, geflochtene Zöpfe, blaue Augen, sie sah aus wie eine Kalifornierin.

Sara lächelte unwillkürlich, und sie erwiderte das Lächeln, während sie weiterhin Saras Kopf stützte.

»Ich würde mal sagen, ich hab dir das Leben gerettet«, sagte die Frau.

»Genau das würde ich auch sagen«, gab Sara zurück.

Plötzlich brach die Feuerwehrfrau in heftiges Niesen aus.

»Allergie?«, fragte Sara benommen.

»Nein, nein ... keineswegs ...«, erwiderte die andere augenzwinkernd.

Die beiden jungen Frauen sahen sich unverwandt in die Augen, die beiden Männer untersuchten die Wohnung und tuschelten miteinander.

Dicht verharrten sie nebeneinander, und die Zeit schien stillzustehen, ein Augenblick, der einer Ewigkeit gleichkam.

Ich bin am Leben, also kann das nicht das Paradies sein, aber es fehlt nicht viel, dachte Sara.

Sie musste lachen, während die Hand, die ihren Kopf gestützt hatte, anfing, sich zärtlich zu bewegen, wie um sie zu massieren.

Marta

Marta erwachte gut gelaunt. Was sie am Abend zuvor getan hatte, gefiel ihr, endlich einmal verharrte sie nicht in bloßer Bewunderung für einen Märchenprinzen, diesmal war sie die romantische Heldin, die hergebrachte Muster durchbrach und versuchte, den Geliebten zurückzuerobern. Ja, sie hatte gute Arbeit geleistet, nun war Fabio an der Reihe und musste entscheiden, ob er ihr vertraute oder nicht.

Während sie mit dem Fahrrad die Via dei Cappellari entlangfuhr, überlegte sie, wie lange Fabio wohl für seine Entscheidung brauchen, wann er sich melden würde; wenn er sich überhaupt meldete. Denn sie musste auch die Möglichkeit in Betracht ziehen, ihn nie wiederzusehen. Während sie die verschiedenen Alternativen in Erwägung zog, erreichte sie den Laden, zog wie immer die Rollläden herauf und fand zwischen Post und einem Haufen Werbung einen Zettel, auf dem in ihr vertrauter Schrift stand:

Heute um Mitternacht.
In der Oper. Reihe M, Platz 21.

Sie las ihn mindestens zehnmal, da sie befürchtete, ihn zu missdeuten. Sie war glücklich, so glücklich, dass sie nicht wusste, was sie denken sollte, wie blockiert war. Tausend Gedanken schwirrten ihr im Kopf herum, tausend Hoffnungen … tausend Ängste. Aber daran mochte sie nicht denken, sie hatte ihren Schritt vollzogen, nun würde sie den seinen abwarten.

Mit einem Mal wurde es ein wundervoller Tag, lauter neue Titel, verschiedene Kunden, die sie schon lange nicht mehr gesehen hatte, seit Ewigkeiten mal wieder Dutzende verkaufter Bücher. Die Mittagspause war kurz, der Nachmittag verging wie im Flug, und bald war es Zeit zu schließen.

Kurz vor der Abendessenszeit traf Marta zu Hause ein, aber niemand war da. Die Kleiderwahl war ihr noch nie so leichtgefallen wie an diesem Abend. Es kam nicht auf die Hülle an, entscheidend war, was darin steckte.

Sie ging zu Fuß und verließ rechtzeitig ohne Eile das Haus, um die friedliche Stimmung des nächtlichen Roms zu genießen, die sanfte Brise, die hin und wieder wehte, einem über den Körper strich und die Schritte beflügelte.

Marta erreichte den ihr inzwischen vertrauten Platz zehn Minuten vor Mitternacht. Die Straßen ringsum lagen nahezu verlassen da, ein paar fröhlich scherzende Touristen, hier und dort ein Motorrad. In dem eindrucksvollen Opernhaus brannte kein Licht, niemand stand Schlange, niemand kam heraus, niemand stand am Einlass. Es war das erste Mal, dass sie das Gebäude so sah, in Dunkelheit gehüllt, als habe das berühmte Phantom nach dem Ende der Vorstellung wieder von ihm Besitz ergriffen. Im spärlichen Licht der Straßenlaternen ging sie zu den großen Eingangstüren, aber sie waren allesamt geschlossen. Sie versuchte, eine Tür aufzudrücken, doch vergeblich. Dann fiel ihr die erste Begegnung, oder vielmehr Auseinandersetzung, mit Fabio ein, und sie steuerte auf den Seiteneingang zu, hinter dem er sich verschanzt hatte. Die Tür war angelehnt. Marta schaute sich um, sie wollte nicht, dass jemand ihr Eindringen missdeutete, nicht jetzt, wo sie Fabio so nahe war.

Sie trat ein und schloss die Tür hinter sich. Vor ihr lag ein langer, schwach beleuchteter Flur. Als sie ihn hinunterlief, schlug ihr Herz bis zum Hals, und sie spürte eine Mischung aus Erregung und Angst. Dunkelheit war ihr immer, schon als Kind, verhasst gewesen. Plötzlich versperrte ihr ein purpurfarbener Vorhang den Weg. Ein wenig ängstlich schob sie ihn beiseite, schlüpfte hindurch und erblickte vor sich das Parkett, die strahlenden Kronleuchter und hunderte von leeren Plätzen. Es herrschte absolute Stille. Ohne die vielen Leute wirkte der Zuschauerraum mit seinen roten Bezügen und den verlassenen Logen noch größer. Marta schaute sich um: Sie war allein, von Fabio keine Spur. Ihre Herzschläge schienen zu dröhnen, ihre Schritte hallten, als sie nach Reihe M, Platz 21 suchte. Ein zentraler Platz, mitten im Parkett. Sie war die einzige Zuschauerin vor der gewaltigen, von einem Vorhang verschlossenen Bühne. Nach einer Weile wurde das Licht schwächer, ging ins Halbdunkel über, das sich über alles senkte, und aus dem Bühnenhintergrund ertönte eine Musik, die Marta sofort erkannte. Es war das Vorspiel zu der Arie *Eine verstohlene Träne* aus Donizettis Oper *Das Liebeselixier.*

Die junge Frau schlug die Hand vor den Mund und rechnete jeden Augenblick damit, das Orchester mit all seinen Mitgliedern vor sich zu sehen, doch als sich der Vorhang öffnete, war die Bühne leer, nur ein kleiner Tisch mit einem alten Grammophon stand darauf. Das Licht wurde noch schwächer, und die Dunkelheit senkte sich herab, nur ein schmaler Lichtkegel blieb auf Martas Platz gerichtet. Gleich darauf erschien Fabio mit ernstem Gesicht, ging über die Bühne, während er Marta im Blick behielt. In der Mitte angekommen, verneigte er sich wie vor einem Auftritt.

Marta war hingerissen. Fabio trug einen Smoking. Die Musik schwoll an, tosend, wie sonst nie in dem leeren Saal, noch ein paar Minuten, dann würde der Gesang einsetzen. Der Tenor erfüllte mit klarer, wunderbarer Stimme den Raum. Und in diesem Augenblick geschah das Wunder: Fabio begann ebenfalls zu singen, gleichzeitig mit dem Tenor, die Lippen absolut synchron bewegend. Das perfekte Playback. So perfekt, dass man den Eindruck gewann, die Stimme des Tenors käme aus dem Mund des jungen Mannes.

Eine verstohlene Träne
quoll in ihren Augen.
Was will ich noch mehr?
Sie liebt mich, das seh ich.
Nur einen Augenblick lang die Schläge
ihres geliebten Herzens spüren!
Himmel, dann kann ich sterben,
mehr verlange ich nicht…

Marta weinte und lachte gleichzeitig, wusste nicht, welchem Gefühl sie nachgeben sollte. Eindringlich sah Fabio sie an, darauf bedacht, ja keinen Fehler zu machen.

Er gab ihr dasselbe Geschenk zurück und sprach in ihrer Sprache, er hatte die Barriere überwunden, sich mit Martas Welt vereint – auf seine Weise.

Fabio sang weiter, der Tenor fuhr fort, ihn zu synchronisieren.

Benommen erlebte Marta die schönste Liebeserklärung ihres Lebens. Nicht Lancelot galt ihre Sehnsucht, sondern Fabio war ihr Märchenprinz, ihr mutiger Ritter.

Sie schloss die Augen, während die Stimme immer weiter anschwoll und Schwingungen freisetzte, die sich ihres Körpers bemächtigten, ein leiser Herzschlag, der dem Rhythmus der Worte folgte.

»Ich liebe dich«, hätte sie gern gesagt, aber sie lauschte nur mit geschlossenen Augen, bis ihre Hände von dem jungen Mann ergriffen wurden. Und während die Arie endete, schien das abwesende Publikum zu applaudieren, ein berauschendes Beben, das sie beide auf dieselbe Weise vernahmen.

Es bedurfte keiner Worte.

Emma

Seit zwei Tagen hatte Emma nichts von Alessandro gehört. Im Nachhinein sollte sie feststellen, dass ihre Beziehung wirklich ein Fehler war, aber erst im Nachhinein. Sie war noch immer in ihn verliebt, doch sie spürte, dass nichts mehr zu machen war, und hatte keine Ahnung, ob sie es überhaupt gewollt hätte.

»Besser so«, hatte sie sich innerhalb der letzten vierundzwanzig Stunden mindestens einmal pro Stunde gesagt, mit den Schultern gezuckt und dabei gelächelt. Das Leben lag noch vor ihr, sie wusste, dass sich ihr noch unzählige weitere Gelegenheiten bieten würden.

Es war halb acht am Abend, die Tage wurden immer länger, die Luft immer wärmer, die Kleider der Frauen immer kürzer, die Schuhe immer leichter.

Emma stand draußen vor der Praxis des Vaters. Seit besagter Nacht hatten sie kein Wort gewechselt, noch nie hatten sie so lange nicht miteinander geredet.

Als Francesco mit seiner schwarzen Lederaktentasche im Vintage-Look die Praxis verließ, rechnete er nicht damit, dass seine Tochter ihn erwartete. Sein erster Impuls war ein Lächeln, auch wenn er nicht wusste, warum sie gekommen war.

Mit regloser Miene ging Emma auf den Vater zu, sah ihm in die Augen und sagte: »Niemand zu Hause, nichts im Kühlschrank, gehen wir zusammen was essen?« Sie sprach mit der zartesten Stimme, zu der sie als Tochter fähig war, mit dieser »Alles-halb-so-wild«-Stimme, die ihren Kummer verscheuchte und reinster Freude wich.

»Gehen wir«, antwortete er, und sein Lächeln wurde zu einem Strahlen.

Schweigend machten sich die beiden auf den Weg.

»Aber keine Hamburger und Pommes«, sagte Francesco nach einer Weile.

»Gut, dann wähl du aus«, erwiderte sie.

»Was hältst du vom Mexikaner?«

»Okay«, stimmte sie lächelnd zu.

Stumm gingen sie weiter, bis es schließlich aus ihr hervorbrach.

»Papa ...«

»Schieß los«, ermunterte Francesco sie.

»... welche Farbe haben meine Augen?«, fragte sie und wandte sich von ihm ab, so dass er ihr Gesicht nicht sehen konnte.

»Hellbraun mit ein paar dunklen Sprenkeln, das linke hat einen honiggelben Streifen«, erwiderte er ohne zu zögern.

Emma lächelte, und ihre Augenlider zitterten, und Francesco drängte die Tränen eines Vaters zurück, der seine Tochter verloren hatte, wenn auch nur für zwei Tage.

Dann fiel sie ihm um den Hals, und er drückte sie an sich, wie es nur ein Vater vermag.

Genau in diesem Augenblick hörte er plötzlich eine Melodie, eine Melodie, die er nicht kannte und die von weit weg zu kommen schien, aber perfekt zu dem passte, was gerade geschah. Saras Worte von vor ein paar Tagen fielen ihm wieder ein: »... es ist eine Musik, die dich ständig begleitet, eine Art Soundtrack bei allem, was du tust, und allem, was du siehst.«

Francesco wusste nicht, ob nur er sie hörte, oder ob sie

tatsächlich in der Luft lag, er erwog diese Möglichkeit, aber dann dachte er: Völlig wurscht!

»Weißt du was?«, flüsterte er seiner Tochter vor Freude bebend zu.

»Was?«, fragte Emma.

»Deine Umarmung hat mir gefehlt.«

Es bedurfte keiner weiteren Worte: Die Tatsachen waren bekannt, die Fehler ebenfalls, genauso wie die Absichten.

Was daraus folgte, lag in der Natur der Dinge: Sie waren Vater und Tochter und würden es für immer bleiben.

So verharrten sie in stummer, inniger Umarmung, für eine Weile, die wie eine Ewigkeit schien.

Mein Dank geht an:

Kylee und Laura, die mich begleitet haben
Igor, der mich unterstützt hat
Marco, der an mich geglaubt hat
Paola, die mich inspiriert hat.